모란꽃이 모랑모랑 피어서

모란꽃이
모랑모랑
피어서

박소정 장편소설

다섯
책방

차 례

산딸기의 꽃말은 애정

"나는 분명 첫날밤부터 소박을 맞게 될 거야. 못생겼으니까."

드디어 민아 아씨의 조그만 입이 터졌다. 수연은 순간 쾌씸함을 느꼈다. 하지만 슬쩍 번지는 웃음을 어쩔 수 없었다. 아씨는 수연이 만들어 낸 산딸기를 올린 화전을 한 접시 비우고 나서야 울음을 그쳤다. 역시 누군가를 달래는 데 맛있는 음식만큼 효험이 좋은 건 없다.

"혼인을 치르지 않겠다 버티신 연유가 그것입니까?"

"소박을 맞으면 난 머리가 굳어 돌이 되고 서방님은 문을 박차고 나갈 것이다. 그럼 난 차라리 재가 되어 폭삭 무너질 테야."

"소박을 맞는다고 머리가 굳지는 않습니다."

"그럼 어찌 되느냐?"

"가슴은 찢어질 수 있겠지요."

"그러니 난 혼인하지 않겠다."

"제가 화전에 산딸기를 올린 이유가 무엇인지 아십니까?"

"보기 좋은 떡이 먹기도 좋으라고. 나는, 나는…… 보기 좋은 떡이 아니다."

아씨의 눈에 다시 눈물이 고이기 시작했다.

"들어보십시오. 산딸기의 꽃말은 애정입니다. 연을 맺은 부부는 서로에 대한 애정으로 평생을 산다 배웠습니다. 세월에 따라 가장 쉽게 변하는 것이 외형임을 어찌 모르십니까. 어진 분이시라면 아씨를 변치 않는 정으로써 살피실 겁니다."

"알아. 알고 있지만 마음이 진정이 되질 않는구나."

"보세요. 찹쌀로 빚은 전에 올린 산딸기가 꼭 신부의 새하얀 피부에 찍은 연지와 닮지 않았습니까. 참판께서도, 그리고 아씨의 지아비 되실 분께서도 연지곤지를 찍은 아씨께 눈을 떼지 못하도록 만들어드리면 되겠습니까?"

"달콤한 말로 달래려 하지 말거라. 꼭 나흘 남았구나. 나흘 안에 사람이 기적처럼 변하는 게 있다면 분명 무서운 것일 게야."

"할 수 있습니다. 나흘이면 충분합니다. 내일부터는 저를 따라 바빠지실 겁니다."

모처럼 수연의 눈이 반짝였다. 어린 예비 신부는 퉁퉁 부은 눈으로 수연을 의심쩍게 쳐다보았다. 절세미인은 아닐지라도 충분히 사랑스러우신 분이다. 저 사랑스러움이 더욱 돋보이게 만들겠다고 수연은 다짐했다. 일이 꽤나 커지게 되었지만 멋지게 해내리라. 아씨를 달래보겠다 자처했을 때부터 결국엔 이렇게 되리라 짐작했는지도 모른다.

*

　처음엔 그저 혼인날 쓸 잔치 요리를 돕고 품삯을 얻을 생각이었다. 며칠을 굶다시피 하며 마포나루에 당도한 수연에게 예조참판의 고명딸 최민아의 혼인은 꿀 같은 일감이었다. 그런데 그 고명딸이 식음을 전폐하며 혼인을 거부하다니. 예조참판은 이미 사주를 주고받은 정혼이니 될 대로 되라며 두 손 두 발 다 들었고, 안방마님은 앓아누운 상태였다. 틀림없이 궁금한 나머지 지아비가 될 분을 몰래 훔쳐보고 실망했기 때문이겠지. 얼굴에 곰보가 패었을까, 아니면 팔다리가 불구일까. 수연은 대수롭지 않게 생각했다. 그때까지만 해도 자신의 몸과 마음을 추스르느라 그녀에게는 남에게 나누어줄 너그러운 마음이 남아 있지 않았다.

　그래도 꿩고기를 나르던 아낙에게 아씨가 혼인을 거부하는 이유가 무엇인지 넌지시 한번 물은 수연은 그만 기가 찼다. 아씨와 정혼을 맺은 분은 평판 높은 가문의 장손인 데다 머리가 비상함은 말할 것도 없고 기골이 장대하며 단정한 용모를 지닌 분이라는 것이다. "아니 그럼 대체 혼인하시지 않겠다 버티는 이유가 무엇인가요?" "낸들 아나, 워낙에 곱게 자라신 분이라 변덕이 심해서 그러시겠지." 곱게 자란 분. 그리고 변덕. 한 번도 얼굴을 보지 못한 아씨에게 질투가 샘솟았다. 그런 것들은 수연이 살면서 가져보지 못한 것이었다.

　그 미운 얼굴 좀 어떻게 생겼는지 보자. 수연은 우선 부엌에서 찹쌀가루를 내어 끓는 물을 붓고 반죽을 했다. 그 반죽을 조금씩 떼어 아기 얼굴을 빚듯 동글납작하게 만들고 기름에다 앞뒤로 지졌다. 적당히 익은 반죽에 사당을 발라놓고 어떤 꽃을 올릴까 고민하던 수연의 눈에 붉게 익은 산딸기가 들어왔다. 산뜻하면서도 달달한 향이 아씨의 마음을 돌려놓으리라. 수연은 싱싱한 산딸기를 씻어내어 반죽에 올리고, 산딸기를 올리지 않은 반죽에는 장미 꽃잎을 올렸다.

아씨가 채 울음을 그치지도 못하고 그녀가 만든 화전을 집어먹는 것을 보니 수연은 같이 울고 싶어졌다. 아씨도 어른이 되기 위해 몇 번이나 울어야 했을까. 아무리 곱게 자란 분이라 해도 세상은 똑같이 쉽지 않은 법인데 얼굴도 보지 않고 미워하고 말았구나. 내가 가진 하찮은 재주로라도 누군가를 행복하게 할 수 있다면 얼마든지 부지런해지겠노라. 내일은 아씨를 이끌고 시전부터 다녀와야겠다고 생각하는 수연의 볼이 붉게 물들어간다.

*

수연의 양 손에 조합을 알 수 없는 재료가 한가득 들렸다. 먹과 재, 홍화 가루와 동백기름, 살구씨와 누에고치. 그 밖에도 아씨가 고른 꽃신이며 노리개와 같은 장신구와 새 옷감까지 두 손이 모자랄 지경이었다. 이럴 줄 알았으면 몸종 한 명을 더 데리고 나올걸. 수연의 눈에 후회의 빛이 역력했다. 아씨는 또 무엇에 홀렸는지 수연에게 금방 돌아오겠다 하고는 사라졌다.

초여름을 향해 가는 날씨는 구름 한 점 없다. 수연은 먹을 사기 위해 들른 지전 주인에게 양해를 구하고 햇빛을 가린 차양 아래에 주저앉았다. 넋을 놓고 있자니 눈앞에서 아지랑이가 피어오르는 것이 보였다. 몸이 스르르 풀리니 그녀가 이른 봄에 버리고 왔던 것들이 하나씩 떠올랐다.

그는 지금 무얼 하고 있을까. 추울 것 하나 없는데도 수연의 몸이 살짝 떨렸다. 결국 나도 그에게 잘못을 저지르고 말았구나 하는 생각. 이제 와 돌아갈 수도 없다고 생각하니 서러워진 수연의 눈에 눈물이 설핏 어렸다. 흐려진 시야 사이로 꽃이 흔들리는 것이 보였다. 아지랑이도 흔들리고, 꽃도 흔들리고, 사람도 흔들렸다.

모란이구나. 철이 끝날 때가 되었는데 아직까지 피어 있는 걸 보니 저 꽃도 참 끈질기다. 지전을 지나가는 여인의 어깨 너머로 고개를 내민 붉은 꽃송이가 그녀를 놀리듯 온몸으로 햇빛을 품었다.

모란꽃이 모랑모랑 피어서

　발소리를 죽이고 대웅전에 들어선 수연은 어머니의 위패를 모신 단 앞에 쪼그려 앉았다. 향로에서 선향이 가느다란 연기를 만들며 타고 있었다. 한참 동안 향냄새를 가슴 깊이 들이쉬던 수연은 별안간 눈을 빛내더니 향 개비를 하나하나 뒤집어 불씨를 껐다. 마음에 들지 않았다. 아리따운 어머니는 이런 쓸쓸한 냄새는 싫어하실 것이다.

　수연은 문설주에 기대어 코를 골며 자고 있는 땡중의 귓구멍에 선향을 푹 꽂아줄까 하다가 그만두었다. 지금은 그게 중요한 게 아니다. 품에서 염소 똥 같은 향환을 꺼낸 수연이 향로에 그것을 올려두고 불을 살랐다. 사향이다. 연호관 이모님께 얻어온 것이었다. 고혹적이고 은근한 향기가 피어올랐다. 사람의 본래 체취와 잘 어울리는 향기다. 사향노루 수컷의 생식선에서 분비되는 사향은 심장을 튼튼하게 하고 혈압을 낮추는 데 효험이 있다. 수연은 마음속으로 되뇌었다.

언젠가 황의원에게 사향노루에서 사향주머니를 해체하는 과정을 보러 가게 해달라 조른 일이 있었다. 장인이 되려면 향재에 관한 모든 것을 알아야 했다. 물론 황의원은 단칼에 거절했다. 어린 아이가 보기에는 잔인한 광경이었다. 그때 의원님께 말하지 말고 몰래 다녀올걸. 수연은 입을 삐쭉였다. 부드러운 향기에 몸이 풀린 수연이 팔을 베고 마루에 누웠다. 꽃살문 사이로 파란 새벽빛이 파고들었다. 해가 뜨기 전까지인 인시寅時는 수연의 후각이 가장 예민해지는 시각이었다. 노곤해진 부처님이 코를 벌름거렸다.

석가님이 또 한 번 더하지
너와 나와 한 방에 누워서 모란꽃이 모랑모랑 피어서
내 무릎에 올라오면 내 세월이요 너 무릎에 올라오면 너 세월이라

아이가 까르르 웃는다. 함경도 기생이었던 수연의 어미는 어린 수연을 무릎에 앉히고는 낭랑한 목소리로 〈창세가〉를 불러주곤 했다. 왜란 중에 태어난 그녀는 팔도를 유람하던 한량 같은 사내에게 반해 그를 따라 남쪽으로, 남쪽으로 내려와 수연을 낳았다. 양반이라던 아비는 아기에게 이름만 지어주고 모녀를 떠났다. 물처럼 아무 곳에나 스며들어 연을 맺으며 살라는 뜻이었다. 네 어미가 그렇게 내게 왔으니, 아이에게도 어울리는 복이라 했다.

"야 이년아아!"

땡중이 고함을 질렀다. 잠에 빠졌던 수연이 화들짝 놀라 깼다. 아침 햇살이 눈부시다.

"왜요!"

수연이 볼멘소리로 대꾸했다. 살이 오른 땡중의 얼굴이 험악하다.

"이년, 언제 쥐새끼처럼 들어와 불경스런 향을 피워놓았느냐. 코가 매워 못 견디겠다. 아주 저질이야. 네 어미를 닮아 음탕한 짓만 골라서 하는구나."

죽대를 손에 단단히 쥔 땡중이 으름장을 놓았다.

"이상하다. 이거 스님이 제일 좋아하는 향기인데."

수연의 능청에 땡중의 표정이 더욱 일그러졌다. 따귀라도 올려붙일 기세다. 귀가 시뻘게진 땡중이 수연에게 달려들었다. 수연은 비명을 지르며 대웅전 문짝을 열고 서너 개 되는 계단을 한 번에 건너뛰고 살구색 담장과 이어진 계단도 재빠르게 내려왔다. 하얀 다리가 마지막 계단을 밟는 순간 맑은 물이 사방으로 튀었다.

물이 튀어? 몸이 기울어지는 것을 느끼고 수연은 아차 싶었다. 주지 스님이 장식용으로 가져다 두신 낡은 돌절구를 밟은 것이다. 간밤에 내린 소낙비에 올망졸망 줄지은 돌절구마다 물이 찰랑거린다. 쿵! 수연은 흙바닥에 대자로 엎어졌다. 담장 아래 핀 진노랑 빛 상사화가 몸을 떨었다. 어서 도망가야 하는데. 그때 석가님과 미륵님의 내기는 누가 이겼더라. 아무나 이긴 분이 나를 일으켜주기를. 미륵님이 수연의 어미 목소리를 빌려 말했다.

　　일어나서 축축하고 더러운 이 석가야
　　내 무릎에 꽃이 피었음을 너 무릎에 꺾어 꽂았으니
　　꽃이 피어 열흘이 못 가고 심어 십 년이 못 가리라

축축하고 더러운 땡중. 수연의 눈에 눈물이 맺혔다. 그만 절에서 나가고 싶었다. 열나흘째 절밥을 먹으려니 입에 물렸다. 땡중은 주지 스님이 안 계신 틈을 타 어린 기생을 요사채에 들였다. 수연은 그것을 목격한 후로 더더욱 이곳에 질렸다. 의원님은 날 이곳에 보낸 걸 잊어버리신 게 아닐까.

익숙한 기척이 담장 오른편에서 성큼성큼 다가오더니 수연에게 불쑥 손을 내밀었다.

"내가 그렇게나 보고 싶었어? 온몸으로 반겨주네."

단이 생글 웃었다. 바람이 그의 머리를 쓸었다.

"늦었어."

수연은 단을 힐끗 올려다보곤 퉁명스레 말했다. 단이 수연을 일으켜주었다. 흙먼지를 툭툭 턴 수연이 단을 보고는 눈살을 찌푸렸다. 그의 입가가 웃음을 참느라 씰룩였다. 무슨 일이 있었는지 알 것 같다는 표정이다. 햇빛을 받은 단의 갈색 눈동자가 호박색으로 빛났다.

"스님께 인사나 하고 올게. 널 돌봐주시느라 얼마나 힘드셨을까."

"나 다리를 삔 거 같아."

"거짓말하지 마."

"정말로."

수연의 말에 단이 가는 눈을 뜨고 수연을 바라봤다. 조그마한 여자애. 그새 더 바싹 마른 것 같다. 누이들은 언제쯤이야 칭얼거림을 멈추는 것일까. 게다가 이 아이는 은이보다도 예민하게 굴었다. 그래도 오랜만에 보는 얼굴이니…….

"알았어. 잠깐만 기다려."

단이 작은 한숨을 폭 내쉬었다.

보름 전의 일이었다. 어미를 잃은 수연은 자신도 어머니를 따라 가겠다며 독성이 있는 약초를 냅다 집어먹었다. 그것도 황의원이 직접 캐 와 대청마루에다 뿌듯하게 말려놓은 약초를. 저 아이를 중으로 만들어버리겠다며 역성을 내는 황의원 대신 단이 부지런히 녹두죽을 들이며 수연을 간호해야 했다.

"웬만한 산야초는 모두 맛봐서 그런지 소용없네."

새소리에 정신이 든 수연이 처음 꺼낸 말이었다.

"스님, 몸 편히 계셨는지요."

단이 입가에 옅은 볼우물이 패도록 생글 웃었다.

"단아, 얼른 저년 좀 데려가거라. 나와는 내세에서도 안 맞을 년이다."

"죄송합니다. 의원님께서 한 낭을 보내주셨는데 제가 시주 바가지에 던져놓고 왔습니다. 혹 궁한 일이 있으시거든 주지스님이 오시기 전이 좋지 않을까요."

단의 나긋한 말에 땡중이 반색을 했다.

"고맙구나! 시주 바가지? 바가지를 어디서 보았느냐?"

"스님이 자주 찾으시는 조그마한 비단 바가지 말입니다. 아주 잘 받아 갔으니 하시던 대로 엎어 보고 흔들어도 보시면서 찾아가시지요."

어리둥절한 땡중이 고개를 갸웃했다.

"수연이는 지금 데려가겠습니다. 안녕히 계십시오."

단이 깍듯이 고개를 숙였다. 깊은 눈이 차게 빛났다.

잎과 꽃이 때가 달라 서로 만나지 못한다 하여 상사화. 여름이면 대파를 닮은 길쭉한 꽃대가 생뚱맞게 올라와서는 폭죽 같기도 하고 나팔 같기도 한 꽃을 터뜨렸다. 수연은 단의 등에 업혀서 진노랑색 상사화에 눈길을 주었다. 단의 등이 금세 땀으로 젖어들었다. 멀리서 땡중이 으르렁거리는 소리가 들렸다.

"푸하하, 기뻐하시네."

단이 웃음을 터뜨렸다. 그리고는 대웅전을 돌아보았다.

"김단, 땡중한테 뭐라고 그랬어?"

수연이 단의 부스스한 머리칼을 당겼다.

"오라버니라 그래야지."

"뭐라고 그랬냐구."

"아양을 좀 떨었어."

단이 싱긋 웃었다. 수연은 하나도 무겁지 않다. 이대로 산 아래까지 업고 내려갈 수 있을 것 같았다. 키 작은 단풍나무가 만든 그늘도 꽤나 시원했다.

"그 기술 좀 나한테 알려줘봐. 연습해서 의원님께 써먹을래."

"애교는 권법이 아니야. 날랜 혀만 가지고는 안 될걸. 총체적인 기술이 필요해. 외모, 인상, 눈빛, 목소리, 평소의 행동거지, 앞으로의 행보, 기온, 습도."

"또, 또 멀리 나간다!"

수연이 발을 버둥거렸다. 하하하. 단이 상쾌하게 웃었다.

"열심히 연마한다고 느는 게 아닌걸. 나야 타고난 재능이 있지만."

단은 즐거운 듯이 고개를 까딱했다.

"얍삽해. 너 이럴 때는 꼭 여우 같은 거 알아? 땡중한테도 사실 못된 말 했지?"

"오라버니라 하라니깐. 의원님께 또 혼난다?"

"……."

겨우 한 살 차이 가지고. 수연이 단의 등에 토라진 얼굴을 묻었다. 단에게서 으깬 풀과 달달한 꽃 내음이 났다. 향기는 차례차례 수연의 코끝에 도달했다. 쌉싸래한 당귀, 톡 쏘는 금잔화, 부드러운 치자꽃. 아니지, 치자꽃은 이미 졌을 테니 복숭아일까. 향에는 분명히 순서가 있었다. 황의원이 키 순서대로 줄지어 세워놓은 고아들처럼. 수연은 눈에 보이지만 않을 뿐, 냄새에도 각각의 형태와 무게가 있을지도 모른다고 진지하게 말했지만 식구들은 가볍게 웃어넘길 뿐이었다.

"정수연, 자니?"

"응."

"애교 같은 것보다 책을 많이 읽고 깨끗한 옷을 입고, 그런 게 더 사랑받는 법일 거야. 뭐, 너는 예쁘니까 이런 거 다 필요 없을지도."

"놀리지 마."

수연의 얼굴이 화악 붉어졌다.

"그리고 내가 보기에 너한테는 애교보다 더한 무기가 있지."

"그게 뭔데?"

"뭐랄까. 종잡을 수 없어서 사람을 안달 나게 하는 거랄까? 넌 아직 모를 거야."

단이 장난스레 말꼬리를 늘였다. 그의 말에 수연은 퍼뜩 어머니가 해주신 말이 생각났다. 어머니와 나를 두고 떠난 아버지가 밉다고 칭얼거리는 날이면 입에 하얀 떡을 밀어 넣어주며 속삭인 말이었다.

"사랑은 종잡을 수 없는 거야. 그러니 눈을 감고 귀를 닫고 마음의 소리만을 들거라."

수연이 포르르 웃었다. 어머니의 말에 "코는 안 막아?"라고 물었던 어린 날이 선명했다.

"무슨 생각 해?"

단이 물었다.

"있잖아, 돈을 아주아주 많이 벌면 절을 살 수 있을까?"

"글쎄 사는 건 어려울 테지만 네가 하나 짓는 걸 뭐라고 하는 사람은 없을 거야."

"오라버니, 장인이 되자."

"장인?"

"오라버니는 의원이 되고 나는 향장*이 되고. 궐에 들어가면 쌀을 스무 말이나 준대. 내의원 향장이 되면 오라버니와 같이 일할 수 있을지도 몰라. 약속해?"

"응, 약속할게."

단이 가만히 말했다. 연녹색 단풍잎이 머리 위에서 살랑였다.

---

* 향장(香匠). 향 만드는 일을 맡아 하던 장인. 조선 수공업자의 실태를 기록한 장부 공장안(工匠案)에 따르면 약재를 관리하는 내의원(內醫院)과 의복을 관리하는 상의원(尙衣院)에 향장이 있었다.

절에서 내려온 수연은 단이 황의원의 말을 깜박 잊고 사흘이나 늦게 자신을 데려온 사실을 알고는 분개했다. 은이였으면 잊을 수 있었겠느냐며, 친누이가 아니라 막 대한다고 우는 수연을 달래느라 단은 곤욕을 치러야 했다.

"오라버니! 겨우살이 찾았어."

단보다 먼저 높은 지대로 올라간 수연이 소리 높여 그를 불렀다. 산에 오르는 길에 만난 유자나무에서 어른 주먹만 한 유자 한 알을 따주었더니 기분이 좋아졌나보다. 수연은 산을 오르는 내내 노랗게 익은 유자를 이리저리 돌려보고, 향도 맡아보면서 꽃이 다 지더라도 가을에는 모과나무가 겨울에는 유자나무가 눈을 심심하지 않게 해준다고 종알거렸다.

"이제 좀 용서해줄 마음이 생긴 것 같아?"

단이 수연에게 바구니를 건네곤 나무를 올랐다. 겨우살이를 따려면 높이 올라가야 했다.

"아니. 용서하고 말고 할 게 어디 있어. 살아지는 대로 사는 거지."

수연이 퉁명스레 대답했다.

"나 나무에서 내려오다가 잘못하면 떨어질지도 몰라. 저세상 가기 전에 용서받을 수 있을까 했는데 틀렸네."

"식은 죽 먹고 냉방에 앉으셨네. 떨어지면 바구니로 냉큼 받아드릴게."

수연의 대답에 맥이 탁 풀린 단은 그만 나무에서 미끄러질 뻔했다.

눈이 내린 뒤의 겨울나무에는 물기가 많았다. 단을 지켜보고 있던 수연이 놀라서 들고 있던 바구니를 내던지곤 단이 올라탄 나무 아래로 달려왔다.

"바구니로 받아준다면서 내던지고 오면 어떡해. 안아서 받아줄 거야?"

단이 장난을 친 걸로 오해한 수연의 얼굴이 붉으락 푸르락 하다. 놀란 가슴을 쓸어내린 단의 팔뚝에도 힘줄이 솟고 이마엔 식은땀이 맺혔다.

가까스로 나무 꼭대기까지 올라간 단은 겨우살이를 걷어내 수연이 있는 곳으로 내려보냈다. 의원님이 꼭 부탁한 것이기에 기뻐하실 생각을 하니 뿌듯해졌다. 겨우살이는 높은 곳에서만 자라서 채집하기가 도통 쉽지 않기 때문이다. 의원님께서 그 귀여우신 체구로 나무에 올라가기 위해 낑낑거리셨을 생각을 하자 단은 웃음이 터지고 말았다.

네가 개보다 나은 것이 무엇이냐

　수연의 예상대로 하늘에서 눈이 펑펑 내리더니 순식간에 눈이 쌓였다. 흡족한 표정으로 뒷마루에 걸터앉은 수연은 오른발을 들어 마당에 쌓인 눈을 푹 밟았다. 정강이에 시린 기운이 고스란히 전해졌다. 이만하면 됐다. 아침나절에 먹구름이 켜켜이 밀려드는 걸 본 수연은 은이를 불러 호두 한 알을 쥐어주곤 준비해둔 생강, 마늘, 더덕, 계피, 도라지 꾸러미를 뒷마당 아무 곳에나 숨겨달라 부탁했다. 눈이 와 천지가 하얘지면 후각에만 의존해서 단시간에 모든 약재를 찾을 작정이었다.

　수연은 두 눈을 감고 가볍게 숨을 들이쉬었다. 겨울 공기는 바다색 층꽃풀 향기 같기도 하고, 금속성의 솥뚜껑 냄새인 것도 같고, 한 번도 본 적은 없지만 이맘때면 제주에 지천으로 핀다는 하얀 수선화 향기와 닮았을 것 같기도 했다. 명주를 착착 접어서 머릿수건으로 말아 맨 수연은 우물가부터 탐색하기로 했다. 이건 내 자존심이 걸린 일이야.

발걸음마다 뽀드득뽀드득. 경계가 사라진 세상은 참 예뻐 보였다.

*

시작이 맹렬하게 기억나는 사랑도 있다.

단의 눈이 휘둥그레졌다. 빙판에서 미끄러진 후 나날이 말라가는 황의원을 살피고 나오는 길이었다. 은이는 태평하게 낮잠을 자고 있는데 수연이 보이지 않았다. 단은 어렵지 않게 수연을 찾아냈다. 머리에 소복한 눈을 이고 추위로 새빨갛게 볼이 튼 수연은 소나무 밑에 주저앉아 울고 있었다. 그런 수연이 너무나 낯선 아이 같아서, 단은 수연에게 뭐 하고 있는 거야? 하고 묻는다는 것을 그만 이렇게 묻고 말았다.

"너 뭐야?"

"……못 찾겠어."

수연이 닭똥 같은 눈물을 흘렸다. 귀밑머리가 온통 젖어 있다.

"뭐를?"

소나무 아래로 다가오는 단의 얼굴이 굳었다.

"뭐를 못 찾겠냐고!"

"그런 게 있어."

수연은 서럽게 울었다. 창피해서 단에게 사실대로 말할 수는 없었다.

"일어나, 옷도 다 젖었는데 잘못하면 동상 걸려."

"싫어. 다 찾기 전까지는 안 가."

"일어나라니까?"

"내 발 따위 얼든 말든."

수연은 머릿수건을 풀어내 코를 팽 풀었다. 단이 고집불통인 수연을 억지로 잡아끌었다.

"싫어엇!"

힘에 부친 단이 수연의 손을 놓아버리자 수연은 그대로 소나무에 쿵, 부딪쳤다. 솔잎에 아슬아슬하게 쌓여 있던 눈이 단의 머리와 속눈썹과 어깨에 폭삭 내려앉았다. 갑작스런 봉변에 단은 잔뜩 움츠린 자세로 꼼짝없이 얼었다. 새들이 후루룩 날아올랐다.

"푸흡!"

수연이 입을 막았다. 그러나 얼마 못 가 눈물 젖은 얼굴로 까르르 웃었다.

*

보송한 옷으로 갈아입은 수연은 턱을 괴고 눈 내리는 광경을 지켜보았다. 눈 위에 가지런히 찍혀 있는 참새 발자국이 꼭 수를 놓은 것처럼 아기자기했다. 단은 버려진 쌀가마니 안에서 약재들을 몽땅 찾아냈다. 당연히 각각 다른 장소에 숨기겠지 생각한 수연이 은이에게 따로 일러주지 않은 게 잘못이었다. 단이 약재의 물기를 꾹꾹 눌러 닦았다.

"후, 썩지 않아야 할 텐데."

"의원님이 나보고 향장이 되겠다면서, 네가 개보다 나은 것이 무엇이냐고…… 너무해서.

수연이 서운한 눈을 했다.

"바보야. 그건 네가 공부를 안 하니까 그러시는 거지. 게다가 의원님, 편찮으시잖아."

"의원님 말이 맞아. 개보다도 못한 코를 가지고 향장이 되어서 무슨 의미가 있겠어."

수연의 말에 눈을 굴리던 단이 빙긋 미소를 지었다.

"그래. 의원님이 옳아."

"뭐?"

"사람의 후각에는 한계가 있잖아. 아무리 노력한다 해도 짐승과 인간이 같을 수는 없어. 그러니 훌륭한 장인이 되려면 개보다 나은 너만의 능력을 찾아야지. 의원님 말대로. 너는 지금 코의 감각만 쓰고 있잖아."

"나만의 능력이 뭔데?"

"그러니까. 이것들 말고 네 능력을 찾으라고."

단이 축축한 도라지를 흔들어 보였다. 부끄러워진 수연이 단에게 콧방귀를 뀌곤 등을 돌렸다. 그러나 입가에 슬며시 웃음이 번지는 것은 참을 수 없었다. 그 능력이 뭘까. 뭔지는 몰라도 개를 흉내 내는 것보다는 어렵지 않을 것 같았다.

"오라버니 이건 어때?"

자신감을 찾은 수연이 두 손에 하얀 눈을 소담히 떠 단에게 보여주었다.

"봐봐. 그냥 멀리서 보면 단순한 눈인데 자세히 들여다보면 결정마다 같은 모양이 없어. 굉장히 섬세해. 눈에 보이지 않을 뿐이지 향기도 이처럼 섬세한 것들이 모여 완성되는 건 아닐까? 이렇게 흩날리기도 하고."

수연은 방심하고 있던 단에게 눈을 흘뿌렸다. 그리고는 까아 외치며 도망친다. "나랑 놀자!" 단과 수연은 손을 꼭 잡고 푹신한 눈 속에 몸을 맡겼다. 하나도 춥지 않았다.

*

단은 연호관으로 약재를 전하러 갈 때면 종종 수연도 데리고 가주었다. 수연은 연호관에 별일이 없을 때에도 이모님이 보고 싶다며 단을 조르곤 했다. 기생들은 연호관을 찾은 어린 손들을 귀여워했다. 갖가지 향재와 화초의 이름을 아는 수연은 더욱 이쁨을 받았다. 술과 꽃과 마음은 기방에서 쓰임새가 무궁무진한 것들이었다.

오늘도 단을 따라 상처 입은 기생들을 치료해주고 돌아가려던 수연을 일패기생 해란이 다급히 불렀다. 수연의 눈이 동그래졌다.

"수연아, 큰일 났다. 밤에 오실 손들을 모실 때 쓸 꽃들이 다 시들어버렸어."

"꽃이 시들었다고요? 갑자기요?"

"어찌하면 좋으냐? 대감께서 특별히 부탁해놓으신 꽃이란 말이다. 이 겨울에 당장 새 꽃을 구할 수도 없으니."

해란이 홍련을 찾아 종종걸음으로 방을 나섰다. 수연은 꽃을 정리해두었다는 곳간으로 향했다. 꽃들이 형체가 무너진 채로 시들어 있었다. 멀쩡하던 꽃이 아무런 이유 없이 시들 리는 없다. 누군가가 뜨거운 물을 꽃에 끼얹은 듯했다. 멀찍이서 망설이던 느삼이가 수연에게 어젯

밤 진교가 목욕물을 끓이는 것을 보았다고 일러주었다. 하지만 그것만으로 진교에게 잘못을 물을 수는 없었다. 꽃을 포기해야 해.

수연은 느삼이에게 기방의 제일 큰 방으로 모든 기생들을 모이게 해달라 부탁했다.

"가지고 계신 모든 패물들을 제게 내어주세요."

수연이 말했다.

"네년이 행수님께서 아껴주신다고 눈에 뵈는 게 없구나?"

"그것이 아니옵니다."

"그럼 패물들로 무엇을 하려는 것이냐? 손들이 오실 때까지 두 시진밖에 남지 않았다. 새 꽃을 구할 방도를 찾아도 모자랄 때에 귀한 시간 버리지 말거라."

홍련이 말했다.

"패물들을 모아 살아 있는 꽃보다 더 화려한 꽃을 만들어 보이겠습니다. 그 아래에서 아씨들 또한 더욱 빛날 것입니다. 두 시진이면 충분합니다. 이모님, 믿고 맡겨주세요."

수연은 깊이 고개를 숙였다. 그 모습에는 사람의 마음까지 넘어가도록 만드는 부드러움이 있었다. 수연을 바라보던 홍련이 머리에서 붉은 산호 비녀를 빼냈다.

"행수님!"

해란이 홍련을 말렸다. 홍련은 아랑곳하지 않고 진주로 된 머리꽂이와 떨잠, 색동술이 달린 호박 노리개까지 모조리 내어놓았다.

"내 옷까지 내어주랴?"

옷고름에 손을 올린 홍련이 장난스런 미소를 지었다.

"아닙니다. 이만하면 충분해요. 감사합니다, 이모님."

홍련이 자신의 패물을 꺼내놓자 다른 동기들 또한 따르지 않을 수 없었다. 방 안에 순식간에 오색 패물들이 쌓였다. 갓 피어오른 꽃잎을 닮은 붉은 홍옥, 어린잎을 닮은 푸른 비취, 벌과 나비를 닮은 호박, 이슬과 같은 백옥. 수연은 무슨 일인가 궁금해서 방 안을 기웃거리는 머슴들에게 마당의 흑단목에서 굵고 튼튼한 가지 수십 개를 꺾어와달라 부탁했다. 또한 연회에 출석하는 기생들은 모두 검은 한복으로 갈아입고 아무런 장신구도 달지 말며 오직 사향만 패용할 것을 주문했다.

한 시진이 흘렀다. 방 안을 가로지르던 수묵화 병풍은 온데간데없고, 흑단목 가지들이 가로세로로 엮여 새로운 병풍을 만들어냈다. 기생들의 패물은 흑단목 가지에 엮여 다시 빛을 발했다. 각각의 패물들이 하나의 꽃으로 피어났다. 어느 꽃도 시든 것이 없고 가려져 보이지 않는 것 또한 없었다. 가까이에서 보면 꽃밭에 들어와 있는 듯했고 멀리서 보면 마치 별이 박힌 밤하늘을 떼어다 옮겨놓은 듯했다.

작업이 끝나자, 방에 들어온 기생들은 생경한 광경에 기가 질렸다. 홍련은 매우 흡족해하며 연회 장소를 월향정으로 옮기고 수연의 작품을 그곳으로 옮기라 명했다.

"제가 만든 것은 향기가 없는 꽃에 불과합니다."

수연이 말했다.

"향이 나는 꽃은 아씨들입니다. 검은 한복을 입고 사향만을 지녀주십사 부탁드린 것은 아씨들께 자신감을 불어넣어드리기 위해서였습니다. 오늘 연회에서 가장 빛날 꽃은 아씨들이니 저마다 지니신 향을 마음껏 뽐내세요."

가지에 얽힌 떨잠이 밤바람에 파르르 흔들렸다.

그날의 연회는 고관대작들 사이에서도, 기생들 사이에서도 두고두고 회자되었다. 사내들은 자신이 발을 붙이고 있는 곳이 혹 천상은 아닌지 의심하며 몇 번이나 눈을 부릅떴고 여인들은 한 송이 꽃처럼 흩날렸다. 그날 밤이었을 것이다. 수연은 흩날리는 꽃들을 보며 향장이 되면 여인을 위한 향기를 만들겠노라 다짐했다.

홍화꽃으로 신부의 연지를

"무슨 생각 해?"

민아가 지전의 차양 아래에서 생각에 잠겨 있던 수연을 깨웠다.

"울었어? 눈이 빨개."

"아닙니다. 아씨를 기다리자니 하품이 다 나와서 그랬습니다. 이제 돌아가도 될까요?"

"응. 마음에 드는 비녀가 없어."

"장신구 하나 없어도 아씨를 돋보이게 만들어드리겠다고 하지 않았습니까."

"어찌 여인이 비녀 하나 없이 아름답게 보일 수가 있어?"

"그럴 수 있습니다."

"무슨 특별한 비법이라도 있어?"

"기생들 사이에서만 남몰래 전해 내려오는 비기지요."

수연의 발걸음이 빨라지자 민아가 천천히 가자며 그녀의 치맛자락을 붙들었다. 민아의 칭얼거림이 수연의 귀를 간질였다. 저녁 공기는 아직 산뜻하구나. 아무것도 생각하지 말고 아씨를 행복하게 만들어드리자. 나는 지금을 살고 싶다. 수연은 속으로 몇 번이고 되뇌었다. 저녁노을이 스러지는 중에도 마지막 힘을 다해 나란히 걸어가는 두 여인을 비추었다.

수연은 시전에서 사온 홍화 가루를 체에 반복하여 걸러낸 뒤 환약처럼 둥글게 만들었다. 민아는 그녀의 곁에서 수연의 손놀림을 신기한 듯 바라보았다.

"이것을 기름에 개어 뺨에 바르면 연지가 되는 것입니다."

"색이 고와. 이게 무슨 가루야?"

"홍화꽃을 말린 홍화 가루입니다. 아씨를 데리고 직접 꽃잎을 따러 가고 싶었지만 본래 칠월에야 피는 꽃이라 아쉬운 대로 시전에서 구했습니다."

수연은 홍화 가루를 살구씨 기름에 개었다. 그러고 나서 경대를 끌어와 민아를 그 앞에 앉히곤 입술에 연지를 펴 발라주었다.

"뺨에 바르는 것이라며!"

민아가 몸을 뒤로 빼며 물었다.

"볼에 바르면 볼연지, 입술에 바르면 입술연지가 되는 것입니다."

"미리 알려주었어야지."

수연의 눈이 반달이 되었다. 아무리 생각해보아도 사랑스러운 아씨다. 수연은 면경을 향해 고갯짓을 했다. 민아는 자신의 얼굴을 이리저리 비추어 보며 어색한 웃음을 지어 보이다 이내 시무룩해졌다.

"반가의 여인은 진한 단장을 해서는 아니 된다고 어머니께서 말씀하셨다."

"단장은 본래 얼굴을 조금 더 아름답게 하는 것이라 배웠습니다. 어제보다 예쁘게 보여 지아비에게 사랑받고 싶은 게 여인의 욕망이지요. 어디 다른 여인이 되어서라도 사랑을 받고 싶은 게 여인의 마음이겠습니까. 진한 단장은 여인의 마음이 아니라 사내의 마음이 투영된 것입니다. 기생들의 단장이 진해야만 하는 것도 그런 이유입니다."

"내 혼인날에도 곁에 꼭 있어주거라."

"그럼요. 오늘 이리 단장을 해드리는 것은 혼인날 아씨께서 조금이라도 편하시라고 부지런을 떨어본 겁니다. 그날은 일생에 단 하루뿐인 날이니 이보다는 조금 더 진하게 단장을 할 것입니다."

수연은 검은 재에 금가루를 약간 넣어서 먹과 섞었다. 그리고는 민아를 다시 그녀와 마주 보게 한 뒤 완성된 눈썹먹을 솔에 찍어 눈썹을 그리기 시작했다. 수연의 손이 움직이는 선을 따라 민아의 눈썹이 버들잎처럼 둥글어진다. 수연에게 얼굴을 맡긴 민아의 입가에도 그와 닮은 미소가 걸렸다.

"네 몸에서 좋은 향이 나는구나."

눈을 사뿐히 감은 민아가 입술을 떼었다.

"백단향입니다. 제 정인께서 아끼시던 향이었지요."

"그분은 지금 어디 있느냐?"

"함께 살던 곳에서 누이 은이와 함께 저를 기다리고 계실 겁니다."

"안사람의 손등이 갈라지도록 일을 시키다니, 못난 사내구나."

수연의 손길이 멈추었다.

“아씨, 자꾸 입을 놀리시면 제 손이 어디로 엇나갈지 저도 모릅니다.”

“알았다. 가만히 있으마.”

민아의 입술이 삐쭉거렸다. 그 모습에 수연도 다시 미소 지을 수밖에 없었다.

“그래도 너는 어여쁘니 사랑을 많이 받았을 거야. 이름에서부터 태가 나는걸.”

“그렇지도 않습니다. 물처럼 아무 곳에나 스며들어 오래 살라는 의미로 지어주셨으니…… 아씨야말로 어여쁘십니다. 선녀가 인간의 아름다움을 부러워하는 격이니 자꾸 못났다 하지 마세요. 그래도 본인을 탓하고 싶으시거든 제가 날개옷을 찾을 수 있도록 도와드리겠습니다.”

찬바람을 뚫고 부엌에 한차례 다녀온 수연은 절구에 유자씨를 빻아 달인 물을 민아의 손에 정성껏 발라주었다. 생채기가 나서 갈라진 수연의 손등을 가만히 바라보고 있던 민아가 수연의 두 손을 잡아채어 미안수에 담근다. 사방으로 물이 튀었다.

“나는 이미 찾았다!”

“아씨!”

“네가 곁에 있으니 설사 찾지 못한다 하여도 다시 지으면 되지 않겠느냐?”

수연의 손에 따스한 기운이 퍼져갔다. 방 안에 퍼진 유자향이 상큼하다.

*

혼례 때 쓸 여섯 폭 검은 비단 족두리에 솜을 채우다 말고 민아에게 이끌려 밖으로 나온 수연은 목적지를 듣고서는 새된 소리를 감추지 못했다.

"가서 무얼 하자는 게 아니다. 그저 그 앞에 가만히 있다가 올 테니 따라와다오."

민아는 자신과 정혼을 맺은 심성원이 어떤 분인지 알고 싶어 가슴이 터질 것 같았다. 그의 집이 어디에 있더라 주워들은 말만 믿고 같은 골목을 계속 기웃거리는 민아의 모습을 눈치챈 수연이 사람들에게 물어물어 겨우 심씨네 집을 찾을 수 있었다. 감이 열리지 않는 감나무집이라 했다. 시끌벅적한 술도가 한길 끝에 자리한 낡은 기와집 중 하나가 심씨 가문의 집이었다. 퇴색한 대문 위로 반질반질한 감나무 잎이 반짝였다. 키가 큰 나무이다.

민아와 수연은 바람에 흔들리는 나무를 한참 동안 올려다봤다. 수연이 뿌듯한 마음으로 민아를 돌아봤다. 민아의 두 볼이 홍시처럼 물들어 있다.

"낭군님 불러다 드릴까요?"

수연이 부드럽게 속삭였다. 당황한 민아가 쓰개치마의 치마끈을 더욱 여며 잡았다.

"아니, 안 된다. 내 행색도 초라하고 또 이는 반가의 규수가 해서는 안 될 경박한 행동이고 물론 시집갈 길을 알고 싶어서 와봤을 뿐이지만, 만일 어머니가 아시면 나는."

"남녀의 마음은 한 가지랍니다. 절 혼내시려거든 돌아가서 혼내주세요."

수연은 민아의 양 팔을 잡고서 힘을 넣어주었다.

"마음에 솔직해지셔도 괜찮아요. 긴장하실 거 없어요. 살면서 이토록 설레는 순간이 몇이나 되겠어요. 할 말이 없으시거든 조금 걸으실래요, 라고 물으시면 돼요."

민아의 둥그레진 눈이 귀엽다는 듯이 콧잔등을 찡긋한 수연은 냉큼 뒤돌아 대문을 두드렸다. 머리를 총총히 땋은 어린 계집종이 얼굴을 내밀었다. 문틈으로 작은 마당이 보였다. 햇살이 쏟아져 내리는 안사랑 문이 열리고 사내의 옷자락이 보이는 순간 민아는 도망가버릴까, 하는 충동에 사로잡혔지만 꾹 참고 눈을 감고서 열을 셌다.

……여덟, 아홉, 열.

눈을 뜨니 수연이 보이지 않았다. 솟을대문 앞으로 한 걸음 다가가 보니 마당에 거리낌 없이 발을 들여놓은 수연이 키가 훤칠한 사내와 이야기를 주고받고 있었다.

자유연애를 하는 처자들의 모습이 혹 저와 비슷하지 않을까. 장옷은 경박해 보이니 내 오래된 쓰개치마라도 하나 주어야겠다. 주홍색 고름이 달린 장옷을 느슨하게 쥐고 있는 수연이 퍽 은근해 보여 민아는 얼굴을 붉혔다. 낮술을 마시고 술도가를 나온 자들이 양반집 문 앞을 서성이고 있는 민아를 훑어봤다. 민아가 이런저런 생각을 주워 담는 사이 끼익 하는 쇳소리와 함께 문이 열렸다.

"청을 들어주셔서 감사합니다. 기다리고 있었습니다."

심성원이 고개를 숙였다. 뒤이어 나온 수연이 민아를 향해 부드러운 미소를 지었다. 민아는 당혹감에 어쩐지 눈물이 나올 것만 같았다.

"저는…… 제 아버님은, 아니 제 이름은."

"알고 있습니다. 토끼 같은 새 신부시지요."

조그맣게 속삭인 성원이 입가에 해사한 미소를 띠었다. 쌍꺼풀 없이 순한 눈에 맑은 얼굴빛과 부드러운 콧날을 지닌 사람이었다. 민아가 수연에게 도움을 요청하는 눈길을 보냈지만 수연은 하얀 감꽃을 따려고 손을 뻗으며 딴청을 피웠다.

"잠시 걸으시겠어요. 당산나무 앞까지만요."

민아는 용기를 쥐어짜내 간신히 말을 건넸다. 만일 어머니가 안다면 경을 칠 것이다. 그렇게 되더라도 좋았다. 가슴에 새싹이 돋을 것처럼 간질거려 참을 수 없었다.

"좋습니다."

잘못 들었나 하고 귀를 의심한 성원은 웃음이 나오려는 것을 참고 짐짓 아무렇지 않은 척 대답했다. 그의 집에서 마을의 당산나무로 불리는 느티나무까지는 백 보도 될까 말까 한 짧디짧은 거리다. 수줍은 얼굴로 입술을 오물거리는 새 신부가 분에 넘치게 사랑스러웠다.

"감사합니다. 보는 이가 많아 부끄러웠는데 먼저 찾으신 것처럼 해주셔서."

"토끼는 호기심이 많은 동물이지요."

성원의 다정한 말에 민아는 자꾸만 입꼬리가 올라갔다. 둘은 술도가를 등지고 당산나무를 마주하며 걸었다. 봄기운에 녹은 흙바닥이 솜을 누빈 이불처럼 폭신했다.

"혼사 준비는 어렵지 않으신가요?"

"저는 아는 게 없어서…… 그저 어머니와 아이들이 하라는 대로."

민아는 아차 싶어서 말을 멈췄다.

"현숙한 부인이 되기에는 부족한 사람이라, 곤란하실지도 몰라요."

"저도 마찬가지라, 우리는 달그락거리는 부부가 될지도 모르겠군요."

빙긋이 웃어 보인 성원은 품에 넣어둔 어머니의 수자문노리개를 가만히 짚어보았다. 정말 내 사람이다 생각되는 날이 오거든 직접 주거라, 하고 건네주신 것이었다. 민아는 그의 말에 서로 데면데면 지내는 것보다는 부딪치며 깨지는 편이 좋아요, 라고 대답하려다 얼굴만 슬며시 붉혔다.

"저…… 어떤 찬거리를 좋아하시나요? 자주 찾으시는 것이 있으시거든 혼인날까지 익혀보겠습니다."

민아가 물었다. 손재주가 필요한 것은 뭐든지 솜씨가 형편없어, 부러 하려고도 하지 않았지만 그를 위해서 손수 근사한 밥상을 차려주고 싶었다.

"생선구이를 좋아합니다."

성원이 말했다. 그가 가장 즐기는 음식은 잡뼈를 푹 곤 곰국이었지만 제대로 끓이려면 얼마나 많은 시간과 정성이 들어가야 하는지 알고 있었다. 그래서 떠올린 음식이 생선구이였다. 딱히 간을 할 것도 없고 적당히 굽기만 하면 되는.

"소박하시네요. 저도 생선이 좋아요."

작은 목소리로 뒷말을 덧붙인 민아가 배시시 웃었다. 어쩐지 그에게 저는 이것이 좋아요, 저것이 좋아요, 라고 선뜻 말하기가 어려웠다.

생선은 잡내 때문에 민아가 꺼려하는 식재료 중 하나였다. 비린내를 어떻게 없앤담. 눌어붙지 않게 구워야 할 텐데. 내장은 또 어떻게 분리하고? 살아 있는 생선의 배를 가를 생각을 하자 정신이 아찔해진 민아는 당장 돌아가는 길에 생선부터 사 가야겠다고 다짐했다.

천천히 걷는다고 걸었는데 어느새 민아의 머리 위로 느티나무 그림자가 드리웠다. 아쉬워 조마조마한 마음에 느티나무 앞에서 돌아설까, 아니면 아름드리 기둥을 뱅 돌아갈까 몇 번을 고민하던 때에 성원이 환히 웃으며 민아의 손을 찾아 잡았다.

"우리 조금만 더 걸어요. 여기부터는 보는 이도 없으니."

*

수연은 살구색 담장 끝에서 민아를 기다리고 있었다.

"잘 다녀오셨어요?"

수연이 민아의 손에 감꽃을 쥐여주었다. 민아가 발그레한 얼굴로 고개를 끄덕였다.

"감꽃에는 좋은 곳에 다녀오세요, 라는 뜻이 있대요."

민아는 감꽃을 입에 물었다. 터질 것 같은 홍시보다, 잘 마른 곶감보다도 더더욱 달았다.

*

대청에 마련된 초례상에 대추와 밤, 곶감이 알알이 토실하다. 녹원

삼을 입고 보랏빛 도투락댕기를 드리운 민아가 수연의 부축을 받아 사모관대 차림의 성원이 기다리고 있는 초례청으로 다가왔다. 눈을 마주하진 않았으나 신부의 시야에 들어온 신랑의 기골이 훤칠하다. 수연은 민아와 함께한 나흘 동안 정성을 다하여 민아를 매만지고 아껴주고 다듬었다.

하루는 민아의 목욕물에서 난향이 자욱하자 목욕을 마치길 기다린 몸종들이 앞다투어 향로와 그릇에 물을 퍼담아 즐겼다. 마침 그곳을 지나던 예조참판이 기이한 소란을 보고는 딸에게 무슨 일이 일어나는 건지 걱정했으나 지금, 고운 신부의 모습을 보는 그의 눈시울이 뜨거워졌다.

"신랑 일 배, 신부 이 배."

신부의 모습이 더 곱다. 아니다 신랑의 모습이 더 곱다. 사내를 두고 곱다니 네놈 무슨 뜻이냐. 웅성거리는 동네 사람들의 말이 수연의 귀에 들어왔다. 분명 뿌듯하고, 흐뭇해야 할 일인데 신부를 따라 초례청 앞에 서자니 자꾸 누군가가 떠올랐다.

단과 내가 사랑을 약속했다면 무언가 달라졌을까.

신부의 절을 부축하느라 앉았다 일어서는 수연의 마음이 어지럽다. 좋지 않은 생각이다. 애써 떨쳐내려 해도 쉽지 않다. 지난 나흘간 민아의 설렘이 전해진 탓인지, 마치 자신이 새 신부처럼 혼인 준비에 열을 올리고 두근거리며 살았음을 수연은 몰랐다.

신랑과 맞바꾼 술잔이 신부의 입술에 닿았다. 영원히 지켜져야 할 서약이었다.

호랑가시나무 아래서 평화를

황의원의 상을 치른 겨울이었다. 단은 잠결에 수연과 은이의 체온이 느껴지지 않자 눈을 번쩍 떴다. 눈앞에서 죽음을 목격한 후로는 잠을 깊이 잘 수 없었다.

"일어났어?"

수연이 호롱불을 들고 단의 얼굴을 들여다보았다. 또 한참을 울었는지 속눈썹이 젖었다.

"네 얼굴, 꽤 무서워 보인다는 거 알아?"

"그래? 살았는지 죽었는지 확인하던 중이었으니 그럴 만도 하지."

"그래. 꼭 그런 표정이었어."

단이 천장에 일렁이는 호롱불 그림자를 바라보며 중얼거렸다. 달도 뜨지 않은 밤이다.

"너는 왜 안 자?"

단이 물었다.

"잠이 안 오니까 안 자지."

"불안해?"

"응. 의원님께서 돌아가셨으니 이제 우리는 중인도 되지 못하잖아. 나는 기생의 딸이고 오라버니랑 은이는 상여꾼의 자식이니 누가 우릴 써줘?"

"네 말대로 장인이 되면 되잖아."

"말이야 쉽지."

수연의 말에 단은 섭섭함을 느꼈다.

"보여주고 싶은 게 있어. 좀스러운 일이긴 하지만 이 집에 다시 오기 어려울 테니까. 오늘처럼 눈이 오는 날에 어머니가 보여주셨던 거야. 마음을 녹이는 데엔 도움이 될지도. 은이는 겨우 잠들었으니까 우리만 나가자."

단이 덮고 있던 홑이불을 빼내 순식간에 수연을 감쌌다.

"특히 오라버니의 생사를 확인하느라 얼굴이 굳어버린 저승사자에겐 더욱 효과적이지."

"뭐야, 풀어줘!"

"쉿, 마음을 녹여야 한다니까. 이런 일에는 정성을 다해야 해."

문에서 녹슨 쇳소리가 났다. 구름 한 점 없이 까만 하늘이 수연과 단의 머리 위에 있었다. 단은 찬바람이 들세라 수연을 꼭 안고 뒷마당으로 갔다. 마당 한 켠에 세워둔 마른 장작을 얼마간 내 온 단은 눈밭 위에 그것을 쌓아두곤 수연을 앉혔다. 부엉이가 은근하게 울었다. 수연은 분주히 움직이는 단을 지켜봤다. 아기 같은 자신의 모습이 우스웠지만 웬일인지 꼼짝도 하기 싫었다. 따뜻한 불기운도 곁에 있으면 최고일 텐데.

어두운 눈밭에서 부지런히 움직이던 단은 벙거지 모양의 얼음집을 만들어냈다. 단은 이번엔 담장을 넘어 자란 호랑가시나무에서 붉은 열매가 맺힌 가지만 골라내더니 얼음집을 사방으로 둘러쳤다. 무언가 근사한 게 완성될 것 같다는 생각이 수연을 들뜨게 했다. 단은 마지막으로 수연이 밝혀둔 호롱불을 얼음집 안에 넣었다. 따스한 빛의 기운이 얼음집을 이룬 하얀 눈에 번지고, 호랑가시나무의 새파란 육각형 잎에 번지고, 작고 붉은 열매에도 번졌다. 수연은 생전 처음 보는 아름다운 조형물에 마음을 빼앗겼다.

"이런 광경은 생전 처음 봐."

눈에서 새어나온 빛에 동그란 열매가 반짝이는 것이 꼭 모닥불에 뿌린 붉은 보석 같다고 수연은 생각했다. 단은 수연이 기대 이상으로 좋아하자 멋쩍어지고 말았다.

"별것 아니야. 어느 나라에선 호랑가시나무가 탄생을 축복한다는 의미로 쓰인다고 해서. 황의원님도 좋은 곳에서 다시 태어나셨을 거라 믿자. 물론 해탈하셨다면 축하해드릴 일이지만 불같은 우리 의원님이 그러셨을 리 없잖아?"

"태어난 것을 축복해?"

수연이 붉은 열매를 만지작거렸다. 황의원의 임종을 지킬 때까지만 해도 태어나고 죽는 건 너무나 쉽게 일어나는 일이어서 별 의미 없다고 생각한 수연이었다. 단은 수연의 검은 눈에도 빛이 번져 반짝이는 것을 보았다.

"한 번도 가본 적은 없지만, 그곳이 진짜 세상일지도 모르겠어."
수연이 작게 읊조렸다.

등나무의 꽃말은 환영,
그리고 사랑에 취하다

　따뜻한 햇살이 눈부시다. 수연은 평상에 앉아 발을 흔들며 싸리문 밖을 바라보았다. 보랏빛 등꽃이 포도송이처럼 탐스럽다. 단이 나주에 마련한 새 집에 수연과 은이를 두고 일을 구하러 간 지도 삼 년 가까이 흘렀다. 단은 때때로 그들을 찾아왔으나 고작 하루 이틀 머물 뿐이었다.

　수연은 또다시, 이제는 키가 훌쩍 커버린 은이와 함께 매화도 지고 목련도 지고 수수꽃다리도 진 늦봄을 보내고 있는 중이었다.

　"언니! 누가 내 앵두나무에 거름 얹어놓았나봐. 고약한 냄새 나."

　"은이 큰일 났네. 내 나무에 몰래 거름 주는 것은 연정의 표시라던데. 시집가야 할지도."

　"익, 누구야! 난 그런 거 싫어."

　은이의 조그만 입술이 뾰로통하다.

"괜찮아. 앵두가 더 붉어질 거야. 속상해하지 말고 나랑 등꽃 따러 가자."

"등꽃은 뭐 하러?"

"차로 마시면 단맛이 나. 가기 싫어?"

"그런 서운한 말씀을! 언니가 해준 음식들은 아주 혓바닥째 넘어간 다니까."

치마를 휘날리며 부엌으로 달려간 은이가 넓은 바구니 두 개를 찾 아 들었다.

연보랏빛 꽃송이가 차곡차곡 소쿠리에 쌓였다. 이 꽃송이를 바람이 잘 부는 그늘에서 나흘간 말리면 그 자체로 훌륭한 찻감이 되었다. 한 여름에도 습기가 차지 않는 곳에 잘만 보관하면 향을 즐길 수 있으니 수연이 좋아하는 차 중 하나였다.

"언니. 금성관에서 잔치가 열렸을 때 무희들이 꼭 이런 푸른빛 사 를 양 팔에 끼고 춤을 추었는데 어쩌나 예쁘던지. 나도 기생이 되고 싶 어."

연호관 이모님은 잘 계실까. 홍련을 따라 금정산으로 유람을 갔던 날이 있었다. 범어사의 구름 같은 등나무 아래서 꽃향기에 취하여 늙 은 기생 어린 기생 할 것 없이 다 함께 춤을 추던 기억. 주지스님이 호 통을 치며 쫓아내시는 바람에 모두 깔깔거리며 즐거워하던 때가 좋았 다고 수연은 생각했다.

"무엇하러 기생이 되니. 내가 가르쳐줄 수 있는데."

"언니도 그런 춤을 출 줄 알아?"

은이의 눈이 휘둥그레졌다.

"그럼, 내가 먼저 시범을 보일 테니 잘 따라 해봐."

수연은 등꽃이 담긴 소쿠리를 왼팔에 들었다. 그리고 바람을 걷어내듯 오른팔을 가볍게 휘둘렀다. 땅에 부드러운 등꽃이 깔린 탓일까. 원을 그리며 한 바퀴 도는 몸짓도 더없이 산뜻하다. 은이가 검은 눈을 반짝이며 수연의 동작을 따라 했다. 수연이 조각배가 잔물결에 흔들리듯 발꿈치를 사뿐히 들어올리면 은이도 똑같이 선보였다. 수연과 은이의 입가에 환한 미소가 걸렸다. 두 여자의 하얀 얼굴이 등나무 꽃그늘 아래 활짝 피어났다.

"오라버니!"

은이가 춤을 추다 말고 긴 그림자를 향해 달려갔다.

"이씨! 왔는데 왜 말을 안 해!"

은이의 말에 수연도 조마조마한 가슴을 누르며 등나무 그늘을 벗어났다. 서로를 그리워했던 눈동자끼리 마주치는 순간이었다.

*

세 식구는 평상 위에서 만찬을 즐겼다. 보리밥을 싹싹 비운 은이는 안색을 곱게 해준다는 말에 수연이 만든 때 이른 앵두화채를 세 사발이나 마셨다. 만드는 것은 어렵지 않았다. 씨를 바른 앵두를 살짝 데치고 약간의 꿀과 차게 우린 오미자를 한데 부으면 끝이었으니까. 다만 비를 맞은 앵두는 찬물에 담가놓아야 벌레가 나온다는 사실을 생각 없이 은이에게 말해버린 탓에 진땀을 뺀 수연이었다.

수연과 단이 있는 평상까지 은이의 코고는 소리가 들려왔다. 희미하게 퍼져오는 등꽃 향기가 수연의 마음을 진정시켜주었다. 수연은 이 집에서 처음 해보는 것이 많았다. 딱 세 식구 입에 들어갈 쌀도 처음 안쳐보고, 비가 갠 날이면 영산강 상류로 향하는 길을 따라 걷는 것도 새로 생긴 습관이었다.

참 좋은 곳이다. 전처럼 열망에 가득 차서 향재를 공부하고, 일을 배우는 건 할 수 없어도 충분히 평화롭다는 사실이 수연을 조금은 덜 슬프게 했다.

"새벽에 돌아갈 거야?"

평상에 누워 눈을 감고 있는 단에게 수연이 말을 건넸다.

"저번 오일장에서 오라버니 거 새 신 구해놓았어. 맨날 신이 다 닳아서 헐떡거리면서 오고…… 이번에는 두 켤레 사두었으니 갈 때 신고, 올 때도 신어."

"돌아갈 수 없어."

억눌려 있던 단의 말이 터져 나왔다.

"그게 무슨 말이야? 열심히 공부하고 있었잖아."

"환자를 반신불수로 만들었다는 누명을 썼어. 아무도 고아에 천민인 나를 위해 나서주지 않더라. 돈을 달라는 사람은 있어도. 이런 사람들을 살리기 위해 의원이 돼서 무엇 하나 싶어서…… 그곳에서 반쪽짜리 의원이 되느니 차라리 다른 삶을 시작하는 게 나아. 선생님께도 그렇게 말씀드리고 왔어."

그토록 원하던 것을 스스로 포기한 사람에게는 무슨 말을 해주어야 할까.

"벌 받은 거지. 너도 꿈이 있는데 은이 곁에 묶어두고 나 먼저 살겠다, 욕심낸 벌."

아무렇지 않은 듯이 대답하는 단의 말에 수연의 눈시울이 뜨거워졌다. 우리는 서로 닮은꼴이 되어버리고 말았구나.

"무엇이 되겠다고 마음에 새기지 않으면서 살아볼까 해. 간절히 원했는데 결국 이루지 못하면 너무 힘들잖아."

"나는…… 나는 아직 모르겠어."

수연의 눈시울이 붉어졌다.

"너는, 네가 하고 싶은 대로 살면 돼, 수연아."

단의 잔잔한 목소리가 괜찮다며 수연의 등을 어루만져주었다. 산들바람이 불어와 두 사람의 뺨을 쓰다듬었다. 노랗게 가물거리던 금성이 산 아래로 넘어갔다.

"아까 은이하고 등나무 아래서 추던 춤, 그런 춤은 처음 봤어. 무심하다고 해도 좋아. 너를 여기 두고 밖으로 나온 걸 한 번도 후회한 적 없었으니까. 그런데 그 춤을 보았을 때 내가 너한테 무슨 짓을 저질렀나 싶어서."

단은 수연의 곧은 등을 바라보며 말을 이었다. 관례도 치르지 못하고 어느덧 열아홉이 되어버린 수연은 아직도 제비부리댕기를 낙인처럼 드리우고 있었다.

"내가 네 댕기를 풀어줘도 될까?"

수연은 단을 돌아보지 못하고 가만히 고개를 끄덕였다. 단이 수연의 붉은 댕기를 내리고 손으로 머리를 빗겨주었다. 그를 떠났으면 최고의 장인이 되었을 수연에 대한 무언의 속죄였다.

호박꽃 필 무렵

수연이 열어놓은 창을 통해서 초여름의 선선한 공기가 들어왔다. 낡은 경대를 세워두고 요리조리 들여다보던 수연은 단이 건네준 나무 비녀로 머리를 올렸다. 미혼자가 비녀를 꽂으면 기구한 인생을 산다는 풍문이 있었지만 상관없었다. 머리를 올리면 단의 말대로 새 삶을 사는 기분이 들었다. 그새 머리를 매만지는 게 익숙해졌는지 쪽진 모양이 참 야무지다. 그녀가 처음 머리를 올려본 아침에 은이는 수연의 주위를 뱅뱅 돌며 예쁘다는 감탄을 연발했다.

"언니 혼인했어? 누구랑 혼인했어?"

은이가 실실 웃으며 물었다.

"은이 배곯지 않게 해주려고 나하고 백년가약 맺었지."

"나도 머리 올려주어."

"너는 아직 어려서 안 돼."

은이의 눈이 샐쭉해졌다.

"언니하고 겨우 세 살 차인데 뭘."

"나중에 서방님께 올려달라 해."

"오라버니는 언니한테 백동 비녀라도 사다주지, 나무 비녀가 뭐야? 나는 혼인하면 서방님께 은비녀나 옥비녀로 사달라고 할 거야."

단장을 마친 수연이 치마를 털고 자리에서 일어났다. 방 안으로 쏟아지는 햇살에 먼지가 빛 가루처럼 떠다녔다. 은이를 깨워서 단오 잔치에라도 갔다 올까. 모처럼 활기찬 기운에 수연의 어깨가 반듯이 펴졌다.

나주목 관아 앞의 너른 마당에서 축제가 한창이었다. 단오제를 위해서 달포 전부터 나주 유생과 무당들이 한데 모여 신주 단지에다 쌀과 누룩, 솔잎으로 정화주를 빚었던 자리에 수연도 있었다. 태어나서 처음 보는 광경에 수연은 마음을 빼앗겼다. 이번 단오는 복닥복닥한 가운데 보내리라. 황 의원 밑에서 지낼 때에는 그네도 마음껏 타보지 못한 아쉬움이 있었다.

잔치 일손을 돕고 나서 단에게 줄 부채도 사고, 은이 옷감도 끊어야지. 어디를 가든 자신을 위한 일감이 있을 것이라 생각하는 수연이었다. 그것이 그녀를 더욱 부지런하게 했다. 해야 할 일이 산더미일 때는 잠을 줄였다. 잠을 조절하는 것이 수연이 할 수 있는 일 중에 제일 쉬웠으니까. 하지만 은이는 그렇지 않은가보다. 수연이 은이의 귀에 대고 뭐 먹을래? 어디 갈까? 물어보아도 잠에 취해 응, 응, 응…… 하는 대답만 줄이었다.

*

　신을 모신 제단 앞에서 할머니들이 몸싸움을 하고 있다. 초록빛 수리취떡에 열심히 콩고물을 묻히던 수연은 얼이 빠져 하던 일도 멈추고 그 광경을 바라봤다. "한양 간 내 자석 잘 되게 해주십사 소원 좀 빌어보자꼬 어뜨케 맡아놓은 자린디, 여시가 가로채 갔고나." "인나라 할망구야!" "엔간치들 하씨요!" "시방 해보자는 겨?" 저 할머니들 입에 떡 하나씩 넣어드리면 잠잠해지실 텐데. 수연은 고소한 냄새가 나는 떡 하나를 자신의 입에 넣어보았다. 역시 맛있다. 그녀의 손길이 다시 분주해졌다.

　수연이 시전 상인들을 도와 커다란 가마솥에 창포를 삶고 있을 때였다. 이 물로 머리를 감겨줄 테니 멀리 가지 말라고 신신당부했는데도 은이는 그새 종적을 감췄다. 차양 한 켠에서 떡메를 치던 아낙들이 수연을 두고 수군거렸다.

　"하지 말거래이."

　"아잉게 아이라……."

　"쉿, 내가 물어볼게요."

　올 게 왔구나. 수연도 아낙네들의 이야기를 다 듣고 있었다. 듣고 싶지 않았지만 떡메를 치면 칠수록 아낙들의 목소리도 높아져갔다.

　"어느 댁이에요?"

　그들 중 복스러운 뺨을 가진 젊은 아낙이 수연에게 말을 걸었다.

　"정수연이에요."

　살가운 목소리였지만 남원댁, 충주댁 같은 대답을 기대했던 아낙은 멈칫했다. 아무리 봐도 어여쁜 새댁인 것 같은데 정말 전주댁 말대로 스스로 비녀를 꽂은 노처녀인 것일까.

"나는 경기댁이에요. 쉬엄쉬엄 해요. 무조건 열심히 하는 것보다 요령껏 해야 일 잘한다 소리 듣는 법이에요. 이따가 우리 쪽으로 와서 새참도 먹고."

"감사해요. 창포 다 삶아내면 그리로 갈게요."

수연이 싱긋 웃었다. 그 미소를 보니 경기댁은 더 이상 캐물을 수가 없었다. 땀 흘려도 싱그러워 보이니 젊은 게 좋구나. 다시 떡메를 치러 돌아간 경기댁은 아무런 사실도 못 알아냈다는 듯이 전주댁에게 고개를 절레절레 흔들어 보였다.

창포물이 펄펄 끓자 찬물과 섞어 온도를 맞춘 수연은 꼬리를 물고 길게 선 아이들 머리에 한 바가지씩 천천히 부어주었다. 어떤 사내아이는 몸에다가 부어달라며 떼를 썼다. 수연이 창포물로는 머리를 감는 것이라 설명해주어도 머리와 몸을 한 번에 씻는 게 나쁜 것이냐며 오히려 수연을 설득하려 들었다. 수연이 하는 수 없이 고집에 넘어가주자 줄지어 서 있던 아이들 모두 자신도 그렇게 해달라고 하는 바람에 시전은 아이들의 물놀이 터가 되어버리고 말았다. 그래도 누구 하나 나무라는 어른이 없었다. 아이들이 강아지처럼 털어낸 물기가 튀어 수연의 치마도 몽땅 젖었다.

놀이가 끝나자 수연은 빈 소쿠리를 들고 종종거리며 어딘가로 가더니 갓 피어난 호박꽃을 한 아름 담아왔다. 그녀는 능숙한 솜씨로 그것을 데쳐낸 후에 잔치에서 쓰이고 남은 다진 고기와 나물을 넣어 다시 꽃봉오리로 묶어내었다. 남은 호박꽃은 그대로 펼쳐 된장과 함께 상을 내갔다. 떡메를 치고 힘이 빠져버린 경기댁, 전주댁, 구미댁은 생각지도 못한 대접에 입이 절로 벌어졌다.

"젊은 처자가 솜씨도 좋아라, 그러지야잉?"

입이 미어지도록 호박꽃쌈을 넣은 전주댁이 흥이 났는지 몸을 씰룩였다. 바싹 마른 체구의 구미댁도 기분이 좋아진 듯 구성진 가락을 뽑아냈다.

넝출넝출 호박넝쿨 담장 안에 손을 주고
우리 님은 어디 가고 내 품 안에 손 안 주네*

"어째 노래가 야시시하네요."

"그거 니기 지어낸 거 아잉가?"

"우리 어매가 가르켜준 기라. 잔말 말고 무라."

*

은이가 새로 산 부채 두 자루를 앞뒤로 재어보았다. 나주 부채가 팔도 으뜸이라더니 작은 수박을 들고서도 힘에 겨워 낑낑거리는 수연을 향해 부치는 바람이 꽤 시원하다. 해질녘에도 놀이마당에는 그네뛰기가 계속됐다.

"언니 마음에도 바람 불어? 오라버니 맘에는 바람 불던데."

---

* 경북 구미 전승 민요.

"그게 무슨 소리야?"

"아니, 똑같은 밥을 먹는데 한 사람 얼굴엔 살이 오르고 다른 한 사람은 피골이 상접해가니 맞바람은 아니고 외바람이구나 싶어서."

수연의 눈치를 흘끔 본 은이가 말을 이었다.

"내 말 무슨 뜻인지 알지? 돌쇠가 마님 보쌈해서 담 넘는 거 말구 간질간질하면서 못 견디겠는 바람 말이야."

"응. 알고 있어."

수연은 무슨 말을 더 하려다 입을 닫았다. 단에 대한 정제되지 않은 감정들이 부유하며 그녀를 괴롭혀온 것을 스스로가 잘 알고 있었다. 풀어야 할 말을 하지 못하고 덮어둔 사이 그게 너무 익숙해져버렸다. 아니면 지금의 평화를 다시 격정으로 몰아넣고 싶지 않았는지도.

"내가 언니 대신 물어봐줄까?"

"뭘?"

"언니 마음이 어떤지."

뒤따르던 은이를 휙 돌아본 수연이 눈을 흘겼다. 은이는 가끔 사람을 놀라게 하는 재주가 있다. 입꼬리를 올리며 장난스레 눈을 굴리는 모습이 단을 꼭 빼닮았다.

"은이 너어."

"농이야. 내가 언니 맘을 어떻게 안다구. 오라버니는 고생 좀 해도 돼. 우리만 남겨두고 의술 공부 하겠다구 내뺀 거 봐. 내 눈은 틀린 적이 없어. 기껏 보내줬더니 공부도 때려치우고. 사내가 끈기도 없이."

"그건 오라버니가 원한 게 아니라……."

"에에이! 무슨 말을 못 하겠네. 그냥 내 맘은, 다들 조금 덜 아팠으면 좋겠어."

은이의 귀가 붉어졌다. 쑥스러운지 부채를 휘두르며 저 앞으로 달려 나간다.

"은이야!"

"안 들려어!"

"수박 좀 같이 들어주지."

수연이 울상을 지었다.

*

수박이 쪼개지는 소리와 같이 하늘이 몇 번 갈라지자 여름이 갔고, 떨어지는 홍시를 받을 새도 없이 가을이 지났다. 겨울을 준비하는 동안 세 식구는 여느 오누이와 다를 바 없이 평화롭게 지냈다. 하지만 날이 갈수록 단의 말수가 줄고 심지어 은이까지 자신에게 무언가를 숨기는 듯하자 수연은 걱정되는 한편 심통도 났다.

납매*로 꽃점을 보다,
'당신은 낭만주의자'

밤이 길어지고 낮이 짧아졌다. 동짓날 궐에서는 왕과 세자, 봉림대군의 참석 아래 축일을 기리는 회례연이 열렸다. 예물을 갖추고 명나라로 떠나는 동지사들은 벗들이 써준 송별시를 품에 넣었다. 성균관에서는 제주목에서 올라온 귤을 하사품으로 두고 감제柑製가 열려 유생들의 입에 신맛이 돌았다. 수연도 모처럼 기운찬 마음으로 팥죽을 끓였다.

"언니 팥죽 언제 다 돼?"

동지 팥죽을 먹어야 나이를 한 살 더 먹는다는 말에 은이의 눈이 반짝였다. 맘이 들떴는지 계속 수연의 곁을 맴돈다.

"조금만 더 끓이면 돼."

---

* 섣달에 피는 매화라고 불린다. 노란색의 꽃이 피며 향기가 진하다.

"나는 새알 많이 넣어줘."

수연은 아궁이 앞에 앉아 병아리처럼 졸았다. 연기는 매캐했지만 뜨끈한 불기운이 그녀의 몸을 녹여주었다.

공기 중에 겨울 냄새가 풀리기 시작하고서 수연은 독감을 앓았다. 어디를 가는지 말해주지도 않고 매일같이 집을 나서던 단도 수연의 곁에서 그녀를 간호했다. 그런 날이 계속될수록 수연은 단에 대한 미안함에 견딜 수 없었다.

수연이 가마솥을 열었다. 따뜻한 김이 그녀의 얼굴에 닿았다. 수연은 붉은 팥죽을 휘휘 저으며 아무 신에게 내년에는 세 식구 모두 무탈하게 해주십사 빌었다.

*

그날 저녁, 부드러운 손이 잠에 빠진 수연의 어깨를 흔들었다.

"언니, 언니, 잠깐 일어나봐."

수연은 머리가 깨질 것같이 아팠다.

"은이야, 왜?"

"언니 나 시집갈 거야."

"그게 무슨 소리야. 얼른 자."

"나 시집가. 지금 가야 해. 응? 언니. 나 좀 봐봐."

은이의 목소리가 예사롭지 않은 것을 느낀 수연은 몸을 일으켜 창을 열었다. 달빛이 어슴푸레 스며들어와 은이의 얼굴을 비추었다. 작은 품에 하얀 보따리를 안고 있다.

"은이야 뭐라구? 너 제정신이야?"

"나 갈 거야. 밖에 서방님이 데리러 오셨어. 언니 나보고 잘 살라고 해줘."

"가지 마 은이야. 안 돼. 이건 아니야."

"그 사람이 나 행복하게 해준대. 나도 잘 살 자신 있어. 응? 오래전부터 마음먹었던 일이야. 오라버니가 없던 삼 년 동안 우리끼리 집도 잘 지켜냈잖아. 나도 이제 다 컸어. 나 편히 가고 싶어. 그럴 수 있게 보내줘."

"그 사람이 누군데!"

"평산 신씨네 독자. 고개 너머 있는. 나중에 잘 살고 있는지 보러 오면 되잖아. 서방님 함자는 신 호자 인자야. 달포 뒤에 오라버니하고 찾아와. 응?"

"안 돼. 오라버니 깨워야 해."

수연은 건넛방에 있는 단을 부르러 몸을 일으켰다. 은이가 수연에게 매달렸다.

"언니! 오라버니는 나 못 가게 가둬둘지도 몰라. 미안해. 미안해 언니. 오라버니한테 편지 남겨뒀어. 아침에 그 편지 보여줘."

"은이야 왜 그래. 이러지 마. 내년 봄에 그때 혼인하자. 내가 네 원삼도 지어주고, 머리도 빗겨주고, 새 단장품도 사주고 그렇게. 급할 거 없잖아."

"울지 마 언니. 부족한데 조금 더 부족하게 간다고 생각할래. 서방님 기다리게 하고 싶지 않아. 가서 열심히 살게."

은이가 수연의 눈물을 닦아주었다. 방을 나서려는 은이를 수연이 붙들었다.

"잠깐만 은이야."

어두운 가운데 수연은 떨리는 손으로 경대를 뒤적였다. 그리고는 은가락지 한 쌍을 건넸다. 연호관 이모님이 주신 것이었다.

"가지고 가."

"고마워 언니."

은이는 수연을 안아주고 방을 나섰다. 뼛속까지 스미는 찬바람이 몰아닥쳤다. 수연도 신을 신고 몇 걸음 은이를 따라 나섰다. 노랗게 핀 납매 아래 단과 비슷한 연배로 보이는 사내가 은이를 기다리고 있었다. 은이는 그렇게 가버렸다.

수연은 방으로 들어갈 생각도 못 하고 마루에 앉아 있었다. 동짓날은 호랑이 장가가는 날이라더니 우리 은이를 잡아갔구나. 수연은 은이가 떠난 길을 멍하니 바라봤다. 단에게 무어라 말해야 할지 몰라 추위를 느낄 수도 없었다.

아침이 되자 단은 은이가 남긴 편지를 읽고는 꽁꽁 언 수연을 방에 눕혔다. 그리고 그 길로 은이를 데리러 갔으나 결국 홀로 돌아오고 말았다. 소한小寒이 되기 전에 단과 수연은 세 식구가 살던 초가집을 넘기고 한 칸 초가로 이사를 갔다. 은이에게 지참금을 보내기 위해서였다. 은이를 데려간 신호인이란 자는 단보다 한 살 많은 사내로, 왜란으로 가세가 기운 양반 가문의 자제였다.

은이는 단과 수연이 옮긴 새 집으로 신랑에게 배웠는지 서툰 한자로 쓴 편지를 보내왔다. 아무 생각도 근심도 없다는 뜻의 무사무려無思無慮가 적혀 있었다.

고결한 이성,
향을 내주고 받은 동백의 꽃말

　장옷 위로 눈송이가 오목히 쌓였다. 눈구름에 가려 해가 보이지 않으니 그저 어두워질 때가 가까워졌구나 짐작할 뿐이었다. 수연은 주막에서 값싼 술 한 병을 사고 잔도 하나 빌렸다. 산길을 오르는 내내 눈물이 그칠 줄을 몰랐다. 눈이 한가득 쌓인 탓에 발이 자꾸만 푹푹 빠졌다.

　"어머니 저 왔어요."

　수연의 양 볼이 추위로 발갛게 달아올랐다. 사방이 눈부시다.

　"궂은 날씨여도 잘 찾아왔죠? 이런 날 찾아와야지 딸년 잘 키웠다는 소리 듣지, 해 밝은 날 찾아오는 건 너무 쉽잖아요."

　수연은 빈 잔에 술을 따랐다. 술잔 속으로 눈꽃이 하나 둘 떨어져 녹았다.

　"보고 싶어서 왔어요."

　수연이 작게 읊조렸다. 그러고는 한참을 말이 없다.

"힘들 때에만 찾아와서 죄송해요."

눈시울이 다시 뜨거워졌다.

"급하게 오느라 아무것도 못 가져왔네요. 저도 이제 다 컸으니 오늘은 같이 마셔드릴게요. 안주도 없는데 딸이랑 주고받기라도 해야 재미있지."

수연은 술을 하얀 봉분에 뿌리고는 잔을 채웠다.

"우리 어머니 지금까지 이렇게 맛없는 술 먹었구나. 나는 그것도 모르고."

한 잔. 목이 타들어갈 것 같다.

"일찍 가지 마시지 그랬어요. 그냥 나랑 오래오래 살지. 늙어서 내가 누군지 못 알아보고, 식찬 투정 부리고, 몸도 제대로 못 가누더라도 다 받아줄 자신 있는데."

두 잔. 다시는 마시고 싶지 않다.

"은이가 갔어요. 알고 계시죠? 내 동생 은이 예쁘게 살도록 살펴주세요."

세 잔.

"나 너무 힘들어. 큰 욕심 내지 않고 산 것 같은데 너무 힘들어요. 순리대로 살면 나아질까? 순리가 다 뭐야. 속죄하듯이 살면 나아져요?"

네 잔.

"내년에는 엉겅퀴 꽃으로 술을 담가 올게요. 이젠 술뿐만 아니라 손맛 내서 다리 부러지도록 상 차릴 줄도 알아요. 어머니가 제일 좋아하시던 꽃이었으니까 맛있게 만들어볼게."

작은 잔 하나에 술이 담기고, 한이 담기고, 어미가 미처 전하지 못한 말들도 눈송이가 되어 담겼다. 산비탈엔 수연의 꽃신 두 짝이 물감을 묻힌 듯 흩어져 누군가 이곳에 다녀갔음을 보여주었다. 그것이 잠들어 있는 혼들을 덜 쓸쓸하게 했다.

*

장옷 하나만 겨우 걸친 수연이 주막을 찾고 있던 때, 전라 관찰사를 만나 남해안 시찰을 마친 봉림대군 일행은 주막의 작은 방에서 몸을 녹이고 있었다.

"하하하하하."

봉림대군의 시원한 웃음이 방 안을 가득 채웠다.

"대군, 효성이 깨겠습니다."

박서가 말했다. 오효성은 술기운이 온몸에 번져 방구석에 코를 박고 잠들어 있었다.

"내버려두거라. 군불에 볼기짝을 지져 깨는 것보다 내 웃음소리에 깨어나는 것이 더 기분 좋지 않겠느냐?"

대군이 씨익 웃었다. 박서는 그의 장난스런 미소에 남몰래 몸서리쳤다.

"주모가 아주 친절하구나, 방이 절절 끓는 것을 보니."

"그야 대군께서 하루 방값의 일곱 배를 더 쳐주셨으니 그렇지요. 유교 경전을 꿰뚫고 계셔도 서민들 하루살이는 아주 모르시는 걸 보니 배움의 길이 한창 남으셨습니다."

박서는 주모의 딸로 보이는 여인이 봉림대군을 마주하곤 얼굴이 붉어져 어쩔 줄 몰라 하던 것을 보았다. 아마 그 여인이 동한 마음에 애꿎은 군불만 계속 넣고 있을 터지만 대군께 절대로 알려드릴 순 없다고 생각했다.

"내 안 그래도 자네 형님께 한 수 배울까 하네."

모르는 사람이 듣기에 박서의 말은 무례할 수도 있었지만 대군은 흔쾌히 받아쳤다.

"놀리지 마십시오. 얼마나 청천벽력 같은 소식이었는 줄 아십니까? 제 자신이 장님이 된 심정으로 앞날을 짚어가며 내린 결정이었습니다."

"도량이 넓은 자에게 절세가인은 아깝지 않지."

"도량이 넓은 것이 아니옵고 신의를 지키고자 했을 뿐입니다."

박서가 대군이 내린 술을 단숨에 들이켰다. 새 신랑의 얼굴에선 긴 여정의 피로감을 눈을 씻고도 찾아볼 수 없었다.

우여곡절이 많은 혼인이었다. 떨리는 마음을 애써 감추고 혼인을 기다리던 중에 정혼자가 불치병에 걸렸다는 소식을 받았다. 그의 형은 아버지께 혼인을 파기해야 한다고 주장했다. 하늘이 무너지는 소식에 온 집안이 들끓고 어머니는 가슴을 치는 사이 그는 방 안에 틀어박혀 식음을 전폐했다. 방을 나온 박서가 아버지께 꺼낸 첫 마디는 혼인을 하겠다는 것이었다. 병에 걸리게 된 것은 그녀의 탓이 아니다. 박서는 그리 생각했다. 정혼자마저도 외면하면 그 사람은 살 수 없을 것입니다. 아버지께 고하는 박서의 눈가에 저도 모르게 눈물이 고였다. 아이고, 혼인도 전에 내 아들 얼굴에서 눈물 빼는구나. 어머니는 그대로 혼절하고 말았다.

"그렇게 한 번에 들이켜지 말게. 안 그래도 자네를 빼오느라 새 신부에게 미운 털 단단히 박혔을 터인데 몸까지 상해 돌아가면 안 되지."

하지만 박서의 혼인날 어른 아이 할 것 없이 얼굴이 활짝 피었으니, 신부는 건강할뿐더러 대단한 미인이었기 때문이다. 유난히 생글생글 웃던 형을 미심쩍게 여긴 박서가 그를 잡아채 캐물었더니 망측한 소식은 척을 지은 가문에서 퍼뜨린 소문임을 실토했다. 애초에 형이 그 진위를 확인하였으나 아리따운 신부를 얻을 동생에 대한 약간의 시샘과 그를 시험하고픈 마음이 얽혀 소동을 만들어낸 것이었다.

"괜찮습니다. 마음이 좋아 그렇습니다. 한 잔 더 주시지요."

박서는 자신을 기다리고 있을 신부를 생각하자 얼굴이 뜨거워졌다.

"그럼 자네의 신의를 치하하는 뜻에서. 백년해로하시게."

박서와 봉림대군 사이에 술잔이 몇 번 더 오갔다. 칼집을 왼손에 꼭 쥔 채 방구석에 잠들어 있는 오효성의 코고는 소리가 더욱 커졌고, 박서의 눈이 풀리기 시작했다.

"술로써 대군을 이길 자는 궐 안에 아무도 없을 것입니다."

박서의 말이 점차 늘어졌다.

"자네가 나를 이긴 적이 있지 않는가."

"그때는 대군을 딱 한 번이라도 이겨보고 싶어서 오기로 마시다가……."

"졸지 말게. 내 명일세."

봉림대군의 목소리가 찬물이 떨어지듯 박서의 귀에 가 박혔다. 박서는 화들짝 놀라 눈을 부릅떴다.

"이 정도쯤이야 소신도 괜찮습니다."

"내가 되었다 하면 그때 잠들게나."

자꾸만 기울어지는 몸을 바로 세우려는 오랜 벗을 지켜보는 봉림대군의 눈이 흐뭇하게 굽어졌다. 그는 비어 있는 술병을 흔들어보곤 주모를 부르기 위해 창을 열었다. 눈보라가 방 안으로 침입하고자 매섭게 몰아닥쳤다. 그러나 대군은 그 추위를 느끼기도 전에 장옷을 뒤집어쓰고 주막 안으로 들어서는 여인에게 눈을 빼앗겼다.

"아주머니, 아주머니!"

그의 귀에 여인의 목소리가 애달프게 들렸다. 주모가 손에 묻은 물을 치맛자락에 대충 닦으며 달려 나왔다.

"아무 술이나 괜찮으니 값싼 것 한 병과 잔 하나만 주세요."

여인은 마치 배가 고프다는 듯이 주모를 닦달했다. 주모는 순순히 술을 내어주지 않고 실랑이를 벌였다. 여인을 지켜보던 대군은 기밀이나 되는 것처럼 박서에게 속삭였다.

"저 여인을 보아라. 대단한 술꾼이 아니냐."

"술상에 앉아 마주보며 대작하기 전까진 꾼인지 아닌지 모르는 것입니다."

박서가 흐리멍덩한 눈으로 여인을 보며 답했다.

"분명히 잔을 하나만 달라 하였다. 눈보라를 뚫고 여기까지 온 것을 보면 보통내기가 아닐 것이니 진정 여장부라 칭하고 싶구나."

"얼굴빛이 하얗고 행색이 남루한 걸 보니 사는 게 얼마나 힘들었으면 이 추운 날 술을 사러 왔겠습니까. 제 신부도 손목이 참 하얗더이다. 여인네들의 삶은 참 고단한 것입니다. 그 고운 자태가 세월을 따라 무너질 것을 생각하면 얼마나 슬픈지. 우리 어머니도 그럴진대…….”

박서의 말이 점점 뒤엉키고 꼬부라졌다.

“되었다. 자거라.”

대군이 한숨을 내쉬었다. 박서는 술상을 아슬아슬하게 비켜 찬바람이 숭숭 스미는 창가에 쓰러졌다. 대군은 오효성이 내팽개친 도포를 끌어와 박서에게 덮어주었다. 그 사이, 여인은 이미 주막을 떠나고 없었다.

“주모.”

“머시 더 필요하요?”

“여기 불은 조금 덜 넣어주어도 괜찮소. 그리고 아까 소란은 웬 것이오?”

“아따, 씨월씨월했을 터인디 욕보셨소. 제가 아끼는 아가 술을 내놓으라 거시기한 게요. 뭔 넘의 오기를 고로코럼 부린다야. 다른 때는 글타 쳐도 엄동설한에 술을 처마시면 시방 어쩌라는 것인지. 그저 괜찮았으면 쓰겠는디.”

대군은 주모의 거리낌 없는 말투에 놀랐다. 자신도 모르게 그 기세에 눌려 맞장구를 쳐주어야 할 것 같은 기분이었다.

“어디로 간다는 말은 없었소?”

“그런 말은 없었어라. 내 맴이 짠해서 원. 더 필요한 것 없지라? 반반한 양반들이 껄떡대지도 않고 잘도 마셔뿔네.”

주모가 돌아가고 방 안에 뻗은 두 장정들을 할 일 없이 바라보던 대군은 가만히 있을 수 없다는 듯 옷매무새를 단단히 추스르고 일어섰다. 무언가 허전함에 주위를 둘러보던 대군은 오효성이 꼭 쥐고 잠든 칼을 가져가기 위해 칼집을 빼내었다.

"잠이 들었어도 호위무사의 본분을 잊지 않으니 내 너의 충심을 알겠다."

오효성이 칼집을 놓아주지 않는다.

"너도 되었다. 이제 그만 놓거라."

대군이 다시 칼집을 잡은 손에 힘을 주었다. 그러나 장사는 잠이 들었어도 장사다.

"내 갈 길을 막으니 네가 죄인이 아니라 뱃속을 꿰고 찬 술이 죄로 구나. 내 친히 너의 배를 갈라 죄를 면하여줄 것이다."

무미건조한 목소리지만 대군의 입꼬리가 살짝 올라갔다. 그가 칼집으로 오효성의 배를 슬쩍 가르는 시늉을 하니 효성이 몸을 뒤척이며 칼집을 잡은 손도 놓아버린다.

"살살하십시오. 살살……."

박서가 잠결에 웅얼거렸다.

"망측한 소리를 하다니. 누가 들을까 민망하구나."

대군의 얼굴에 짓궂은 미소가 번졌다. 방을 나서는 그의 걸음걸이가 사뭇 기운차다.

*

시전을 벗어난 봉림대군은 산비탈로 이어진 동백나무 길을 걷고 또 걸었다. 찬바람이 뼛속까지 스며드니 따뜻한 방을 호기롭게 박차고 나온 것이 이내 후회가 되었다. 그나마 동백나무에 매달린 작은 꽃봉오리들이 그의 눈요기가 되어주었다. 봉오리는 작더라도 꽃잎의 붉은 빛은 만개했을 때와 다르지 않았다. 끝이 보이지 않는 길을 홀로 걷자니 박서와 주고받았던 말들이 툭툭 피어올랐다.

신의는 나에게 가장 어려운 것이다.

만물의 종착에는 신의의 문제가 맞닿아 있는 것일까. 그가 보기에 우애도, 연정도, 정치도, 효도, 심지어 짐승과 인간 사이에도 종내는 신의를 지키거나 저버릴 선택을 하는 날이 기다리고 있는 것 같았다. 속내를 비치진 않았지만 그는 정혼자에 대한 신의를 지키고 동시에 살뜰한 행복도 얻은 박서가 부러웠다. 왕손인 그에게 신의는 두려운 것이기도 했다. 그래서 그는 함부로 마음을 드러내거나 주지 않고 살고 싶었다. 적어도 성인이 된 후로는 자신의 마음을 그렇게 다스릴 수 있을 거라 믿었다.

얼마나 걸었을까. 대군의 시야에 흰 눈에 반쯤 파묻힌 꽃신 한 짝이 들어왔다. 낯설지 않은 차림새의 여인이 산비탈 위에서 힘없이 걸어 내려오고 있었다. 여인은 동백나무 아래에서 자신의 신을 들고 있는 남자를 물끄러미 바라보았다. 남자는 여인에게 들고 있던 신을 돌려주었다.

"이정연입니다."

앞뒤의 말은 다 어디로 잘라먹었을까. 그는 여인에게 신을 건네며 전하려 했던 말들을 하나도 뱉지 못했다. 아까 주막에서 보았습니다. 이런 날씨에 혼자 돌아다니면 위험한 걸 모르십니까? 신을 흘리고 다니다니 올곧지 못하군요…….

"나머지 한 짝은 왜 주지 않으십니까."

수연이 봉림대군을 향해 억하심정을 담아 말했다.

"두 짝 다 내놓으십시오. 그렇지 않으면 필요 없습니다."

고결한 이성도 흔들릴 때가 있다. 대군은 여인의 붉어진 눈가에, 바람에 얹혀 온 향기에, 생각지 못한 대답에, 아니 그 모든 것에 정신이 그만 아득해지고 말았다.

아무도 봄이 오는지 몰랐다

　은이의 빈자리는 생각보다 컸다. 수연은 밥을 짓는 중에도, 장을 보러 가는 중에도, 이부자리를 펴는 중에도 문득문득 은이 생각이 나서 하던 일을 멈추어야 했다. 마음이 허한 이유는 그것이 다가 아니었다. 세 식구가 함께 있을 때에는 웃고, 울고, 토라지는 게 거리낌 없었는데 이제는 그럴 수 없었다. 무엇보다 은이가 없는데 단과 자신이 식구라는 이름 아래 묶일 수 있을지 수연은 알 수 없었다.

　온 살림을 뒤집어놓고 먼지를 털고 윤이 나게 닦았으면. 몸이라도 부산스러우면 어색한 기운을 느낄 새도 없을 텐데, 날이 추워 그럴 수도 없었다. 수연은 그녀의 왼편에 앉아 침구술에 관한 서책을 읽고 있는 단을 흘끗 바라보았다. 단의 일과는 두 가지 중 하나였다. 나주목 관아에 들어온 시신을 검시하거나, 노환으로 손이 떨리는 시전 의원을 도와 진맥을 돕는 것이 전부였다. 지금 읽고 있는 서책도 공으로 환자를 살펴준 뒤 빌려온 것인 모양이었다.

은이를 데려왔으면.

수연은 태평히 앉아 있는 단이 원망스러웠다. 당장에 은이를 찾으러 가자고 떼를 쓰고 싶은 마음이 불거졌다. 차라리 다른 삶을 시작하는 게 낫다고 말했던 그는 자신이 만들어놓은 울타리를 벗어나지 못하고 있었다. 새 삶을 시작하는 게 그렇게 어려울진대 은이는 얼마나 힘들어하고 있을까. 아무리 제 발 벗고 나선 것이어도 한동안 다른 곳에 던져진 듯한 기분을 어쩔 수 없을 것이다.

연꽃 문양으로 완성된 베갯모를 들고 생각에 빠졌던 수연은 가위를 집어들었다. 은이를 위한 것이었다. 그날 밤, 은이가 그렇게 떠나도록 두지 말걸. 수연은 단이 미워졌다가 자신이 미워졌다가 종내는 은이마저 미워졌다.

"날이 개면 나는 배씨 할머니네로 들어갈까 해."

수연이 말문을 열었다. 눈을 마주치지 않아도 그의 호박색 눈동자, 길고 깊은 눈매, 높은 콧날, 곱지만 강단 있는 턱선까지 한 번에 떠올릴 수 있었다.

"오라버니도 알지? 싸릿골 작은 장터에서 과일 파시던 분."

수연은 마음으로 단의 얼굴선을 세밀화 그리듯 그려내다가 멈칫했다. 단이 어떤 사람인지 말하려면 그의 웃는 얼굴 없이는 불가능하다. 옅은 볼우물이 패고 활처럼 굽는 두 눈은 사람의 마음을 녹이는 힘이 있었다. 그 웃음을 보지 못한 지 오래였다.

"할머니도 좋아하셨어. 혼자서 적적하셨으니 잘됐어. 간간이 찬거리 보러 올 테니 걱정 마. 은이 소식도 들을 겸. 이 집은 너무 좁아서 더는……."

"이리 와봐."

단이 책을 덮었다. 녹슨 가위를 들고 명주실과 씨름하던 수연은 그
제야 고개를 들어 단을 바라봤다. 이 사람 내 말은 듣고 있었을까.

"이리 와."

그의 시선이 낡은 책 표지에 고정되어 있다. 같은 벽을 두고 그와
나란히 기대어 있던 수연은 단의 눈치를 보고선 그의 곁으로 몸을 조
금 움직였다.

단은 수연의 왼팔을 잡아끌곤 입을 맞추었다. 순식간에 일어난 일
이었다.

수연은 그만 정신이 아찔했다. 단을 피해보려 몸을 뒤로 뺐었으나
머리와 어깨가 벽에 닿아 더욱 옴짝달싹 할 수 없게 되었다. 그 와중에
도 오른손에 들린 가위가 신경 쓰였다.

"가지 마."

단의 목소리가 가라앉았다. 눈시울이 붉다.

"내 손에 가위……."

수연이 말을 마치기도 전에 단이 그녀의 오른팔도 잡아채어 다시
입을 맞추었다.

*

그해 겨울은 유독 눈이 많이 내렸다. 생각지도 못한 입맞춤이 지나
간 뒤로 수연은 단과 방 안에 함께 있으면 가슴이 뛰었다. 마치 그의

낯선 모습을 훔쳐본 것 같은 기분이 들었다. 수연의 줄행랑에 둘 사이
엔 이전에는 찾아볼 수 없었던 어색함이 감돌았다.

방 안의 공기에 답답한 밤이면 수연은 빨랫감을 들고 경기댁의 집
으로 건너왔다. 한참 다듬이질을 하다 보면 또 어느새 단이 있는 곳으
로 가고 싶어 하는 자신의 모습에 씁쓸한 미소를 짓게 되었다.

수연은 홍두깨를 내려놓고 단의 저고리를 들어 향을 맡아보았다.
치자꽃 향이 은은하게 맴돌았다. 초조함과 불안감을 잠재우는 향기였
다. 세상에 비슷한 꽃 내음이 천지라 해도 치자와 닮은 향은 찾을 수
없었다. 하얀 꽃잎과 어울리는 단정한 기품이 있달까. 곁에 두면 머리
가 맑아지는 기분도 들고. 단과 어울리는 향이라는 생각에 수연의 마
음이 뿌듯해졌다.

수연은 입춘을 맞아 경기댁과 부지런을 떨며 의복에 향이 배도록
손질해보았다. 넓은 향로에 물을 끓이고 지난여름에 따다 말려둔 하얀
치자꽃을 떨구는 동안에는 그 어느 때보다 마음이 평온했다.

"입춘을 거꾸로 붙였나 날이 왜 이렇게 추워."

창호지를 바른 문 너머로 경기댁의 목소리가 들렸다. 수연은 단의
옷을 다듬잇돌 위에 얼른 내려놓았다. 뒷간을 다녀온 경기댁의 두 뺨
이 찬바람에 발그레하다.

"수연이! 수연이 거기 있어?"

두 여자의 다듬이 소리가 뚝 끊겼다. 구미댁의 목소리였다. 경기댁
이 문을 열었다.

"왜 그래요?"

힘겹게 숨을 고르는 구미댁을 향해 경기댁이 소리쳤다.

"놀라지 말그래이. 은이가 시댁에서 사라졌단다. 단이 그 점잖던 머스마가 아주 난리도 아니다. 어서 가봐라. 어서 가 수연아."

수연이 황망히 집으로 돌아왔을 때에 이미 단은 없었다. 그는 은이를 찾으면 돌아올게, 라고 급히 휘갈긴 종이를 반짓고리 위에 놓아두고 갔다. 그 말은 곧 은이를 찾지 못하면 돌아오지 않겠다는 말이기도 했다. 수연은 소리 죽여 흐느꼈다. 누군가 자꾸 자신의 사람들을 영영 볼 수 없는 곳으로 데려가는 듯한 기분이 들었다. 잘못한 것 없이 벌을 받는 기분이 드는 건 왜일까. 하소연 할 곳도 없었고, 같이 울어주는 사람도 없었다.

사람들은 은이의 실종을 두고 말이 많았다. 시모의 구박을 견디지 못해 도망쳤다는 말도 들렸고 서방이 새 계집과 놀아났기 때문이라는 말도 있었다. 하나같이 흉흉한 이야기뿐이었다. 은이의 서방 신호인은 충격으로 실어증에 걸렸다고 했다. 이 또한 진실인지 아닌지 알 수 없었다. 단은 그 서방의 멱살을 잡고 마당으로 끌고 나온 모양이었다. 양반을 친 죄로 나주목 관아에서 장형을 받아야 했다. 신호인 또한 부부 사이에 도리를 지키지 못했다는 죄로 태형이 명해졌으나 노비가 대신 맞게 했다.

수연은 차마 단을 만나러 관아로 갈 수 없었다. 단은 뼈가 으스러지도록 곤장을 맞고서도 상처를 살피지 않은 채 은이를 찾으러 떠났다고 했다. 수연이가 기다리고 있다고 일러주어도 뿌리치는 눈빛이 매정하다 못해 날카로웠다고 경기댁이 전했다.

　수연은 홀로 빈 집을 지키다가도 세 식구가 함께 살던 싸릿골 등나무 초가를 수시로 찾아갔다. 은이가 옛집으로 찾아올지도 모른다는 기대를 놓을 수 없었다.

　옛집에는 이미 다른 식구가 살고 있었다. 수연은 항상 문 앞만 서성거리다 돌아왔다. 날이 점점 따뜻해져가는데 아무도 돌아올 생각을 하지 않았다. 빛깔 좋은 음식을 만들어두어도 먹을 사람이 없어 상하기 일쑤였다. 옷감과 바늘을 잡아봐도 적적했다.

　은이는 어디서 무얼 하며 시간을 보내고 있을까.

　돌아오면 물어보고 싶은 게 한두 가지가 아니었다. 해주고 싶은 것도 몇 번이고 손꼽아보았다. 그러한 생각의 끝은 항상 단에게로 이어졌다. 이정표 없는 길을 헤매고, 은이를 닮은 계집아이를 보면 쫓아갔다 실망할 그를 생각하면 명치가 꽉 막힌 것처럼 답답해져 잠을 이룰 수 없었다.

　살구꽃이 피었다. 담홍색 꽃망울이 가지마다 달렸다. 앵두, 복숭아, 자두 꽃도 툭툭 피어나는 때였다. 은이의 앵두나무에 생각이 미친 수연은 그날도 싸릿골 옛집으로 발걸음을 옮겼다. 초가에는 아무 인기척도 없었다. 조심스레 마당으로 들어선 수연은 자신의 눈에 들어올 하얀 앵두꽃을 찾았다. 은이가 돌아오면 네 나무에 꽃이 피었노라고 알려주고 싶었다. 그러나 눈을 씻고 보아도 꽃은커녕 잎새도 찾을 수 없었다. 수연은 설마하고 앵두나무의 잔가지를 부러뜨려보았다. 어떤 물기도, 생명의 기운도 서려 있지 않았다.

오동나무를 심어줄 것을 그랬네.

얼어 죽은 가지를 보자니 얼굴도 모르는 은이 아비 탓을 하고 싶었다. 하등 상관없는 일이었지만 오동나무로 농을 해가지 못한 까닭에 은이의 혼인 생활이 뒤틀린 것 같은 기분이 들었다. 수연은 은이가 금방이라도 언니 하고 부를 것 같은 착각에 뒤를 돌아보았다.

*

싸릿골에 다녀온 수연은 입맛은 없었지만 습관처럼 저녁밥을 안쳤다. 울타리 너머로 소란한 기척이 떼로 들렸다. 수연은 단과 은이가 돌아왔을지도 모른다는 생각에 서둘러 부엌을 나왔다. 낯선 자들이 우루루 몰려들었다.

"누구신지요."

"여기가 김단의 집이더냐."

자색 저고리에 남색 치마를 입은 중년 여인이 수연을 흘겨보았다.

"내 며늘아기를 내놓거라."

평산 신씨 사람들이구나. 뻔뻔한 말투에 수연은 기가 찼다.

"은이더러 며늘아기라고 불러주신 적은 있습니까."

"날 뭘로 보고!"

"은이를 어디로 내쫓으셨는지 묻고 싶은 건 접니다."

"지 발로 나간 것을 나더러 어쩌란 말이냐."

중년 여인의 얼굴에 아차 싶은 표정이 스쳤다. 자신의 말로 은이의 실종이 사고가 아니었음을 증명하는 꼴이 되었기 때문이다. 주름진 얼굴이 더욱 험악해졌다.

"모습을 감춘 지 오래인 아이를 어째서 이제야 찾으시는지요."

"그애가 내 패물을 훔쳐갔다. 내 한동안 아들의 병고 때문에 경황이 없어 가세를 살피지 못했는데 몽땅 사라졌더구나."

수연은 고개를 들어 여인을 노려봤다. 희끗한 머리 위에 얹힌 볼품없는 가체가 여인을 더욱 고집스런 인상으로 만들었다.

"사라진 패물이 모두 몇 가집니까?"

수연의 목으로 울컥한 기운이 올라왔다.

"금으로 된 호박 비녀 하나에 작은 은비녀 네 개, 비취 장도술 노리개와 산호 삼작노리개까지 빠짐없이 토해내야 할 것이다."

"왜란으로 가세가 기운 지 오래라고 들었습니다. 그런 귀한 패물들을 만져보기라도 하셨습니까? 아무 말 없이 은이를 받아들이신 것도 떳떳하지 못해서……."

"네년이 누구라고 우리 가문을 능멸하느냐!"

은이의 시모는 수치심에 몸을 떨었다. 매서운 손아귀가 수연의 뺨으로 날아왔다.

"근본도 모르는 아이를 불쌍해서 받아주었더니 시부모를 모시는 법도 몰라. 한양으로 벼슬 가야 할 내 아들 벗겨먹고는 감히 내 패물에 더러운 손을 대?"

시모가 고래고래 악을 썼다. 수연 또한 분노가 차올라 온몸이 저릿했다. 화를 이기지 못하고 똑같이 은이 시모의 뺨을 치고 말았다.

"은이는 제 동생입니다."

자신보다 어린 여자에게 뺨을 맞을 줄은 생각도 못 한 시모는 그만 넋이 나갔다. 피를 토하듯 내뱉던 고함이 별안간 뚝 끊겼다.

"함부로 말하지 마십시오."

눈물이 나올 것 같았지만 수연은 은이를 위해 꾹꾹 참았다. 그 순간 시모가 수연의 머리채를 쥐어뜯었다. 수연은 헉 하고 숨을 들이켰다.

"살다 살다 이런 날이 올 줄은 꿈에도 몰랐다. 내 아들! 말도 못 하고 입 돌아간 내 아들은 어쩌란 말이냐! 여기서 죽으면 죽었지 그냥은 못 돌아간다. 그 독한 년 내놓아라! 어디다 숨겨뒀느냐."

은이의 시모가 서럽게 통곡했다. 수연은 울 수도 없었다. 늙은 여인의 손힘이 거셌다. 머리채가 뜯겨 나가는 고통에 아무런 저항을 할 수 없었다.

*

은이가 사라진 지 두 달이 다 되어갔다. 사방에서 연둣빛 새싹이 올라와도 아직은 봄이 아니라는 듯이 꽃샘바람이 마지막 기승을 부렸다. 그사이 수연의 볼이 핼쑥해지고 피부는 메말라갔다. 기다림에 지쳐 살림에 정성을 쏟을 힘도 바닥난 지 오래였다.

빈 방에 들어앉은 수연은 오랜만에 붓을 들었다. 뭘 쓰고 싶어서 종이를 펼쳤는지 그녀도 알지 못했다. 편지를 남겨놓고 단과 은이처럼 여기를 떠날까 하는 충동이 잠시 일렁였다. 돌아오지 않는 그들을 생각하니 정을 떼고 떠나는 건 너무나 쉽게 느껴졌다. 자신의 서러운 마음을 글로 토해내고 나면 뒤도 돌아보지 않고 집을 나올 수 있을 것 같았다. 그러다 이내 마음을 고쳐먹었다.

숙주나물 조금. 보리밥 반 공기. 장국.

수연은 그날 먹은 음식을 써보았다. 이것이 저녁이 다 될 때까지 그녀가 먹은 것의 전부였다. 글이 계속 이어지지 않자 시시해진 수연은 붓을 놓았다. 창호지로 저녁놀이 스며들고 있었다. 그 빛을 멍하니 바라보고 있는데 자박자박한 발소리가 들렸다. 수연은 자신의 귀를 의심했다. 발소리는 아주 가까이에서 멈췄다. 왜인지는 모르겠지만 얼굴을 보지 않고도 누가 왔는지 알 것 같았다. 수연은 문을 벌컥 열었다.

"왔어?"

그곳에 단이 있었다.

"왜 이렇게 늦었어."

그의 얼굴을 보고 싶은데 눈앞이 흐려졌다.

"은이를 찾지 못했어."

단의 말에 수연은 그를 와락 껴안았다. 그리운 품이었다. 단은 수연을 꼭 끌어안고 한참을 흐느꼈다. 수연은 차마 단에게 괜찮다는 말을 건넬 수가 없었다.

"돌아올 거야."

수연은 단의 등을 쓸어주었다.

"오라버니도 돌아왔으니 은이도 곧 돌아올 거야."

숨을 고르는 사이 사라져버린, 벚꽃

정처 없이 각지를 떠돈 탓에 단의 기력이 많이 쇠해 있었다. 은이를 더 이상 찾지 못하고 돌아온 것도 몸이 따라주지 않았기 때문인 듯했다. 다시는 돌아오지 않을 것처럼 수연을 홀로 두고 갔던 단은 이제는 밖에 나가기를 두려워했다. 나가고 싶어도 심장이 빠르게 뛴다며. 단은 수연이 외출하는 것도 달가워하지 않았다. 언제 또 소중한 사람을 잃어버릴지도 모른다는 불안감이 그를 잠식하고 있었다. 수연의 속도 하루하루 타들어갔다. 수연이 알던 단이 아니었다. 그답지 않게 스스로를 고립시키는 모습을 지켜보자니 안타까웠다. 그러나 그 마음만으로는 단을 바꾸어놓을 수 없었다.

나주목 관아 앞의 벚꽃이 흩날렸다. 꽃비가 내리는 모습으로 보아 내일이면 언제 피어 있었냐는 듯이 모두 질 것 같았다. 벚나무 길을 따라 기생들이 줄을 지어 금성관으로 들어갔다. 수연은 인파를 헤치고 기생들의 행렬을 따라가다가 그중 한 기생과 눈이 마주쳤다. 연호관 이모님 아래에 있던 진교였다. 박쥐 문양의 화려한 전모를 쓰고 있기에 하마터면 못 알아볼 뻔했다. 분명 진교도 수연을 알아본 것 같았다. 진교는 수연을 향해 뒤틀린 미소를 지어 보였다. 수연은 비어져 나오는 눈물을 참으려 눈을 끔벅였다. 하얗게 뺨이 터버린 자신에 비해 진교는 함부로 쳐다볼 수 없을 만큼 아름다웠다.

"금성관에 연회가 있나요? 언제 끝난답니까?"

수연이 패랭이를 쓴 보부상을 잡고 물었다. 어쩌면 연호관 이모님을 만날 수 있을지도 모른다. 낯선 손길에 사내가 고개를 뒤로 뺐다.

"사신이 왔다고 들었소. 어느 때에 파하는지야 나도 모르지."

"어디에서 온 사신단인가요? 오래 머물다 가는지요?"

"몰라요."

"······감사합니다."

수연이 힘없이 대답했다. 보부상이 히죽 웃으며 부러 수연의 어깨를 치고 갔다.

"씻고 좀 다니소. 입내 참 고약하네."

수연의 몸이 뻣뻣이 굳어버렸다. 나를 두고 한 말인가 싶어 얼떨떨했다. 냄새가 나? 나한테서? 매일같이 씻는 것을 어째서? 부끄러움과 수치심이 한꺼번에 밀려들었다. 그게 중요한 게 아니다, 내가 어떻게 내 몸에서 나는 냄새조차 모르고 있었을까. 수연은 당장에 어딘가로 숨고 싶었다. 아니면 감쪽같이 사라지고 싶었다.

살아지는 대로 산 결과가 이런 것일까. 수연은 일전에 의원이 위장에 염증이 심하다고 진단한 것을 떠올렸다. 불규칙한 식사가 원인이니

끼니를 거르지 말고 양껏 먹으라는 충고도 있었다. 여태껏 그 일을 잊고 살았다. 누구도 대신 아파해주지 않는다. 고통을 견디고 있을 단도 생사를 모르는 은이도 생각나지 않았다.

너무 차지 않은, 청량한 바람이 수연의 뺨을 톡톡 두드렸다.

은은한 벚꽃 향이 공기에 섞여 있다. 어떤 맘을 먹어도 이상하지 않은 날이다. 꽃구경을 나온 사람들의 얼굴에 홍조가 올랐다. 저마다 연희의 주인공이 된 것처럼 설렌 표정이다. 정신을 차린 수연은 망화루를 뒤로 하고 걸음을 뗐다. 자기연민에서 깨어나니 원하는 것이 무엇인지 분명히 보였다. 떠나야겠다고 수연은 생각했다.

떠나? 어디를 떠나?

단의 곁을 떠날 거야.

떠난다고 해서 네가 장인이 될 수 있을까.

무엇이 되든 지금보다는 나을 거야.

그동안 솔직하지 못했구나. 겉으로 괜찮은 척하고.

위선이었던 적은 없어. 이건 다 너 때문이야.

단이 널 찾을 거야.

은이를 찾으러 갔다고 생각할지도 몰라.

아니, 오라버니는 똑똑한 사람이야. 많이 아파할 텐데.

수연은 마지막 물음에 대한 답을 찾을 수 없었다. 자신도 모르는 사이에 성큼성큼 단에게 빠져들던 나날이 떠올랐다. 만약 우리가 맺어진다면 더없는 축복이어야 했다. 서로를 돌보지 못하고 각자의 상념에 빠져 아파하는 건 수연이 바란 것이 아니었다. 턱 밑으로 눈물이 떨어졌다. 은이도, 단도, 수연도 완전히 혼자가 된 것이다.

"봄추위가 장독 깬다 카더라."

배씨 할머니가 수연의 눈을 들여다보았다. 새벽 장은 한산하다.

"단이 그노마는 우짜노. 가면 간다고 말은 해야 하지 않겠나."

"그랬다간 떠나지 못할 것 같아서요."

"내 생각은? 니캉 내캉 얼굴 본 것이 몇 핸데."

"할머니는 정정하시니까 걱정하지 않을게요."

"속 쓰리다. 나도 오래는 못 가겠다."

배씨는 눈물이 나올 것 같아 바닥에 주저앉았다. 그리고 애꿎은 채소들만 내쳤다.

"봄동 다 저 주시고 오늘은 일찍 들어가세요."

"됐다! 고마 가뿌라."

"건강하세요."

수연이 미소를 지었다. 활짝 웃어드리고 싶은데 그럴 수 없었다.

"수연아."

배씨가 돌아서는 수연을 붙잡았다. 목소리가 떨려왔다.

"잘 가거래이."

단은 떨어져가는 촛농만 하릴없이 바라보았다. 싸늘함이 감도는 방 안에 수연이 좋아했던 백단향이 맴돌았다.

돌아오지 않을 것이다. 수연이 돌아오지 않을 것이란 생각이 퍼뜩 든 단은 떨리는 손으로 행낭을 꾸리기 시작했다. 작은 궤를 열어 오래도록 꺼내지 않았던 의학 서적과 침구도 챙겼다. 야멸찬 사람들에게 질린 후로 궤의 밑바닥에 놓아두고 쳐다도 보지 않던 것들이었다. 그런데 그것이 제일 먼저 생각나다니. 단은 허탈한 웃음을 지었다. 행낭을 꾸리는 단의 눈에 수연의 푸른 치마가 들어왔다. 수연이 가장 아끼는 치마였다. 곱게 개인 모양이 자신도 데려가달라는 듯이 보였다. 아무 짝에도 소용없는 것이었지만 그 치마를 두고 가는 것이 수연을 또 이 집에 홀로 매어두는 것만 같아서 그것을 챙겼다. 수연도 은이도 외로움을 많이 탔으니.

문을 여니 순한 바람이 밀려들었다. 단은 어느 방향으로 길을 잡아야 할지 잠시 망설이다가 수연이 매일같이 새벽 장을 보러 가던 길로 발걸음을 옮겼다. 잠시 목이 메어왔지만 그저 그뿐이었다. 단을 위로하는 한 가지는 은이와 수연이 어디에 있든 그곳도 따뜻하리란 생각이었다. 비로소 봄이 오고 있었다.

창경궁에 외로운 강아지 한 마리

"그동안 고생했다. 부족한 딸이라도 짝을 맺어주고 나니 마음이 놓이는구나."

최민아가 십칠 세의 나이로 심성원과 혼인한 지 삼 주가 되었다. 혼례를 치른 여인은 시댁으로 가는 것이 나라에서 권하는 법도였으나 늙은 맘에 하나뿐인 딸과 헤어지기 서운한 예조참판의 부탁으로 부부는 처가의 뒤뜰에 지어진 별채에 신혼을 꾸렸다.

"저는 그저 아씨의 우울한 마음을 달래려 말벗이 되어드린 게 전부입니다."

"아니다. 민아가 귀인을 만난 게야. 아녀자의 단장에 대해선 까막눈인 내가 보아도 솜씨가 뛰어나더구나. 내자가 혀를 내두를 정도였다."

"알량한 잔재주일 뿐입니다."

수연은 고개를 숙였다.

"연고가 없다고 들었다. 민아가 너를 잘 따르니 그애 곁에 두고 싶지만 그건 우리의 욕심인 것을 잘 알고 있다. 자, 어디에 가서 무엇을 하고 싶은지 말해보거라."

예조참판이 인자한 눈으로 수연을 바라봤다.

"……궁으로 가고 싶습니다."

수연은 입 안에서 맴돌던 말을 털어놓았다.

"궁이라? 그곳에서 무엇을 하려느냐."

"어릴 적부터 장인으로 살면 좋겠다 생각했습니다. 향장이 되고 싶습니다."

수연의 말에 예조참판이 허허 웃었다.

"어려운 일이구나. 궐에 관해서 내가 해줄 수 있는 일이라고는 너를 나인으로 들여보내주는 정도뿐이다. 네게 능력이 있고, 천운이 따라준다면 향장이 될 수도 있고 혹 그에 대한 마음이 시들었다면 상궁이 되는 것도 좋을 일이지. 그래도 가겠느냐?"

"네, 대감마님."

"나와 친분이 있는 문상궁이 너를 도와줄 것이다. 궐 생활이 쉽지만은 않을 것이야. 고단한 일이 있거든 문상궁에게 귀띔하여라."

＊

서러운 곡소리가 뒤뜰에 가득하다. 수연이 궁으로 간다는 말에 민아가 별채의 문을 안에서 걸어 잠그고 통곡하고 있는 것이다. 유모가 나서서 설득해봐도 소용없었다.

"아씨 문 좀 열어보세요."

수연이 나긋나긋한 말로 민아를 구슬렸다.

"신시申時에 문상궁 마마님이 오시면 저는 가야 합니다."

민아의 울음소리가 더욱 날카로워졌다.

"이번에 간다고 해서 아주 못 보는 것이 아닙니다. 마마님께 부탁드리면 심부름을 핑계로 출궁을 허락해주실지도 몰라요. 그러니 그만 울음을 그치세요. 가기 전에 얼굴은 보아야지요. 아씨께 인사를 올리고 가야 마음이 편할 것 같습니다."

"가거라! 필요 없다! 내가 너를 얼마나 아꼈는데. 아버지께서 추천해주신다고 냉큼 가느냐. 연고도 없는 걸식자라고 거짓, 흑흑, 거짓말까지 올리며 부탁드렸는데 아버지는 내 맘도 몰라주시고. 다 필요 없다."

"아무리 그래도 제가 비렁뱅이는 아니지 않습니까."

수연이 빙긋이 미소를 지었다. 눈가엔 눈물이 맺혀 있다.

떠날 시간이 가까워지자 수연은 초조해졌다. 아씨는 정말 나를 안 보시려는 것일까. 수연은 민아를 설득하기를 포기하고 별채의 앞뜰을 왔다 갔다 했다. 민아가 조금이라도 흥분을 가라앉히길 바라는 마음에서였다. 수연이 손톱을 물어뜯고 있을 때 시댁에서 돌아온 심성원이 별채로 들어섰다. 당혹스러운 표정이 그의 얼굴에 숨김없이 드러났다.

"오셨습니까."

"이게 무슨 소란이오?"

심성원의 눈이 휘둥그레졌다.

"제가 궁으로 간다는 말에 아씨께서 속이 상하셔서 어제 저녁부터 문을 걸고 계십니다."

수연의 말에 심성원이 디딤돌을 밟고 올라가 문고리를 흔들었다.

"부인. 제가 왔습니다."

수연은 안도의 한숨을 내쉬었다. 민아는 서방님 앞에서는 순한 양이 되었기 때문이다. 그에겐 사람을 움직이는 부드러운 힘이 있었다.

"시댁으로 도로 돌아가십시오!"

민아가 꽥 소리를 질렀다. 그 말에 수연이 기함했다.

"아씨! 더 이상 어리광 부리시면 안 됩니다."

수연이 심성원의 눈치를 보며 민아를 타일렀다. 그는 꽤나 충격을 받은 표정이었다.

"괜찮소. 그냥 두시오."

심성원은 너털웃음을 짓고는 갓을 벗고 마루에 주저앉았다.

"장인어른께 소식은 들었지만 이 정도일 줄은 몰랐군."

수연은 고개를 갸웃했다. 저것은 분명 난감하지만 재미있다는 표정이다.

"여기는 나에게 맡기고 마음 편히 가시오. 내자가 진정되거든 수일 내로 연통을 넣도록 하겠소."

*

수연은 차마 떨어지지 않는 발걸음을 옮겨 문상궁을 따라나섰다. 아씨가 마음에 걸리지만 서방님께서 잘 타이르시리라. 그와는 자질구레한 말을 주고받은 것이 전부였지만 온유하면서도 불의를 보면 참지 못하는 성정이라는 것을 알 수 있었다. 그러한 성정이 아씨를 지켜주실 것이다. 하늘이 맺어준 부부라고 수연은 생각했다.

대문을 나선 지 한참 되었지만 문상궁은 굳은 얼굴로 아무 말이 없었다. 수연은 초록빛 장옷 속에 긴장된 얼굴을 감추었다. 장옷의 그늘로 얼굴을 가리고 있으면 그나마 안정된 느낌이 들었다. 길의 끝에 마포나루의 술도가가 보였다.

"이름이 무엇이냐."

문상궁이 입을 뗐다.

"정수연입니다."

"나이는?"

"스물이옵니다."

"아기 나인은 어리면 네 살 적부터 궁에 들어와 교육을 받는 것을 알고 있느냐? 너는 몸가짐을 허투루해서는 아니 될 것이다. 예조참판께서 명하시기에 너를 들였지만 네가 궁에서 저지르는 잘못까지 내가 덮어주지는 않을 것이니 명심하여라."

"명심하겠습니다."

수연은 땅에 끌리는 문상궁의 남색 치마에 눈길을 두었다.

"한양에 도달하기 전에는 어디서 무얼 하며 살았느냐."

"……전의감* 교수님이셨던 의원님 밑에서 공부했습니다. 의원님이 돌아가신 후엔 오라버니와 여동생이 있는 나주 집으로 돌아가 살았습니다."

수연은 고심하여 말을 고르고는 대답했다. 어디까지 털어놓아야 할

---

* 궁중에 쓰이는 의약 제조 및 약재를 재배하던 관아.

지 알 수 없었다. 예조참판은 어려운 일이 있을 경우 문상궁에게 귀띔하라고 하였지만 그녀가 경고한 것처럼 그런 처신을 받아줄 인물은 아닌 듯 보였다.

"쯧쯧…… 어쩐지. 양반도 아닌 여인이 여공에 능할 뿐만 아니라 장인이 되고 싶어 한다는 말에 이상하다고 생각했다. 뭐라도 배웠다 하는 여인들은 하나같이 욕심만 크더구나."

"송구합니다."

"나한테 그럴 필요는 없지. 너를 위해 신경 써주신 대감께 은혜를 갚아라."

"네, 마마님."

고분고분한 대답에 문상궁은 수연을 흘끗 돌아보았다.

"머리는 왜 올린 것이냐? 설마 혼인한 몸으로 궐에 들어갈 생각을 하는 것은 아니겠지."

문상궁이 못마땅한 눈으로 바라봤다.

"그런 것이 아닙니다."

"궁에서는 과거를 버리고 새 삶을 살거라. 그것이 네게 더 도움이 될 것이다."

수연의 대답을 마지막으로 한동안 침묵을 지키던 문상궁이 다시 입을 열었다. 처녀의 몸으로 쪽을 진 수연의 사연이 궁금할 만도 한데 더 이상 묻지 않았다. 문상궁의 말에 수연의 머릿속에서 새 삶을 시작하는 게 낫다던 단의 목소리가 메아리쳤다. 그도 내가 없는 곳에서 낯선 삶과 마주하고 있겠지.

술도가에 접어들었을 때 익숙한 목소리가 수연의 걸음을 멈추게 했

다. 민아였다. 온갖 상인들과 술에 취한 자들이 거리에 가득인데 쓰개
치마도 쓰지 않은 민아는 길을 잃은 아이처럼 수연을 찾았다.

"수연아! 수연아!"

"아씨!"

수연의 대답에 민아가 달려와 수연의 얼굴을 매만졌다.

"잘 가거라. 건강해야 한다. 그리고 출궁하는 일이 있거든 나를 꼭
보러 와다오."

민아의 눈에 눈물이 그렁그렁하다. 수연은 민아의 눈을 보고는 처
음으로 은이를 닮았다고 생각했다. 까만 눈동자 속에 말로는 풀어내지
못할 다정함이 담겨 있었다.

"그럼요. 아씨도 행복하셔야 해요."

수연은 민아를 꼭 안아주었다.

*

오십 명 가량의 의학생도가 빠져나간 전의감은 낯간지러울 정도로
한산하다. 의학교수 안재덕을 기다리던 수연은 말뚝에 묶여 있는 어
린 백구와 장난을 쳤다. 어미와 떨어진 강아지는 살가운 품이 못내 그
리웠는지 자꾸만 앞발을 들어 안겼다. 조그마한 발자국이 수연의 남색
치마에 점점이 찍혔다.

수연은 상의원* 소속 침방나인으로 첫 여름을 나는 중이었다. 온갖

---

* 임금의 의복 제조 및 왕실의 재물과 장신구를 관리, 공급하던 관청.

허드렛일은 그녀의 몫이었다. 콧대 높은 나인들의 텃세는 도저히 익숙해지지 않았다. 무수리를 시켜도 될 일이 수연의 앞에 떨어졌다. 의복 손질에 필요한 향재가 동날 때 내의원에 부탁해야 하는 민망한 일도 수연이 하는 게 당연시되었다.

이날도 내의원에 사향을 얻으러 가는 길이었다. 내의원 주부는 마침 잘되었다며 사향이 동났으니 전의감에서 얻어다 줄 것을 부탁했다. 전의감이 있는 견지동은 창경궁 밖에 있었지만, 덕분에 수연은 상쾌한 콧바람을 쐴 수 있었다.

사향을 챙겨주러 약재 관리고로 간 안재덕의 기척이 늦어진다. 천재 혹은 괴짜로 소문난 교수이기에 어떤 사람인지 궁금했으나 생각보다 평범한 분이었다. 오히려 수연은 왠지 모를 친근함을 느꼈다.

"왜 이리 안 오실까."

기다리는 데 지루해진 수연이 마당 한 켠의 텃밭에서 봄배추 잎을 뜯었다. 강아지에게 던져주니 하얀 줄기를 맛있게 씹어 먹었다. 미나리도 주었더니 냄새를 맡고는 먹지 않는다. 그 모습을 흐뭇하게 지켜보는데 멀리서 노래 가락이 들려왔다.

엎어지고 엎어지고 인삼 밭에 엎어지고
아해들은 물렀거라 우리 임자 엎어진다
엎어지고 엎어지고 그 위에 내 엎어지고

가사의 의미를 생각하던 수연의 얼굴이 확 붉어졌다. 사향을 챙겨 나온 안재덕이 콧소리를 내며 관리고의 문을 걸었다. 수연은 면보에 사향을 싸주는 교수의 곁으로 다가갔다.

"왜 하고 많은 밭 중 인삼 밭에서 넘어집니까?"

"들었느냐?"

그가 히죽 웃는다. 그 모습이 꼭 천진난만한 아이 같다.

"인삼은 사랑의 미약이니라. 사내들의 정력에 좋지. 향재 가운데 최고임에도 불구하고 맛이 쓰니 아이들은 입에 넣기 싫어하지 않느냐. 그러니 인삼 밭에 엎어지는 게 안성맞춤이고말고. 내일 생도들에게 들려줄까 한다. 어떠냐. 맘에 드느냐?"

"가사가 해괴합니다."

생각만 해도 더워졌다. 제자들에게 야한 노래를 불러주는 교수라니.

"그 말이 내게는 마음에 든다는 것처럼 들리는구나. 맘에 들면 너도 가지거라."

수연의 귀가 붉어질 대로 붉어졌다. 그녀는 화제를 돌릴 만한 것을 찾다 강아지에 생각이 미쳤다.

"저 강아지는 어찌하여 여기에 묶여 있습니까?"

"잘 먹이고 살찌워서 똥을 약으로 쓸까 하여 데리고 왔느니라."

"그것이 사실입니까?"

"똥도 약에 쓰려면 없다지 않느냐. 미리미리 대비하여 나쁠 것은 없다. 흑구도 한 마리 데려올까 생각 중이니."

수연은 충격의 연속에 입을 다물 수 없었다. 백구의 똥과 흑구의 똥이 다를 것은 또 무엇이란 말인가?

"마음이 쓰이면 내의원으로 데려가 가까이 두고 기르겠느냐? 매일 밤마다 낑낑대서 시끄럽구나. 사내보다 여인의 손을 타는 게 저한테도 좋을 것이다."

"이름은 무엇입니까?"

"아직 생각해보지 않았다. 무엇이 좋을까."

"지어주시면 데려가 그 이름으로 부르겠습니다."

정말 진지한 고민에 빠진 것처럼 눈을 굴리던 안재덕은 이내 환한 미소를 띠웠다.

"인삼이로 하자꾸나."

"인삼 말씀입니까?"

"수컷이 분명하니 이름에 걸맞게 굵은 똥을 보이면 잘 말려서 내의원 주부영감께 보이거라. 크게 기뻐할 것이니."

"교수님!"

수연의 목소리가 저도 모르게 높아졌다.

"걱정할 것 없다. 다른 궁인들은 인사미美로 알아듣고 저놈을 볼 때마다 인사의 미덕을 생각할 테니 이보다 좋은 이름이 어딨느냐?"

"이름을 부를 때마다 그 노래가 생각나면 어찌합니까?"

"야한 것은 몰래 알고 있어야 흐뭇한 법이니라."

별꽃으로 주근깨를 털다

"인사미?"

"응."

"이름 잘 지었네. 궐에 어울리는 이름이야."

채희가 수연의 다리를 주물러주었다. 내의원에 인삼이를 묶어놓고 처소로 돌아오니 어느새 해질녘이 되어 있었다. 수연은 돌이켜 생각할수록 웃음이 났다. 천재 교수 아래서 배울 의학생도들이 부럽기도 했다.

"궐에 어울리는 이름이 따로 있니?"

수연의 미소가 산뜻하다.

"그럼, 적어도 깽이라는 이름은 어울리지 않지."

"나는 깽이가 더 좋은데."

"너어."

채희가 도톰한 입술을 샐쭉거렸다. 채희와 수연은 궐에서 서로의 이름을 불러주는 유일한 동갑내기 친구였다. 채희는 세자빈이 친정에서 데려온 본방나인이었다. 때문에 새앙머리 붉은 댕기 휘날리던 생각시 때부터 빈궁 처소의 지밀나인으로서 대접을 받았다.

그들이 처음 만난 날, 채희는 어렸을 땐 깽이라 불렀다고 수연에게 알려주었다. 입궐하던 날 세자빈 마마께서 빛깔 채, 빛날 희로 이름자를 지어주셨는데 자신은 그 이름을 더 사랑한다고. 그 말을 듣는 수연은 채희의 손을 꼭 잡아주었다. 새침한 인상이라 생각했는데 쑥스럽게 고백하는 모습이 깜찍했다.

"다리가 왜 이렇게 부었어?"

자리를 바꾼 수연이 채희의 다리를 주물렀다.

"아기씨께서 장염에 걸리셨어. 의원들이 처방 내린 죽도 넘기시지 않고 다 뱉으시고. 마마께선 한 입이라도 먹여보시겠다고 쩔쩔매시는데 내가 다 맘 아픈 거 있지. 결국 그릇을 비우지도 못하고 아기씨는 계속 우시는 바람에 안고 어르느라."

"보모상궁은 어디 가구 네가?"

"한상궁 마마님은 모친상 때문에 출궁하셨어."

채희가 기지개를 켜곤 드러누웠다.

"그렇게 아무것도 못 넘기시면 기력이 더 쇠하실 거야."

"그걸 누가 몰라서 그러니. 기를 보하는 데 좋다는 약재는 몽땅 고아도 거부하시는데."

"약재를 몽땅 고아?"

"그럼, 의원들이 어련히 알아서 최고급 약재들로만 넣었겠지."

채희의 말에 수연이 눈을 끔벅였다.

*

세자빈 강씨의 원손은 점점 쇠약해졌다. 쌀로 쑨 미음은 받아먹는 듯하다가도 의원들이 올린 죽은 넘기지 않으니 어미와 아기 모두 지쳐갔다. 채희가 시무룩한 표정으로 처소로 돌아오는 밤이 계속되었다.

수연의 이마에 땀이 송골송골 맺혔다. 조금만 움직여도 더위를 느끼는 날씨였다. 마른 향재들의 틈바구니 속에서 드디어 자단향을 찾아낸 수연의 입가에 미소가 번졌다. 자단향은 진하면서도 맑은 향이었다. 해풍을 맞은 향나무는 향이 풍부할뿐더러 태워도 맵지 않았다. 수연은 폐 속으로 그 향기를 듬뿍 들이마셨다. 시원한 바람을 맞는 듯한 착각마저 들었다. 노동의 보상을 받는 기분이었다. 의원에게 부탁하면 쉽게 찾았을 테지만 아기씨의 처방에 대한 회의에 들어갔는지 약재고에는 아무도 없었다.

꽤 묵직한 자단향 조각을 들고 내의원을 나서던 수연의 눈에 처방기록부가 보였다. 그러면 안 된다는 것을 알면서도 수연은 처방기록부를 들춰보고 말았다.

인삼, 마, 호두, 부추, 단호박, 찹쌀.

장염에 걸린 아기씨께 올리는 죽에 들어간 재료였다. 몸을 따스하게 하여 설사를 멎게 하고 기를 보하며 단맛까지 더한 완벽한 조합이었다.

수라간에 낯선 자들이 들이닥쳤다. 수연과 내의원 최주부였다. 아궁이 가까이에서 수다를 떨던 소주방 나인들은 문이 벌컥 열리자 상궁마마님이 오신 줄 알고 혼이 빠졌다. 조리대에는 아기씨의 죽에 들어갈 재료들이 손질되어 가지런히 놓여 있었다.

"정나인, 이건 너무합니다."

늙은 최주부의 표정이 울상이다. 이곳이 궐이 아니라면 영락없이 시아버지를 잡는 며느리의 모습이었다. 수연은 조리대 위의 하얀 인삼을 집어 최주부의 입에 강제로 넣었다. 나인들이 말릴 새도 없었다.

"으읏, 퉤퉤."

"꼭꼭 씹으세요!"

수연의 표정이 심각하다. 충격에 빠진 나인들은 그대로 얼어붙었다. 최주부는 울며 겨자 먹기로 삼을 씹었다.

"맛이 어떻습니까?"

"인삼 맛이 별다를 게 있겠습니까."

"그래도 말해주세요."

"아주 쓰고 향이 독해 못 먹겠습니다그려."

최 주부는 단단히 삐진 상이다. 수연은 그에 굴하지 않고 부추를 집어 최주부의 입에 넣었다. 그는 인삼을 다 삼키지도 못하고 연이어 부추를 씹었다.

"부추는 어떻습니까?"

"맵습니다."

알싸한 부추 향이 최주부의 코를 찔렀다. 수연은 이번엔 속껍질에 싸인 호두 한 줌을 최주부에게 먹였다. 나인들이 이들의 만행을 상궁마마께 알려야 할지 말아야 할지 수군거리기 시작했다. 분홍 저고리를 입은 어린 생각시들은 양 볼 가득 호두알을 넣은 최주부의 모습에 까르르 웃음을 터뜨렸다.

"호두는 어떻습니까?"

"그야 고소하고 기름지고……."

"느껴지는 대로 모두 말씀해주세요."

"그게…… 떫습니다."

최주부도 그제야 무언가 이상하다는 것을 느꼈다.

"호박도 드셔보십시오."

수연의 말에 그는 스스로 단호박을 맛보았다. 설마하니 단호박에 무슨 이상이 있을까. 단호박을 씹던 최주부의 얼굴이 뒤틀렸다.

"이럴 리가 없습니다."

그가 단호박을 뱉어내며 말했다. 생각시들은 못 볼 것을 보았다는 표정이다.

"무슨 맛을 느끼셨습니까?"

"씁니다. 하나도 단맛이 돌지 않고 떨떠름한 쓴맛만 감돕니다."

"세상에 있는 단호박이 전부 달지는 않습니다."

"이놈들! 너희들이 감히 아기씨께 올릴 약죽 재료에 장난을 치느냐!"

최주부가 멀찍이 서 있던 궁인들을 돌아보며 길길이 으름장을 놓았다. 생각시들이 겁에 질려 나인들의 치마에 얼굴을 묻는다.

"그것이 아닙니다. 단호박의 독성이 강하여 쓴맛이 나는 것이에요. 이를 그대로 먹게 되면 위경련이 일어나게 됩니다. 무례를 범해 죄송합니다. 최주부님만큼은 제 마음을 알아주시리라 믿었습니다. 아기씨가 죽을 뱉어내시는 데는 다 이유가 있습니다. 인삼은 그게 무엇인지도 모르는 어린 아이가 넘기기엔 향이 너무 강합니다. 호두도 속껍질을 다 벗기지 않았기에 떫은맛이 감돌구요. 부추는 봄나물 중에서도 향이 강한 것입니다. 각각의 향과 맛이 어른이 삼키기에도 버거운데 이 재료들을 한데 끓이면 어떻겠습니까?"

"하지만 이 재료들은 아기씨의 몸을 보하고 장염을 가라앉히는 데 제일 좋은 것들입니다."

"아기씨의 마음은 생각하지 않은 결과겠지요."

어떻게 의원들이 환아의 마음을 헤아리지도 못한단 말인가. 입에 맞지 않는 죽을 힘겹게 뱉어냈을 아기씨를 생각하니 수연은 답답했다. 그녀는 숨을 한 번 크게 내뱉고서야 진정할 수 있었다. 최주부는 민망해하는 듯했다.

"그럼 어찌하면 좋겠습니까?"

그가 달래듯 부드러운 목소리로 수연에게 물었다.

*

수라간 조리대 한 켠을 차지한 수연의 손길이 분주하다. 인삼은 그와 효험이 비슷하나 향이 덜 강한 황기로 바꾸었다. 부추도 봄배추의 어린잎으로 대신했다. 봄배추는 향이 약할뿐더러 단맛까지 추가할 수 있었다. 호두는 한 번 데쳐낸 후 속껍질을 벗겨냈다. 단호박은 일일이 쪼개어 맛보고서 그중 제일 달달한 것으로 골랐다. 단호박을 삶고서는 윗물은 버리고 가라앉은 단호박만 남겨두었다. 그래야 쓴맛을 온전히 없앨 수 있었다. 아궁이 앞에서 한참을 움직이자 더워진 수연은 수라간 밖으로 나와 바람을 쐬었다. 그녀의 눈에 돌담에 돋아난 하얀 별꽃이 보였다. 향이 없고 염증을 가라앉히는 데 효과적인 들꽃이다. 수연은 아기씨의 죽에 넣을 요량으로 별꽃을 솎아냈다.

*

세자빈의 아기씨는 수연이 올린 죽을 넙죽넙죽 삼켰다. 한 그릇을 다 비워내시곤 곤히 잠드셨다고 기쁨에 얼굴이 상기된 채희가 전해주었다. 이튿날, 수연은 경춘전으로 불려갔다.

"자네가 정나인인가?"

강빈의 가체에 얹힌 나비 떨잠이 파르르 흔들렸다.

"네, 마마."

수연은 살며시 고개를 숙였다. 세자빈은 그녀보다 고작해야 서너 살 위의 연배로 보였지만 아기씨를 안고 있는 품이 매우 우아했다.

"의원들의 처방을 바꿀 생각을 어찌 하였느냐?"

"전의감 교수님께서 알려주신 향재의 특성을 귀담아두었을 뿐입니다."

처방기록부를 보았을 때, 인삼이가 그녀가 주었던 봄배추는 먹고 미나리는 먹지 않았던 것도 떠올랐다. 혹시 향 때문에 그런 것은 아닐까. 수연의 추측이 정확히 맞아떨어졌다.

"영특하구나."

"황송하옵니다."

"내 지밀나인이 되지 않겠느냐?"

그 말에 수연은 저도 모르게 채희와 눈을 마주쳤다. 채희가 씽긋 웃어주었다.

*

같은 곳에서 일하게 된 두 여인은 기쁨에 겨워 밤새 수다를 떨었다. 수연은 아기씨의 죽에 넣고 남은 별꽃으로 생즙을 내어 채희의 얼굴에 발라주었다. 이리 하면 정말 주근깨가 사라지는 것이냐며 채희가 사랑스럽게 웃었다.

세자빈은 채희와 수연을 아껴주었다. 지밀나인의 일은 전혀 힘들지 않아 때때로 상의원에서 향재를 만지던 일이 그리울 정도였다. 평화로운 가을이었다. 인삼이는 하루가 다르게 커가 제법 늠름해졌다. 궐 안의 살구나무에도 단풍이 들었다.

병자호란이 일어난 것은 그해 겨울이었다.

숨어버린 오랑캐꽃

땅이 꽁꽁 얼어 더 아프고 서러웠다.

가마꾼들의 발이 미끄러져 세자빈의 가마가 휘청였다. 강화도로 향하는 길이었다. 가마를 뒤따르는 수연은 자꾸만 뒤를 돌아봤다. 창경궁이 눈에서 멀어지고 있었다. 청나라의 기병은 사흘 만에 연신내까지 쳐들어왔다. 왕은 세자빈과 봉림대군, 인평대군에게 종묘사직의 신주를 모시고 강화도로 갈 것을 명했다.

이어를 준비하는 상궁들의 얼굴에 깊은 그늘이 깔렸다. 제조상궁과 부제조상궁이 나인들을 횃불 아래 줄지어 세워놓고 해야 할 일을 명했다. 연고가 있는 아기나인들은 어서 본가로 돌아가라는 명이 떨어졌다. 여기저기서 울음소리가 들렸다. 궁이 그토록 무섭게 느껴질 줄을 누가 알았을까. 수연은 내의원으로 달려가 인삼이의 목줄을 풀어주었다. 인삼이는 궐내각사를 뱅 돌아 나갔다. 수연은 이번에는 경춘전으로 뛰어가 세자빈 마마의 의복을 챙겼다. 익숙한 기척에 보퉁이를 꾸리다 말고 돌아보니 인삼이가 문 앞에서 꼬리를 흔들고 있었다.

가마를 따라 피난 행렬이 길게 이어졌다. 길을 떠나 어디로 숨어야 할지 알고 있는 자는 아무도 없었다. 높으신 분들을 따라가면 되겠지라는 생각으로 왕가에 그들의 목숨을 맡긴 백성들은 꼬리에 꼬리를 물고 늘어났다. 왕은 세자와 함께 남한산성으로 갔다. 어가는 도성 내의 장례 행렬이 지나는 수구문을 통해서야 한양을 벗어날 수 있었다. 백관이 왕을 호종했다. 강화도로 가지 않았던 봉림대군의 사부 송시열도 왕을 따랐다. 그는 남한산성에서 조정의 운명을 직접 보고자 했다. 병자년 십이월 십사일의 일이었다.

*

"수연아, 여기는 꼭 지옥 같아."

채희가 눈물을 줄줄 흘렸다. 수연과 당번을 교대하는 길이었다. 나인들 사이에 유인립의 부인 안씨의 죽음이 퍼졌다. 청병이 앞다투어 조총을 쏘아 살점이 모두 뜯겨 나갔으나 꼿꼿하게 서서 넘어지지 않았다는 이야기였다. 한상궁이 입단속을 시켜도 죽음은 빠른 속도로 번져갔다. 오랑캐 장수 구왕은 삼만에 달하는 군사를 이끌고 강화 앞바다에 도달했다.

"네 곁에 있고 싶어. 눈을 뜨고 있는 게 너무 무섭다."

채희는 몸을 사시나무 떨듯 떨었다.

조선의 수군과 육군은 적의 홍이포에 겁에 질렸다. 왕의 명을 받들어 강화로 들어온 우의정 김상용이 성의 남문루에 올라 화약을 장치했다. 밀려드는 청병을 막을 길이 없었다. 그는 임금이 계신 남한산성을 향해 절을 올리고는 일어나지 않았다. 손자 한 명과 종 한 명이 그를 따라 죽었다.

*

"이럴 수는 없습니다."

세자빈의 눈이 붉어졌다. 낮고 참담한 목소리였다.

"아바마마와 세자 저하 모두 남한산성에 계십니다. 우의정마저도 자결하였으니 나는 이제 어찌해야 합니까. 세손이 여기에 있습니다. 대군, 세손이 여기에 있는데 아바마마는 성 안에서 무얼 하신단 말입니까."

"인평과 제가 세손을 지킬 것입니다."

봉림대군이 입을 열었다. 수연은 그의 도포 자락에 물든 검붉은 핏자국을 보았다.

"세손만 무사하다면 나는 어찌 되든 상관없습니다."

"남한산성으로 밀사를 보냈습니다. 무사히 당도했다면 지금쯤 지원군이 오고 있을 겁니다."

수연은 눈을 내리깔았다. 대군과 세자빈 마마께서 어떠한 표정으로 얘기를 나누시는지 알고 싶지 않았다. 어린 세손은 강빈의 품에 안겨 있었다. 그때, 장지문 바깥에서 궁인들의 비명 소리가 들렸다. 귀를 찢는 쇳소리가 사방을 잠식했다.

채희, 채희가 바깥에 있다.

봉림대군이 방을 나서려는 수연의 손목을 붙들었다.

"너는 여기 있거라."

그가 칼을 빼어들었다. 붉은 핏물이 흰 창호지에 튀었다. 강빈은 세 손을 더욱 껴안고 눈을 질끈 감았다. 할 수만 있다면 세손을 자신의 품에 숨기고 싶었다. 대군이 문을 열었다. 채희가 구왕의 손에 붙들려 있었다. 검은 눈동자가 두려움에 일렁였다.

"채희야!"

수연의 절규에 구왕이 그녀를 흘끗 쳐다보았다.

"세자는 어디 있느냐."

구왕이 물었다.

"세자는 남한산성에 있다."

대군의 목소리가 싸늘해졌다. 구왕은 문을 막아선 봉림대군 너머로 세자빈과 세손을 넘겨다보았다.

"그 쥐구멍에는 왕이 들어앉았다고 들었다. 세자빈이 여기 있는데 세자가 어디에 있단 말이냐. 세자가 있는 곳을 말하라."

"이미 답을 말했다."

"조선인은…… 겁이 많을뿐더러 협잡하구나."

"아악!"

수연이 외마디 비명을 질렀다. 구왕이 채희의 머리채를 놓더니 그녀의 오른손을 잡고 칼로 베었다. 제물의 피가 대군의 얼굴에 튀었다. 칼을 쥔 대군의 손이 분노로 떨렸다. 정신을 잃은 채희는 바닥에 인형처럼 떨어졌다. 구왕은 채희의 피가 묻은 칼을 대군의 소매에 스윽 닦았다. 대군! 세자빈의 간절한 목소리가 봉림대군을 붙들었다. 세손이 자지러지게 울었다.

"황제께서는 청국 병사들이 조선에 오래 머무는 것을 원치 않으신다. 왕이 귀머거리 행세를 하고 있으니 세자에게 전해라. 황제께서 친히 조선으로 행차하신다."

구왕이 떠난 자리에 그의 차가운 음성이 메아리처럼 울렸다.

*

채희가 메마른 입술을 뗐다.

"나 혼자 두지 마. 네가 날 데려가줘."

"응, 응. 내가 널 왜 버려."

채희는 다시 정신을 잃었다. 수연이 채희의 얼굴을 매만지며 울었다. 언젠가 비슷한 말을 들은 적이 있는 것 같은데 기억나지 않았다. 머리가 아팠다.

강화도가 함락됐다. 바다에는 몸을 던진 부녀자들의 머릿수건이 파도에 떠밀렸다가 다시 밀려들어왔다. 아들 네 명과 남편을 잃은 노파는 적이 자신만 살려두자 자식의 피로 얼굴을 문지르며 통곡했다.

일월 이십구일, 왕은 오열하며 남한산성을 나서는 윤집과 오달제에게 마지막 술을 내렸다.

일월 삼십일, 삼전도에 임금이 있었다.

백 가지의 향을 외우다

한양에서 심양까지는 꼬박 두 달이 걸렸다.

청나라는 세자와 대군을 볼모로 요구했다. 장수들은 육십만에 달하
는 조선 포로들을 끌고 갔다. 그중 절반이 여자였다. 수연도 부상을 입
은 채희를 부축하고 빈궁 마마를 따라 심양으로 향하는 길에 올랐다.
병들어 근무를 할 수 없는 나인은 본가로 돌아가는 게 법도였으나 강
빈은 채희를 거두어주었다. 새로 지은 심양관에 도달했을 때엔 오월이
었다. 오랑캐의 땅에도 꽃은 피었다.

"네가 나를 도와주어야겠다."

세자빈의 두 볼에 모처럼 홍조가 돌았다. 심양성에 들어설 때, 세자
빈은 가마 대신 말을 탈 것을 요구받았다. 신하들은 망극하여 몸 둘 바
를 몰랐으나 강빈은 기꺼이 말에 올랐다. 새로운 공기가 그녀의 뺨을
스쳤다. 수연의 눈에 말에 오른 세자빈의 모습이 전혀 어색해 보이지

않았다. 본래 그와 어울리는 기백을 품고 계신 분이었다. 심양관에서 세자 저하와 단둘이 계시는 시간이 많아질수록 세자빈 마마의 얼굴에도 사랑받는 여인만의 생기가 어렸다. 세자 저하께서 파혼당한 윤씨 처녀를 못 잊어 세자빈에게 소홀하다는 소문은 옛것이 되었다.

"나의 손발이 되어다오. 청나라 조정에서 배급받는 식량으로는 이곳의 대식구를 먹이기에 턱없이 부족하구나."

"분부해주소서. 제가 어떻게 도와드리면 되는지요?"

수연이 답했다.

"청국의 귀족을 상대로 무역을 할 것이다. 청나라는 유목 민족이라 외국의 고급 특산품에 대한 갈증이 있다고 들었다. 남탑거리의 시전을 돌며 어떠한 재화가 고가에 팔리고 있는지 살펴다오. 암시장에서 거래되고 있는 물품도 확인하거라. 너에게 도움이 될 아이를 하나 붙여주겠다. 역관의 딸이니 곁에 두면 심양관 밖을 자유로이 다니기에 좋을 것이다."

문이 열리고 열네댓 살 즈음으로 보이는 작은 소녀가 들어왔다. 청국의 복색이었다. 맑은 눈동자가 수연에게 말을 걸었다.

"피애리입니다. 역관 피서희의 여식입니다. 시켜만 주시면 어떠한 청국 말도 들려드리겠습니다. 청국의 욕이 무언지 물으셔도 답할 수 있습니다. 소녀를 거두어주세요."

*

애리는 물 만난 고기처럼 심양성 남문의 시전을 누볐다. 조선의 한

복과 달리 품이 좁고 일자로 떨어지는 만주족의 복색이 그 아이와 잘 어울렸다. 애리가 여기서는 치파오라고 부른다기에 수연도 치파오라고 말해보았다. 말을 타기 위해 치맛단에 옆트임이 들어가 있는 것이 자유로워 보였다. 수연은 그 자유로움이 마음에 들었다.

청나라 사람으로 보이는 소녀 한 명과, 조선의 여인, 그리고 비구니. 좀처럼 보기 힘든 조합에 시전 상인들의 눈길이 그들에게 쏠렸다. 애리는 자신과 친한 과일전의 오라버니를 소개해주겠다며 저 앞으로 달려나간 지 오래였다. 수연은 심양관에 묵고 있는 비구니 아시타와 나란히 그 뒤를 따랐다. 아시타는 자신을 일본에서 온 공주라고 소개했다. 수연은 좀체 그 말을 믿기 힘들었다. 하지만 그녀와 이야기를 나누면 나눌수록 범상치 않은 기운에 빨려들었다.

"일본을 떠나오신 연유가 무엇입니까?"

"일본에는 저를 감당해낼 만한 사내가 없습니다. 웬만한 영웅의 그릇으로도 저를 거두지는 못할 겁니다. 저는 초인이니까요. 그것도 여인의 몸으로."

아시타의 말에 수연이 그녀의 옆얼굴을 돌아봤다. 스스로를 가리켜 스스럼없이 초인이라고 말하는 자는 처음 보았다. 가지런한 눈썹과 수려한 얼굴선이 남성인지 여성인지 선뜻 구별하기 힘든 오묘한 분위기를 풍겼다.

"심양까지 오신 걸 보면 조선에서도 대영웅은 없었나봅니다."

"안타깝지만 그렇게 믿을 뻔했는데 심양에서 한 분을 뵈었습니다."

아시타의 눈이 반짝였다. 수연도 호기심이 동했다.

"그분이 누구십니까?"

"심양관에 계신 분입니다."

"어떤 분인지 궁금합니다. 그분께 공주님의 마음을 전하셨는지요?"

"아니요, 아직⋯⋯."

두 볼에 다홍빛 홍조가 깃든 아시타가 수줍게 대답했다. 수연은 그 홍조가 반가웠다. 설렘은 전염성이 강하다. 맑은 물에 똑 떨어진 물감처럼.

"이제는 머리를 기르시고 승복을 벗으세요. 사내와 평등하게 대우받고자 자신의 여성성을 억누르실 필요는 없습니다. 여인은 여인대로 아름답고 사내는 사내대로 아름다운 피조물이지요."

"그분도 비슷한 말씀을 해주셨습니다."

"그렇습니까?"

"물론 제 행색이 이래서 그러했겠지만, 심양에 도달할 때까지 누구도 저를 거들떠보는 사람이 없었습니다. 하지만 그분은 저를 알아봐주셨고 거처가 없다는 걸 아시곤 심양관에 머물게 해주셨지요. 물론 별 뜻 없는 말씀이었겠지만 머리를 기르면 아름다울 것이라고도 말씀해주셨습니다."

수연은 아시타의 말에 그 사내가 더욱 궁금해졌다. 심양관의 한 방을 내어줄 정도면 신분이 높은 인물일 것 같은데 어떤 분일까.

"정나인께서는 어느 분께 몸을 의탁하고자 하십니까?"

"글쎄요⋯⋯ 조선 궁녀의 주인은 왕이시고, 소속된 부서의 수장이 주인이시고, 그리고 제 몸의 주인은 자신이지요."

수연이 싱긋 웃었다.

"주인이 여럿이니 치열하게 살 수밖에 없겠군요."

아시타가 자못 진지한 표정으로 대답했다. 그 말에 수연은 문득 아시타가 부러워졌다. 부러운 가운데서도 위로를 받는 기분이 드니 마음을 종잡을 수 없었다.

한참을 걸었더니 과일전에서 젊은 청년과 신나게 떠들고 있는 애리가 보였다. 이야기에 정신없으면서도 지나가는 노인과 어린아이 모두와 살가운 인사를 주고받았다. 애리는 짧은 시간에도 처음 만난 자를 자신의 편으로 끌어들이는 놀라운 재주가 있었다.

"언니! 이거 오라버니가 언니랑 공주님 예쁘다고 주는 거래."

애리가 붉은 과일 두 개를 내밀었다. 처음 보는 과일이었다. 조선의 능금과 빛깔과 모양은 같았지만 크기가 서너 배는 되었다.

"사과야. 대충 닦아서 그냥 베어 먹으면 돼. 먹어봐. 응? 먹어봐."

애리는 참을 수 없다는 표정이다.

"애리야. 이 과일 너하고 닮았다."

"언니도 참. 먹어보고나 말해. 너무너무 맛있어서 욕 나올 맛이야."

애리가 방방 뛰었다. 두 볼이 상기되어 있다.

"욕 나올 맛은 또 뭐니?"

수연은 소맷부리에 사과를 문지르고 한 입 물었다. 아삭 하는 소리와 함께 산뜻한 꽃향기가 감돌았다. 그 향과 어울리는 상큼한 과즙에 침이 절로 고였다. 수연은 아무 말 않고 한 입 더 베어 물었다.

*

"무슨 생각을 하십니까?"

신의원의 딸 서향이 고개를 기울여 단의 눈을 들여다보았다.

"아무것도 아니야."

단이 희미하게 웃었다. 서향의 볼이 엷은 분홍빛으로 물들었다. 자신을 그저 김씨라고 소개하고 이름도 알려주지 않는 사람을 믿는다니, 누가 들으면 우스울 일이었지만 신기하게도 그의 눈을 보고 있을 때면 마음이 편해졌다. 곁에 오래도록 앉아 이야기를 나누고 싶었지만 한 번도 그런 적은 없었다. 자신의 몸에서는 언제나 탕약의 쓴 냄새가 배어났기 때문이다. 서향은 그 냄새가 싫었다.

"할 일 없으시면 저와 잠깐 장 구경 안 가실래요?"

"안 돼, 바빠. 네 아버지께서 산더미 같은 약재를 분류하라 하셨거든."

단이 살가운 눈웃음을 쳤다. 약재를 분류하는 건 매우 지루한 일이었다.

"알았어요. 그럼 전 혼자 놀 건데요. 어엄청나게 재밌어 보여도 말 걸지 마세요."

서향이 새초롬히 말했다. 그 말에 단이 웃음을 터뜨렸다.

단은 서향이 건네고 간 흰 사발을 비웠다. 도저히 익숙해지지 않는 쓴맛이 입에 감돌았다. 신의원은 그것을 염증을 가라앉히는 약이라 했다. 무슨 약재로 끓여낸 것인지 심히 의심스러웠으나 단은 아무것도 묻지 않았다. 신의원이 그에게 보답하겠다는 일념으로 단의 손을 치료하는 데 몰두하고 있었기 때문이다. 흉은 남더라도 노력해보겠다며. 단은 햇빛 아래 그의 왼손을 들어보았다. 약지와 소지가 화상으로 한데 엉겨 보기 흉했다.

이 손가락들을 잘라내면 어떨까.

쓸쓸한 생각에 그의 눈빛이 다시 어두워졌다. 호란 때 그는 왕가의 피난 행렬 속에서 수연과 닮은 궁녀를 보았다. 그 궁녀를 잡고자 했을 때는 이미 인파에 떠밀린 뒤였다. 사람들을 붙잡고 물어보니 왕은 남한산성으로 간다고 했다. 그도 서둘러 남한산성으로 향했다.

그 길에서 단은 불타는 의원을 둘러싼 환자들이 넋이 나간 채로 불구경하는 괴이한 장면을 목격했다. 겁에 질린 신의원이 딸을 데리고 피난을 가려 하자 성난 환자들이 신의원과 서향을 가두어놓고 불을 지른 것이었다. 단은 그들을 구하다가 왼쪽에서 덮쳐오는 불기둥에 화상을 입고 말았다. 남한산성에 도달한 단은 군병에 자원해 매 같은 눈길로 수연을 닮은 궁녀를 찾았지만 다시 볼 수 없었다. 성문이 열리고 어가행렬이 삼전도로 향할 때 그는 마지막이란 마음으로 상궁들과 나인들의 얼굴을 확인했지만 허탕이었다. 그는 텅 비어버린 성곽에 주저앉아 수연을 만나면 무슨 이야기를 하고 싶은 건지 생각했지만 답을 알 수 없었다.

*

수연이 향재에 관심이 많다는 것을 알게 된 아시타는 무언가 보여주겠다며 시전의 향재를 쓸어 담았다. 청국의 향재는 가짓수가 어마어마했다. 조선에 있는 백단향, 당귀, 박하, 백리향뿐만 아니라 귀한 침향과 그녀가 꼭 다뤄보고 싶었던 미질향이 수연의 눈을 사로잡았다. 아시타는 마른 향재 외에도 용도를 모를 청동 그릇과 각종 과일, 그리고 어패류까지 구매했다.

　남탑거리 시전의 끝에 사람들이 웅성거리며 모여 있다. 사과를 입에 물고 사람들 틈을 비집고 들어간 수연은 충격에 휩싸였다. 조선인 포로들이 매매되고 있었다. 호란 때 잡혀온 사람들이었다. 길게 늘어선 조선인 포로들은 지친 표정이었다. 그중 한 어미는 우는 아이를 달랠 생각도 하지 않았다.

　"사십오 냥이오!"

　"오십 냥으로 하겠소!"

　"더 없습니까? 계집애는 이년이 마지막입니다."

　기껏해야 수연의 허리에 닿을 키의 어린 여자아이 몸값이 오십 냥으로 매겨졌다. 부호로 보이는 청국 사내가 여자아이를 데려갔다. 포로들 중 한 명이라도 속환해야겠다는 마음에 주머니를 뒤져보았으나 돈은 아시타에게 있었다. 수연은 청국으로 끌려온 그 많은 포로들이 어디로 흩어졌을지 한 번도 생각해보지 않은 자신이 미웠다. 입맛이 떨어진 그녀는 들고 있던 사과를 쳐다보지도 않고 버렸다.

*

　수연의 눈에 검은 무명천이 감겨 있다. 며칠간 아시타와 함께 백 가지의 향을 구분하고 외우는 훈련을 하고 있는 중이었다. 수연은 아시타의 지식을 속속들이 흡수했다. 어느 면에서는 아시타가 수연보다 향에 해박했다. 지금 서방에서는 향신료 무역이 성행인데 그것이 낭가삭기란 곳까지 들어온다고 했다.

"아흔 번째 향입니다. 어떤 것의 향입니까?"

아시타가 물었다. 그녀의 머리칼이 꽤 자랐다. 아침에 수연은 동백 기름으로 아시타의 머리를 빗고 그녀와 어울리는 진주 뒤꽂이를 꽂아 주었다. 수연은 다시 희미한 향기에 집중했다.

무슨 향일까. 풋풋한 단내가 나는 것으로 보아 과일이다. 과일 중에서도 물기가 많은. 여름. 여름 과일. 은이와 함께했던 여름에 영산강을 걷던 기억. 수박. 수박일까? 살포시 물비린내가 난다. 수박에 비린내가 나? 아니면 오이인가? 오이는 단내가 나지 않아. 설마 수박이 상하는 중일까.

"수박입니까?"

수연의 대답에 자신이 없다.

"아닙니다."

아시타의 말에 수연은 눈을 가린 천을 풀어 접시에 올라온 것을 보았다. 은회색으로 반짝이는 은어다. 수연의 눈이 휘둥그레졌다.

"민물고기였습니까?"

"압록강 지류에서 잡아올린 것입니다. 맑은 물을 좋아하는 고기답게 몸에서 수박향이 납니다. 고급 어종이지요. 비슷하게는 맞히셨지만 그것으로는 부족합니다."

아시타가 재밌다는 듯이 웃었다. 수연은 시무룩해졌다.

"속은 기분이 듭니다. 향재를 다루기 위해 물고기와 같은 생물에 대한 지식까지 필요합니까? 세상엔 이 은어뿐만 아니라 알아야 할 마른 향재도 엄청난데요."

"그래서입니다."

"네?"

"이렇게 외우다가는 한도 끝도 없을 겁니다. 제가 언제까지나 곁에 있을 것도 아니고요. 그게 문제가 아니라 제가 아는 향재는 정나인께서 아시는 것의 절반도 안 될 것입니다. 그래서 느끼게 해드리고 싶었습니다. 답을 내려 하지 마세요. 그러면 정나인께서 느끼신 대로 향을 이야기했을 것이고 그 향이 곧 은어입니다. 답을 내야 한다는 생각에 수박이라고 말해버린 거지요. 그래서 틀렸지 않습니까. 향은 무엇이라고 생각하십니까?"

"향은 감각입니다."

수연이 주저 없이 답했다. 그 대답에 아시타가 달과 같은 미소를 지었다.

"정나인의 감각과 제 감각이 다른데 정답이 있을 리가 없지요."

수연은 그 뒤로 향재의 기본이 되는 생강, 무화과, 계피, 붓꽃의 뿌리와 같은 향료를 속속들이 구분해냈다. 웬만한 것들은 한 번씩 다뤄봤기에 큰 어려움은 없었다. 그러나 정작 수연의 관심은 다른 데 쏠려 있었다. 그들은 일종의 실험을 하는 중이었다. 심양관 정원 한 켠에서 커다란 솥이 끓었다.

"궐에서 수증기를 증류하여 향유를 얻었다는 풍문은 들었어도 직접 실험해보는 것은 처음입니다. 왜란을 거치면서 맥이 끊겼거든요. 제가 궐에 들어갔을 때에는 제대로 아는 자가 없었습니다."

수연은 솥을 보물단지처럼 바라봤다. 아시타는 의아한 표정이다.

"조선에 있을 때 향유를 보았는데 그와는 다른 것입니까?"

"그 향유 대부분은 꽃잎을 기름에 절여두었다가 짓찧어서 만든 것이지요. 간편한 방법이지만 향이 오래가지 않습니다."

부디 실험이 성공하길 속으로 빌며 시간이 가기를 기다리고 있는데 정원 문에서 사내들이 이야기를 나누는 소리가 들렸다. 애리의 오라버니인 역관 피우현과 봉림대군이다. 수연은 정원 문을 돌아보았다. 청태종의 명으로 열린 사냥에서 돌아오는 길인 듯했다.

"아시타? 어디 편찮으세요?"

아시타의 얼굴이 삽시간에 붉어졌다. 수연의 물음에 아시타는 더욱 어쩔 줄 몰라 했다.

"아닙니다. 불에 가까이 있으니 열이 올라 그렇습니다."

"그런가요."

"많이 덥네요."

"애리의 오라버니입니까?"

"네?"

"공주님이 푹 빠지신 분이요."

수연이 짓궂은 사내아이처럼 눈을 반짝였다. 혀를 내두를 정도로 해박한 지식과 지혜를 갖추었어도 사랑 앞에 작아지는 모습은 같은가 보다. 수연은 아시타에게 지금 그녀의 표정이 얼마나 예쁜지 말해주고 싶었지만 꾹 참았다.

"아닙니다."

"그러면 대군께서?"

아시타는 보일락 말락 고개를 끄덕였다.

"어멋, 정말입니까? 대군께서 뛰어난 눈썰미를 가지고 계셨군요."

수연은 기쁨에 작은 탄성을 내질렀다.

"쳇, 부끄럽습니다."

아시타의 주의에도 수연은 여전히 싱글벙글이다. 수연은 봉림대군을 자세히 뜯어보았다. 키가 커서 붉은 철릭이 매우 잘 어울렸다. 허리 위쪽에 매인 푸른 끈은 그의 체격을 더욱 돋보이게 했다. 궁인들 사이에서도 외모가 수려한 왕자로 칭찬이 자자했지만 이미 출궁한 분이셨기에 제대로 뵌 적은 없었다. 호란 중에는 정신이 황망하여 눈을 들고 다니지도 못했으니 대군을 유심히 살펴보는 것은 처음이었다.

순간, 봉림대군과 수연의 눈이 마주쳤다.

자신을 향한 시선을 느낀 듯했다. 수연은 그만 아시타처럼 얼굴이 확 붉어져 고개를 돌렸다. 도둑질을 하다 들킨 것처럼 가슴이 세차게 뛰었다. 옥골선풍은 그를 두고 한 말일까. 아시타가 대군께 빠져든 이유를 알 것 같았다.

그날 오후, 수연은 꿀 먹은 벙어리가 되었다. 묻는 말에만 대답을 하곤 내내 힘없는 표정이다. 자신의 맘을 종잡을 수 없었다. 해질녘 즈음 수연은 정원으로 나가 여전히 끓고 있는 솥단지 앞에 주저앉았다. 솥 뚜껑 사이로 붓꽃 향이 새어 나왔다. 타닥타닥 튀어 오르는 불꽃을 바라보며 수연은 말없는 기도를 올렸다.

온갖 잡음이 들끓는 가운데 낮을 바치고 밤을 바치니 굽어 살피사 평안토록 해주소서.

백합에는 백자로 빚은 향유병을

　팔월의 끝자락. 밤에는 조금씩 선선한 바람이 불었다.

　심양관에 머무른 지도 삼 개월이 되었다. 아시타와의 실험은 성공적이었다. 생화를 찜기에 올려놓고 만두를 찌듯 증기를 쐬어주면 기름주머니가 터져 수증기와 섞였다. 그 수증기가 작은 관을 타고 나오면서 냉각되면 다시 액체로 변해 종지에 담겼다. 어려울 것은 없었다. 종지를 가만히 두면 시간의 마법으로 무거운 정수는 아래로 가라앉고 향유는 위에 떠올랐다. 연꽃, 목화꽃, 백합 향유병이 수연의 방에 하나둘 늘어났다.

　강빈은 수연의 작업을 눈여겨보고 일부러 수연에게는 시중을 덜 들게 했다. 덕분에 수연은 향유 제조에 심취하여 무료한 시간을 달랬다.

　향유를 만들면서부터 수연은 더욱 예민해졌다. 눈에 띄지 않을 정도였지만, 궐에 들어오고 나서 살이 올랐던 두 볼도 다시 야위기 시작했다. 아픈 곳이 있어서가 아니었다. 더욱 매혹적인 향유를 만들고자 스스로를 괴롭힌 까닭이었다. 그저 사랑하는 일에서 완벽하고자 하는 사람의 숙명처럼 신경 쇠약을 감내할 뿐. 아시타와 애리만이 유일하게 수연을 웃게 했다. 채희는 오른손을 잃은 후로 마음을 닫아버렸다. 채희에게 들꽃 같은 생기를 불어넣어줄 힘이 수연에게는 없었다.

*

강빈의 명으로 홍시와 배의 거래처를 찾기 위해 수연과 아시타, 애리가 남탑시전의 과일전을 찾았다. 조선의 홍시와 배는 청국 황실과 귀족 사이에서 천상의 맛이라고 소문이 자자했다. 강빈은 곶감과 인삼, 담배로 점차 무역품을 늘려갈 계획이었다. 기근으로 인해 심양관에 배급되는 식량이 끊겨도 이상하지 않을 때였다. 강빈은 그러한 일이 닥치기 전에 심양관의 경제적 자립을 도모하고자 했다.

애리가 하품을 늘어지게 했다. 수연도 점차 초조해졌다. 과일전 주인은 그들이 과일을 사러 온 것이 아니란 것을 알고는 싱거운 표정으로 기다리라 해놓고서 손님 접대에 열중이었다. 질 좋은 과일이 대량으로 유통되는 가게이기에 기대를 걸었건만 아무래도 허탕을 친 것 같았다.

"아주머니! 오랜만이에요. 잘 지내셨어요?"

다리가 아프다며 시무룩해 있던 애리가 가게 앞에 진열된 배를 집어 든 여인에게로 쪼르르 달려가 손을 덥석 잡았다.

"살이 많이 찌셨네요. 좋은 일 있으세요? 옷도 좋은 것으로 입으시곤. 어머, 드디어 재혼하시는 거예요? 축하드려요! 그동안 그렇게 고생하시더니.”

여인의 얼굴이 점점 굳어져갔다. 수연과 아시타는 아차 싶었다. 애리는 특유의 넉살로 사람들의 마음을 순식간에 무장해제시켰다. 단, 그들의 얼굴을 제대로 구분하지 못한다는 건 치명적인 허점이었다.

“누구니? 이 못난아.”

여인의 단호한 말에 방긋방긋 웃던 애리가 울상을 지었다.

*

홍실로 모란이 수놓인 하얀 탁자보에 다기가 놓였다. 뜨거운 찻물 위로 둥둥 뜬 목련 꽃잎 서너 장이 수연의 눈을 사로잡았다. 향이 은은해 질리지 않았다. 애리의 오해로 인연을 맺게 된 청국 부호 상인의 아내 공사정은 세 여인을 자신의 집으로 초대했다. 뜻밖의 행운이었다.

“미안해요. 내가 입이 좀 거친 데가 있어서.”

공사정이 가는 눈을 더욱 길게 늘이며 미소 지었다.

“용서해줄래요? 작은 아가씨.”

부드러운 말로 달래봐도 애리는 여전히 뾰로통한 눈치다. 탁자 밑으로 수연의 발을 툭툭 찼다. 애리는 아무 말이 없고 수연도 청국말에 익숙지 않아 눈만 끔벅이자 아시타가 말을 이었다.

“괘념치 마세요. 마음이 여린 아이라 금방 풀어질 겁니다. 당황하셨을 텐데 악연을 풀고자 이리 대접을 해주시니 저희야말로 감사할 따름입니다.”

아시타의 말에 애리가 그녀를 흘겨보았다. 아무래도 단단히 삐친 것 같다.

"아, 신세 졌다 생각하지 마시고 편히 있다 가세요. 제가 즐겁고자 초대한 것이니까요. 자랑처럼 들릴 수도 있지만 재력가의 부인으로 산다는 건 따분할 때가 많아서요. 그래, 조선의 과일을 거래하고자 과일전에 들렀다고 했었지요? 거래주가 누구죠?"

말이 길어지자 수연이 아시타에게 도움의 눈빛을 보냈다. 아시타가 공사정의 말을 통역해주었다. 공사정은 두 여인을 흥미롭게 바라봤다.

"심양관에 머물고 계신 조선의 세자빈 마마십니다."

수연이 답했다. 어쩌면 새로운 기회를 얻을 수 있을지도 모른다.

"이런! 정말 영광이에요! 조선에서 볼모로 잡혀온 세자 일행에 대한 소식은 들었습니다. 세자가 총명하여 황제께서 아끼신다더니 세자빈 또한 훌륭하시군요. 그래요. 타국으로 오게 된 건 안타까운 일이지만 가만히 있을 수는 없지요."

공사정은 흥분으로 얼굴이 발갛게 상기됐다. 새로운 사람, 특히 기품과 학식이 있는 사람을 만나 곁에 두는 것은 그녀의 큰 기쁨이자 대상인으로서의 본능이었다.

"제가 도움이 될 일이 있을 겁니다. 과일은 남편이 다루는 재화가 아니라 직접적인 도움을 드릴 순 없겠군요. 제 남편은 더 귀한 품목을 다루지요. 그게 그 사람 취향이라나 뭐라나. 그래도 그이에게 부탁해볼게요. 조선의 과일을 필요로 하는 상인들이 있을 겁니다. 큰돈을 다루다 보면 귀족들에게 뇌물을 바쳐야 할 일이 종종 있거든요. 아시잖아요."

간드러지는 목소리로 쉴 새 없이 말을 토해낸 공사정은 숨을 고르기 위해 찻잔을 들었다. 손가락마다 금, 자수정, 청금석 가락지가 끼워져 있어 무거워 보인다. 수연은 공사정의 말에 희비가 교차했다.

"그렇군요. 마마께서 크게 기뻐하실 겁니다."

"언젠가 제가 도움을 드리면 세자빈을 꼭 한 번 뵐 수 있게 해주세요."

"네. 마마께서도 이곳 사람들과의 교제를 꺼리시지 않는답니다. 오히려 심양관 생활을 답답해하시는 분이죠. 그런 날이면 직접 경작지로 나가셔서 농장 일을 살피세요. 부지런함과 게으름을 매의 눈으로 가려내시곤 상벌을 주시지요."

"나는 당신도 궁금해요."

공사정이 깍지 낀 두 손에 턱을 괴곤 수연을 은근히 바라봤다.

"네?"

"당신은 어째 자신보다 세자빈에 대해 더 잘 아는 것 같군요. 난 여태까지 당신의 이름밖에 못 들었어요. 저 쪼그만 꼬맹이는 토라졌고, 아시타는 일본 사람임에도 조선어와 청국어에 뛰어난 것으로 보아 내가 감당하지 못할 정도의 비범한 사람이 틀림없어요. 그런데 당신은요? 당신은 조선에서 뭘 하셨나요?"

"한양에서, 창경궁 경춘전에 기거하시던 세자빈 마마의 나인이었습니다."

수연은 혼란스러워졌다. 이와 같은 질문을 던지는 자는 한 번도 본 적이 없었다. 아시타에게 수연의 말을 전해들은 공사정은 눈을 살짝 찌푸렸다.

"나인이라면 궁에 사는 여관을 말하는 건가요?"

"맞습니다."

겉으론 내색하지 않았지만 공사정은 수연의 말에 김이 샜다. 그녀의 눈에 수연은 바닥이 훤히 비치는 샘물처럼 맑은 눈을 가졌고 사람을 홀리는 매력을 지닌 여자로 보였다. 그런 여인이 세자빈과 함께 일한다기에 내심 큰 기대를 했다.

"궁인은 어찌 보면 신분이라 할 수 있지요. 나는 당신의 신분을 물은 게 아닙니다. 당신이 어떤 일을 하고 무엇을 잘하는지, 그것이 궁금해요."

공사정이 수연에게 따뜻한 미소를 보였다. 이번에야말로 수연은 당황했다. 내가 뭘 하는 사람이지? 그녀는 근래에 자신이 했던 일들을 떠올려봤다.

"나는…… 조선의 조향사입니다."

고심하여 고른 말이 입 밖으로 나왔다. 말은 살아 움직여 수연에게 확신을 심어줬다.

"조향사요?"

공사정은 어리둥절한 표정이다. 수연이 손가락으로 탁자에 한자를 썼다.

"고를 조調에 향기 향香을 써서 조향사라고 칭해봤습니다. 향을 고르다, 조절하다, 어울리게 한다는 뜻입니다. 제가 만든 연꽃, 목화, 백합과 같은 향유를 세자빈 마마와 방동무 채희도 좋아했으니 썩 나쁜 실력은 아닐 겁니다."

수연이 수줍게 웃었다. 공사정은 작게 탄성을 내질렀다. 얼굴이 환해진 그녀는 탁자 너머로 수연의 두 손을 잡았다.

"드디어 제가 도와드릴 수 있는 부분이 생겼군요!"

사랑의 이치를 박하에 담다

공사정의 부군은 청국 황실과 귀족을 상대로 패물을 납품하는 상인이었다. 수연이 만든 향유는 그 패물과 함께 고가에 팔렸다. 조선의 섬세한 감성으로 빚은 향유라 하여 고관 부인들 사이에 소문이 자자했다. 처음엔 보답의 의미로 공사정에게 얼마간의 향유를 전해주던 수연은 수요가 많아지자 결국 세자빈의 윤허하에 그녀와 정식 계약을 맺었다. 강빈은 수연의 수작업을 도울 나인 몇 명을 따로 붙여주었고 오래지 않아 향유는 심양관의 주요 수입원 중 하나가 되었다.

수연은 자신이 만든 향유가 무엇으로 되돌아오는지 똑똑히 보았다.

향유를 팔아 낸 이윤은 노예시장에서 조선인 포로들을 속환하는 데 쓰였다. 속환된 백성들은 세자빈의 손을 붙잡고 기쁨의 눈물을 흘렸다. 그들은 은혜에 보답하고자 있는 힘을 다해 농장을 개척했다. 척박한 청국 땅은 곧 품질 좋은 농산물을 토해냈고 이는 다시 심양관의 이

윤으로 남겨져 청국의 고관 매수를 위한 뇌물로 바뀌었다.

겨울 향기는 봄 향기보다 더 산뜻하다. 아궁이에 부채질을 하는 수연의 눈에 초점이 없다. 바쁘게 일하는 사이 시간은 쏜살같이 흘러 있었다. 아침에 창을 열고 얼굴을 내미니 서늘한 겨울 냄새가 났다. 수연은 함께 일하는 나인들을 모두 물리치고 아궁이 앞에 앉아 불을 때는 것을 좋아했다. 그때가 유일하게 혼자 남는 시간이었다. 따뜻한 불기운에 몸이 풀리면 영혼은 멀리 달아나 조선의 남쪽 땅까지 다녀오곤 했다.

수연의 입가에 희미한 미소가 걸렸다. 단이 없으면 죽을 것 같던 시간들은 어딘가에 남겨진 걸까 아니면 영영 사라진 걸까. 그를 떠나 자유로워졌어도 여전히 단을 사랑했다. 수연은 새벽빛이 밝아올 때마다 단과 은이의 평안을 빌었다. 때로 기도가 길어지는 날이면 약간의 욕심을 보태어 언젠가 그와 다시 웃으며 만날 수 있기를 소원했다.

견딜 수 없는 하나는 단에 대한 마음이 식으면 용서치 않으리라 생각했던 다짐도 식었다는 사실이었다. 그때는 사랑을 모르는 나이가 아니었음에도 그를 두고 철없는 맹세를 했다. 그래서 여태까지 사랑이라는 이름으로 단을 묶어두고 있는지도. 아궁이 불이 수연의 얼굴에 주홍빛 그림자를 만들며 일렁였다.

"언니!"

애리의 목소리가 수연의 상념을 깼다. 웬일로 한참을 울었는지 퉁퉁 부은 눈으로 달려와서는 수연의 품에 얼굴을 묻는다.

"무슨 일인데 울었어, 애리야?"

수연이 애리의 뒷머리를 매만져주었다. 그러자 다시 서글퍼진 애리는 한참 전에 눈물이 메말랐음에도 끅끅거리며 가쁜 숨을 골랐다.

*

해가 중천에 떴을 때였다. 애리는 논에서 잡은 메뚜기를 한 손에 쥐고 자랑스레 심양관 복도를 누볐다. 그녀의 오라버니와 막역한 사이인 시강원 문학* 이기현을 만나면 보여줄 것이었다. 그와는 겨우 며칠 전에 얼굴을 익혔지만 하루라도 빨리 더 친해지고 싶었다.

이기현은 역관 피우현의 죽마고우로 세자를 따라 심양으로 오게 된 자였다. 우현과는 어릴 때 이후로 소식이 끊겼으니 심양관에 머무르면서도 우현 남매가 이곳에 있는지 알 턱이 만무했다. 심양관은 사오백에 달하는 조선인들의 생활 공동체였기 때문이다. 그러다 얼마 전 우연히 우현을 마주치곤 크게 기뻐했다. 기현은 애리를 처음 만났음에도 자신의 누이처럼 예뻐해주었다. 기현이 반갑다며 애리의 두 볼을 감쌌을 때, 애리는 어쩐지 가슴이 콩닥거렸다.

심양관 이층 복도가 쿵쿵 울린다. 애리는 잔뜩 부푼 마음으로 기현을 찾아 방이란 방의 창은 전부 열어젖혔다. 모처럼 수연을 보채 갈아입은 분홍저고리 아래로 보랏빛 술로 매듭지어진 줄향노리개가 달랑거렸다.

복도 제일 끝 방에서 글을 읽고 있던 봉림대군 정연은 갑작스런 소란에 귀를 기울이곤 막 꺼내든 서책을 도로 덮었다. 청나라 첩자 혹은

---

* 세자에게 글을 가르치던 정5품 벼슬.

아버지께서 총애하시는 소원 조씨가 밀파한 세작 중 어느 놈인지 알 수는 없었지만 드디어 얼굴을 드러내는구나 싶었다. 그는 난향을 태운 뒤 서안 위에 다시 서책을 올려놓고 태평한 얼굴을 가장했다. 마치 한참 전부터 글에 집중하고 있던 사람처럼. 그러나 서안에 가려 보이지 않는 왼손은 보료 밑에 감추어둔 검을 꽉 쥐었다.

"왁! 기현 오라버니 여기 있었구나!"

애리가 창을 벌컥 열고 얼굴을 들이밀었다. 정연은 심장이 철렁했다. 자신이나 형님을 살해하러 온 자였다면 그대로 검을 던져 꽂아줄 심산이었다.

"한참 찾았어요. 좋은 방에 묵고 계셨네요! 내가 본 방 중에 제일 큰 것 같아. 저도 이런 방에서 지내고 싶어요. 아시타와 같이 쓰는 방은 너무 좁아서요. 걸레질할 필요도 없어요! 잠잘 때 뒤척이는 걸로 온 바닥의 먼지를 다 쓸어버리거든요. 그래도 혼자 묵는 것보다는 아시타가 곁에 있는 게 좋아요. 오라버니는 방동무도 없으니 쓸쓸하시겠다."

무슨 생각을 하는지 애리의 귀가 빨개졌다. 방 안에 있는 자가 기현이 아니라는 것도 몰라보고 이곳저곳에 눈길을 두며 조잘댄다. 정연의 눈살이 점차 찌푸려졌다. 왼손은 검을 놓은 지 오래다. 그는 가벼운 한숨을 내쉬곤 이마를 짚었다. 시끄러운 아이구나.

"누구냐."

서늘함이 감도는 무표정한 얼굴과 달리 그의 목소리는 부드러웠다. 낮게 깔리는 음성을 애리는 듣지 못했다.

"저 방에 들어가봐도 돼요? 네? 네?"

"안 된다."

"으응, 제가 오라버니 드릴 선물도 가져왔는데."

"괜찮으니 도로 가져가거라."

"이것 보세요. 아까 제가 논에서 김매기를 거들…… 아얏!"

애리의 손에서 메뚜기가 튀어 올랐다. 광명을 찾은 메뚜기는 하필이면 서안 위의 벼루에 안착하더니 죽을힘을 다해 서책으로 기어갔다. 메뚜기가 정연이 아끼는 서책에 일필휘지를 그렸다. 애리가 창틀로 반이상 몸을 내밀었다. 정연은 불청객들 때문에 정신이 혼미할 지경이었다. 이만하면 됐다 싶었다.

"제가 잡을게요! 한 번에 잡을 수 있어요. 악!"

정연은 그대로 창을 닫아버렸다. 애리는 허리가 끼인 채로 창틀 사이에 갇혔다.

"으아앙!"

애리의 울음소리가 복도를 뒤흔든다. 추한 모습을 보여서 서러운 게 아니었다. 무단 침입을 막으려던 정연이 무심코 떨어뜨린 서책에 메뚜기가 깔렸기 때문이었다. 빽 내지르는 울음에 정연의 눈이 둥그레졌다. 그는 어찌할 바 모르고 눈만 계속 깜박였다. 당황하면 나오는 버릇이었다.

*

수연은 애리의 붉어진 코를 톡 건드렸다. 애리가 귀여워 못 견디겠다는 듯이 입꼬리가 올라가 있다. 깊은 눈매에서 묻어나는 따뜻한 눈빛은 애리의 마음을 절로 위로했다.

"메뚜기는 다시 잡으면 되지!"

"그애랑 다른 애는 달라."

애리는 목멘 소리로 대답했다. 도톰한 눈가에 물기가 맺혀 있다.

"기현 오라버니가 그렇게 좋아?"

"좋아."

"대군께서가 아니라 오라버니가 창을 닫아버렸어도 좋았을까?"

"좋아. 근데 내가 말했잖아. 창에 끼어서 운 게 아니었다니까? 난 창 피하게 그런 걸로 울지 않아. 메뚜기를 애도한 거지."

말은 그렇게 해도 봉림대군이 미웠는지 고운 볼이 부풀었다. 수연은 눈을 굴렸다. 자상한 분인 것처럼 보였는데 생각보다 무심한 분인 걸까.

"너 안 되겠다."

"으응?"

"으이구, 얼굴 좀 잘 보고 다니지."

*

수연과 애리는 아궁문을 닫고 숙소로 올라갔다. 방에 채희는 없었다. 수연은 창을 활짝 열어두고 애리를 꽃방석 위에 앉혔다.

"언니, 추워."

애리가 몸을 잔뜩 움츠리고 호들갑을 떨었다.

"조금만 참아. 눈 좀 감아봐."

"뭐 하려구?"

"얼른!"

"감았다."

"풉! 그렇게 꼭 감지 않아도 돼. 자, 그럼 네가 좋아하는 기현 오라버니가 무엇을 닮았는지 찬찬히 생각해봐."

"무엇이라니? 사람 말고? 동물? 과일? 나무? 아님 꽃? 아님 곤충?"

"얘는, 네가 연모하는 분을 곤충이랑 비교하고 싶니?"

"으음…… 곤충이면 배추나비를 닮았어."

애리의 두 뺨이 흐뭇하게 솟았다.

"그리고 또?"

"탁 트인 곳에 혼자 서 있는 소나무 같아. 그리고 아침에 피는 나팔꽃을 닮았어."

"그래? 계속해봐."

"과일은 잘 모르겠다. 오라버니는 달지 않은걸. 그래도 꼽아보자면 과일 중에 제일 향긋한 과일! 그런데 그런 과일은 뭐가 있어? 바다보다는 산이 어울려. 청색보다는 옥색이 오라버니 얼굴을 더 환하게 해주고. 그리고 조선에 있을 때 엄마가 해주신 톡 쏘는 자줏빛 갓김치 맛이 날 것 같아."

애리가 말을 잇는 동안 수연은 하얀 손수건을 꺼내들었다. 그리고 선반 위에 놓인 알록달록한 향유병 중 세 개를 골랐다. 애리가 눈을 잘 감고 있는지 곁눈질하며 향유병의 마개를 열고 손수건에 세 가지 기름을 조금씩 붓는다.

"동물은 뭐를 닮았을…… 아?"

수연이 손수건을 애리의 코앞에 살랑살랑 흔들었다.

"오라버니?"

"성공!"

"뭐야? 뭐야 언니? 오라버니를 닮은 향이야!"

"무화과, 박하잎, 몰약."

탁자에 홍색, 녹색, 감색 향유병이 조로록 놓였다.

"마음에 들어?"

"웅! 나 그 손수건 주면 안 돼?"

"기다려봐, 손수건보다 더 좋은 걸 줄게."

수연은 빈 옥색 향유병을 찾아내어 몰약, 무화과, 박하잎 순으로 향유를 부었다. 향도 만물의 이치와 마찬가지로 무겁고 그윽한 향이 밑에 깔릴 때 더욱 균형이 잡힌다.

애리가 기뻐해주니 수연도 뿌듯해졌다.

"그래, 덜 달면서도 향긋한 과일엔 무화과가 있었는데. 언닌 족집게야."

"너 우리가 먹는 무화과가 열매가 아니라 꽃이란 건 알고 있니?"

"어쩐지! 다른 과일향보다 더 산뜻하고 부드러운 느낌이었어."

"완성도 높은 향을 만들려면 여러 계열에서 향을 골라야 해. 너한테 오라버니가 뭘 닮았는지 계속 말해보란 것도 그 때문이었어. 꽃이 좋다고 해서 꽃향만 섞으면 단조로워지거든."

애리는 수연이 건네준 향유병을 소중하게 감싸쥐었다. 기현 오라버니를 빼닮은 향이다. 아까의 향을 오래도록 잊지 못할 것 같았다. 애리의 입가에 동그란 미소가 떠올랐다.

"언니, 고마워."

수연의 볼에 쪽 하고 입맞춘다.

*

　사람들은 시강원 문학 이기현의 곁을 지나칠 때마다 고개를 갸웃했다. 어디선가 부드러우면서도 상쾌한 향이 나는데 무슨 향이라 콕 집어 말할 수 없으니 의아하게 여겼다. 수연은 어느 저녁 세수간으로 가는 길에 이기현과 마주쳤다. 인사를 하는데 그녀가 만든 향유의 향이 느껴졌다. 그의 체취와 섞인 향유는 또 다른 느낌이었다. 왠지 모르게 흥이 돋았다. 마치 정성 들여 만든 요리를 맛있게 먹어주는 모습을 지켜보는 기분이었다.

　애리는 그즈음부터 소중한 사람을 만나면 얼굴을 확인하기도 전에 폭 안겼다. 뒤에서든 앞에서든 냉큼 달려가 꼭 끌어안고는 가슴 깊이 향을 들이마셨다. 얼굴보다는 향을 기억하는 편이 애리에게는 더욱 쉬웠다. 심양관 식구들은 새로운 방식의 인사에 어이쿠 하며 놀라더니 어느 날부터 애리의 눈높이에 맞추어 몸을 굽히곤 두 팔 벌려 껴안아주었다. 애리가 불러온 작은 변화였다. 사랑의 이치를, 그 아이는 알고 있었다.

내일을 위한 기도

아시타와의 이별은 갑작스러웠다.

조개껍데기와 분꽃씨를 빻고 있던 수연은 그만 백분을 쏟고 말았다. 아시타는 속세를 떠나려는 중생처럼 등에 행장 하나를 메고 있었다. 만남이 있으면 이별도 있음을 모르는 바 아니지만 그녀의 입에서, 그 말을 다시 듣게 되니 수연은 속이 쓰렸다. 아시타는 방으로 발을 들이지도 않고 문간에 서서 작별 인사를 건넸다. 수연이 혼란스러움에 꿀 먹은 벙어리가 되자 그녀는 고개 숙여 합장하곤 등을 돌렸다.

말들이 하얀 콧김을 푸르르 내뱉었다. 헛간 깊숙이 건초 더미의 포근한 향이 배어 있다. 어둠 속에서도 희끗한 형체를 보이는 진눈깨비가 땅을 적시며 녹아내렸다. 수연은 심양관 정문을 나서려는 아시타를 붙들어 헛간으로 데려왔다. 채희와 애리를 깨워 아시타가 떠나지 못하도록 해야 하는데 그사이에 아시타가 모습을 감출 것 같았다. 수연의 절박한 심정을 아는지 모르는지 말들은 태평하게 건초만 씹고 있다. 수연은 그중 가장 말랐으나 몸 전체에 잔근육이 붙어 있는 흑마를 골라 고삐를 풀었다. 아시타가 말에 올랐다.

"아시타, 아직 이곳에서 할 일이 남았잖아요. 대군과 함께 영웅이 되셔야지요. 어디를 가시게요? 잠시 떠났다가 다시 돌아오시려는 거죠?"

수연은 흑마의 고삐를 꼭 쥐었다. 아시타는 수연을 안타깝게 바라보다 입을 열었다. 무언가를 망설이는 눈치였다.

"대군께서는 대국의 영웅이 되실 수는 없습니다. 다만, 언젠가는 조선의 영웅이 되실 수 있겠지요. 그래서 그분의 곁을 떠나는 겁니다. 제가 더 이상 심양관에 머무를 이유가 없어요."

"네? 그게 무슨 말이에요?"

생각지도 못한 대답에 수연의 초점이 흐려졌다.

"지난 육 개월 지켜보고 내린 결정이에요."

"아시타가 틀렸을 수도 있어요. 한 사람의 과거와 미래가 어떻게 육 개월 안에 다 담길 수 있겠어요. 조금만 더 머물러요. 생각이 바뀔 수도 있잖아요. 다시 생각해줘요."

"제가 지난 육 개월간 만난 대군은 속마음을 잘 드러내시지 않으며 모든 일에 있어서 신중하시고 도량이 넓으신 다정한 분."

"아시타……."

"자신의 여인을 행복하게 해주실 분입니다. 다만 대륙을 뒤흔들 만큼의 배포는 아니시지요. 그저 그뿐이에요. 저도 참 욕심이 많은 사람이죠? 언젠가 벌을 받을지도 모르겠어요."

수연이 잘못 본 것일까? 아시타의 눈가가 촉촉하다.

"나는 어떡해요? 앞으로 당신이 어디에 있는지도 알 수 없고, 뭘 하고 있는지도 알 수 없을 거예요. 찾으러 가고 싶어도 누구에게 물어봐야 하는지 난 몰라요. 편지를 써도 보낼 수 없어서 내가 가지고 있어야 할 거예요. 어디로 가는지만 알려줘요. 제발, 아시타."

"나도 몰라요."

"……."

"견뎌야지요. 우리 모두."

"이것만 약속해줘요. 꼭 높은 사람이 되겠다고. 나중에 내가 당신을 쉽게 찾을 수 있도록. 아시타가 보이지 않아 아파하면서 시간을 보내는 일이 없도록요."

"……약속할게요."

아시타가 수연의 뺨을 매만졌다.

"아시타, 날 축복해주세요. 나도 당신이 행복하길 빌게요."

"정나인, 잊지 마세요. 의식하는 순간 사랑은 시작되는 거예요."

수연의 가슴이 내려앉았다. 아시타는 수연의 눈을 놓치지 않겠다는 듯 바라봤다. 맑은 눈동자에 파문이 일었다.

"나는 그걸 알고 있었어요. 외사랑이었어도 행복했답니다."

*

눈길이 점점 거세졌다. 수연은 아시타가 사라진 길을 멀찍이 바라봤다. 혹시라도 말이 미끄러질까 염려되었다. 따뜻한 옷이라도 더 입혀줄걸. 아니면 든든한 저녁이라도. 수연을 알아봐준 자매이자 스승이었기에 언제까지고 곁에 있으리라 생각한 것이 잘못이었다. 아시타는 자신의 삶을 너무나 사랑하는 사람이었는데.

수연이 옷깃을 여미고 처소로 돌아가려는 찰나 정연이 다급히 헛간에 들어섰다. 어두워서 보이지 않았을 테지만 수연은 놀라서 움찔했다. 도둑이 제 발 저린다는 게 이런 걸까. 도둑? 무엇을 훔쳤는데?

"대군께서 이곳에 어인 일이십니까?"

"어떤 자가 내 천리마를 타고 심양관을 나갔다."

그의 숨소리가 거칠다. 그는 순식간에 다른 말의 고삐를 풀고 올라탔다. 수연은 재빨리 그 앞을 막아섰다. 아시타가 얼마 가지 못했을 것이다. 자칫하면 잡힐 수도 있다. 오랜만에 달려볼 생각에 말은 정연이 거세게 고삐를 잡아채자 온몸으로 흥분을 표현했다.

"너야말로 이곳엔 웬일이냐."

정연은 그제야 수연을 자세히 바라봤다. 무심하지만 날카로운 눈빛이다.

"그자의 얼굴을 보셨습니까."

수연은 그와 시선을 마주하지 않고 말을 이었다. 눈을 마주치면 전부 들킬 것 같았다.

"보지 못했다."

"제 속이 뒤집어져 말을 탈 줄 아는 동무에게 약을 사달라 청했습니다. 밤중이고 눈발이 거세니 말을 태워 보낼 수밖에요. 금방 돌아올 것입니다. 그 흑마가 대군의 말인 줄은 미처 몰랐습니다."

"그런 이유가 있었구나. 첩자가 아니니 다행이다."

"……."

"내 너를 위해 용서해주겠다."

그의 말에 수연은 정연을 올려다보았다. 그의 입꼬리가 희미하게 올라가 있다.

"허나 말이 돌아올 때까지 네가 내 곁에 있어야겠다. 내 천리마와 바람을 쐬려 한 것이 허탕이 되었으니 네가 나를 즐겁게 해다오."

*

열린 창을 통해 겨울바람이 숭숭 들어왔다. 정연은 그 앞을 벌써 반 시진째 왔다 갔다 하고 있다. 수연은 앉지도 못하고 방 한가운데에 서서 그 모습을 멀뚱히 바라봤다. 그녀를 처소에 데려다 놓고는 한마디도 없다. 그 침묵이 너무나 불편했다. 수연은 애써 갖은 상념을 지우고 정연의 움직임을 주시했다. 그의 남색 철릭이 눈을 맞아 더욱 짙은 색이 되어 있다. 다른 신료들과는 달리 거추장스런 소매와 품을 딱 맞게 재단한 것으로 보아 관습보다는 효율을 고려한 걸까. 어쩌면 무엇에든 구속받는 것을 싫어하는 것인지도.

"속이 뒤집어졌다더니 평안한 얼굴이구나."

둘 사이에 흐르던 무언의 긴장이 깨지고, 정연이 수연에게 성큼 다가왔다.

"돌아오지 않을 것입니다."

"생각보다 빨리 자백하는구나. 그래도 소용없느니라."

이미 알고 있었다는 투이다. 수연은 몸을 뒤로 뺐다. 그의 얼굴이 너무 가까이에 있었다. 측백나무 향이 확 끼쳐왔다. 강풍을 정면으로 껴안은 듯 시원하면서도 알싸한. 측백나무 숲 한가운데에 풀썩 떨어진 것 같았다. 나무 향이 이리 아찔할 수가 있을까.

"알고 계셨습니까?"

"만주족이 아닌 이상 심양관에 있는 여인 중에 말을 탈 줄 아는 사람이 있을 리가 없지."

그의 입가에 쏠쏠한 미소가 그려졌다.

"송구합니다."

"말을 타고 간 자가 누구냐."

"아시타입니다. 대군께서 지난봄에 거두어주셨던."

"……인사도 않고 갔구나."

"아시타가 저를 가르쳐 심양관의 향유 무역을 늘리는 데 큰 공헌을 하였습니다. 언제나 대군께서 베푸신 은혜를 기억하고 있었습니다."

"알고 있다."

"천리마는 제가 아시타에게 건넸습니다. 심양관을 조용히 나서려던 사람을 제가 헛간으로 데려갔습니다. 그건 소녀가 대군께 진 빚이니 무엇으로라도 갚도록 하겠습니다."

수연이 고개를 숙였다. 삼회장 옥색 저고리에 은비녀가 날 때부터 그녀의 것인 양 조화롭다. 정연은 그녀를 바라보다 고개를 돌렸다. 처음 보았을 때부터 낯설지 않더니 그의 반경 안에 자꾸만 들어오는 여인이었다. 분명 과한 것이 없음에도 궁인들 사이에서 외딴 기러기처럼 눈에 띄었다. 그 이유를 알 수 없었기에 그는 그녀를 나인이 되기에 어울리지 않는 사람이라 생각해버렸다.

"그 약속, 잊지 않을 것이다."

붉은 장미의 꽃말은 욕망

강빈이 역관과 신료들을 대동하고 남탑시전에서 직접 속환해 온 조선인 포로는 이백 명에 달했다. 심양으로 온 소주방 나인들의 인력으로는 그 대식구를 먹이기에 턱없이 부족했다. 봄철이 되어 농사일이 바빠지자 지밀, 침방, 수방 가릴 것 없이 심양관에 있는 나인들 모두가 동원되어 밥을 지었다.

"마마, 궁인들을 모두 모아 장미 향유를 풀어 목욕을 하고자 합니다."

세자빈의 품에 안긴 원손 석철이 수연을 향해 방긋방긋 웃었다. 수연이 만든 암죽을 넙죽넙죽 받아먹던 때가 엊그제 같더니 강빈이 안고 있기 벅찰 정도로 자랐다. 이제는 제법 말도 할 줄 알아 아무에게나 이뻐어, 라며 옹알거렸다. 그 말을 하면 귀염을 받는다는 것을 알고 있는 듯했다.

"그리하거라. 나인들이 많이 지쳤더구나."

"다행히 장미 농사가 잘되어 향유를 충분히 만들고도 남았습니다. 장미는 우울증에 효과가 좋으니 궁인들에게 활력을 줄 것입니다."

"아낌없이 쓰거라."

수연은 고개를 숙였다. 심양의 기후는 장미를 재배하기에 적합했다. 오뉴월이면 붉은 장미들이 일제히 피어났다. 남자들은 주로 밭의 김을 맸고, 여자들이 꽃송이를 하나하나 따는 작업을 도왔다.

"수연아."

함께 심양에 온 후로부터 강빈은 수연과 채희를 정나인, 윤나인이라 부르지 않았다.

"내게서는 네가 만든 향유가 금세 사그라드는구나."

강빈의 목소리가 침통했다. 석철은 어미가 쥐어준 백옥 향갑노리개를 고사리 손으로 만지작거렸다.

"조선에서 나를 두고 시아버지를 잡아먹는 며느리라 한다고 들었다."

"마마!"

"나는 향도 잡아먹는 사람인가보다."

"그런 것이 아닙니다. 몸이 건조할 경우 향이 안착하지 못하고 쉬이 날아가버리곤 합니다. 마마께서 일을 놓지 않으시니 몸이 곤해졌을 것입니다. 마음을 편히 하시고 수분을 더하시면 됩니다."

"그런 것이었구나."

"……."

"그런 것이었어."

석찬을 마친 나인들은 수연의 지시에 따라 세 조로 나뉘었다. 심양 관에는 넓은 탕이 하나밖에 없으니 교대로 목욕할 참이었다. 한껏 들 뜬 나인들은 서로 옷을 벗는 걸 도와주며 재잘댔다. 탕에 붉은 꽃잎을 뿌리고 장미 향유 수십 병을 부었다. 대부분 제조한 지 오래되어 무역 품으로 넘기기 곤란한 것이었지만 우아한 향은 여전했다.

뜨거운 김이 올라 시야를 흐리게 했다.

나인들이 퐁당퐁당 뛰어드는 통에 사방에 물이 튀었다. 수연도 속 적삼과 속치마만 남겨두고 탕에 발을 담갔다. 훈훈한 기운이 전신을 타고 올랐다.

"나는 꽃 중에 장미가 제일 좋아."

최나인이 나른한 목소리로 말했다.

"중전 마마와 세자빈 마마께 잘 어울리는 꽃이지 않니?"

한 나인이 말을 이었다.

"그래서 더 탐난다니까. 매일매일 곁에 두고 향을 즐기고 싶어."

"나인들 봉급으로도 향유를 사기엔 손이 떨리니 어디 엄두가 나야 지."

"큰맘 먹고 구하더라도 잘 상한대."

"정나인은 좋겠다. 언제든지 자기가 만들어 쓸 수 있으니까."

임나인의 말에 수연의 얼굴이 붉어졌다.

"실은 향유보다는 생화가 더 좋아."

수연이 쑥스럽게 고백했다.

"아니, 왜?"

"내가 만들었지만 향유 기름은 미끌거려서, 향이 멀리 퍼지려면 많이 발라야 하는데 옷에 스며들면 곤란하기도 하고."

말을 마친 수연은 눈만 빠끔 내놓고 물속에 잠겨들었다.

"여인이 우아해지려면 불편을 감수해야 해."

최나인이 눈을 찡긋했다.

그때 두꺼운 나무짝을 덧대어 만든 문이 드르륵거리며 순식간에 열렸다.

"까아아악!"

뿌연 김 사이로 사내의 형체가 드러났다. 무방비 상태의 나인들은 뜨거운 물을 떠다 사내의 그림자에 끼얹었다. 사내는 혼비백산하여 탕을 도로 나갔다.

"누가 문 안 걸었어?!"

"당연히 문 걸어둔 줄 알았지! 어떡해. 속적삼이라도 입고 있을걸."

임나인이 울상을 지었다. 수연은 속으로 물에 잠겨 있길 잘했다고 생각했다. 모두들 궁시렁거리고 있는데 문 너머로 하하하핫 하는 웃음소리가 들렸다. 수연은 그 웃음에 몸을 벌떡 일으켰다. 나인들의 얼굴이 시뻘게졌다.

"얘! 보니까 좋디?"

"야아, 그자가 누군 줄 알고."

"누구긴 누구야 변태지!"

수연은 탕에서 나와 머리의 물기를 대충 짜내고 젖은 옷 위에 치마 저고리를 입었다. 마음이 다급해 손이 자꾸 헛나갔다.

"수연아 어디 가?"

"내가 아예 쫓아버리고 올게. 신경 쓰지 말고 목욕 끝나면 다음 조 불러줄래?"

"가지 마! 위험한 사람이면 어쩌려고."

동무들의 만류에 수연은 향유병을 옮긴 궤짝에서 각목 하나를 뜯어냈다. 수연의 완력에 나인들은 입을 다물지 못했다.

"이거면 됐지?"

수연이 싱긋 웃는다.

*

복도는 고요했다. 수연은 각목을 단단히 쥐었다. 그녀의 짐작이 맞는다면 그 웃음소리는 그 사람의 것이 분명했다. 수연은 발소리를 죽이고 거대한 화병이 놓여 있는 복도 왼편으로 향했다. 걸음을 따라 바닥에 물기가 흥건히 고였다. 수연이 모서리를 돌려는 찰나 어떤 손이 그녀의 팔목을 잡아챘다. 수연은 반강제적으로 그 힘에 끌려갔다.

"너였구나."

흠뻑 젖은 정연이 수연을 보곤 소탈하게 웃는다. 대군인 것을 알고는 있었지만 몽땅 젖어버린 모습은 예상치 못했다. 혹시 탕의 물에 데진 않았을까.

"나인 줄 어찌 알고 네가 나왔느냐."

그가 빙긋이 미소 지었다. 수연은 그만 정곡을 찔리고 말았다.

"대군이 오신 줄 알았다면 각목을 들고 나왔겠습니까."

"그래, 그렇구나."

"치한이라고 생각했습니다."

"그런데 그걸 왜 아직까지 들고 있지? 나여도 칠 셈이냐?"

수연은 각목을 바닥에 버렸다. 왠지 그에게 놀아나는 기분이었다.

"다친 곳은 없으신지요."

"괜찮다만 온몸에서 여인의 향이 진동해 못 견디겠구나."

"나인들끼리 장미 향유로 목욕을 즐기고 있었습니다. 탕 안에 김이 서려 대군을 미처 알아보지 못했으니 용서해주세요. 옷을 주시면 제가 세탁하여 돌려드리겠습니다."

"사치는 자제하거라."

수연은 자신의 귀를 의심했다. 이건 또 무슨 소리란 말인가.

"세자빈 마마께서 허락하신 일입니다. 궁인들이 지쳐 있기에 오래된 향유를 풀어 달래고자 했을 뿐입니다. 사치라 할 수 없습니다."

수연의 목소리가 살짝 떨렸다. 억울하고 분하다.

"오래된 향유가 있다는 것은 제조 과정에서 필요 이상의 원료를 들였다는 뜻이니 그 또한 사치가 아니고 무엇이겠느냐. 심양관의 수입이 늘고 있지만 우리가 조선인 포로를 사들이고 있다는 소식에 속환가도 높아지고 있으니 이럴 때일수록……."

더 이상 참지 못한 수연은 정연의 도포를 억지로 벗겨내었다. 정연이 어이없어 멍하게 있는 사이 도포는 수연의 손에 넘어갔다.

"이게 무슨 짓이냐!"

"세탁하여 드리겠습니다."

수연은 꾸벅 인사를 하곤 그의 눈앞에서 도포를 걸쳐 입었다.

"향이 매우 좋군요."

수연이 천연덕스레 입을 놀렸다. 정연이 그녀의 옷깃을 붙잡았다. 수연은 그에게 끌려가지 않으려고 화병이 놓인 탁자를 붙들었다. 화병이 기우뚱하더니 와장창 깨지고 말았다.

수연과 정연은 그대로 얼어붙었다.

산산이 부서진 백자 조각과 함께 꽃들이 모두 짓이겨졌다. 탕의 문이 열리고 나인들이 두려움에 떨며 밖으로 나왔다. 정연은 정신을 차리곤 수연을 끌어내어 세답방 창고에 밀어 넣었다. 머리가 뒤로 넘어간 수연은 반사적으로 정연의 앞섶을 붙들었다. 다행히 빨랫감이 켜켜이 쌓여 있어 폭신했다. 그러나 그의 아래에 꼼짝없이 깔린 꼴이 되어버렸다. 정연은 오른팔을 넘겨 창고의 문을 닫았다. 어두운 가운데 두 남녀의 숨결이 섰였다.

남자가 여인의 향기를 맡았을 때 느끼는 기분이 이런 것일까.

수연의 정신이 아득해졌다. 여인의 향기를 두고 고혹적이라고 생각할 날이 올 줄은 꿈에도 몰랐다. 정연의 턱선을 타고 떨어진 물방울이 수연의 목덜미에 닿았다. 장미향이 이리도 좋을 수가 있구나. 멀리서 동무들이 그녀를 찾는 목소리가 들렸다. 각목을 거기다 버려두지 말걸 걱정할 텐데. 아니다, 아무래도 상관없다. 나인들의 목소리가 점점 멀어졌다.

"천리마 대신 다른 탈것을 내게 주고자 함이냐."

그의 목소리가 귓가에서 부드럽게 감돌았다.

"그리하면 용서해주시겠습니까."

그 순간, 정연은 창고의 문을 열고 싶은 충동에 휩싸였다. 이 여인의 눈빛이 어떠한지 확인하고 싶었다. 내가 미쳤구나. 자신의 도포를 입고 있는 여인을 보자니 묘한 기분이 들었다. 그는 두껍게 발린 창호지 사이로 희미하게 들어오는 빛에 의지해 여인의 쇄골에 붙은 붉은 꽃잎을 떼어주었다. 손가락 끝으로 여인이 긴장한 기색이 전해졌다. 정연은 쓴웃음을 짓곤 여인의 도포를 단단히 여며주었다.

"네 이름이 무엇이냐."

"……정수연입니다."

망설이던 수연이 대답했다. 이름 속에는 한 사람의 모든 것이 담겨 있다.

"어서 가거라. 다른 나인들이 널 찾기 전에."

*

남들의 눈을 피하여 처소로 돌아온 수연은 재빨리 정연의 도포를 벗었다.

"너 세자저하와 함께 있었니?"

채희의 얼굴이 하얗게 질렸다. 수연은 문득 불안감을 느꼈다.

"아니. 왜?"

"아니면 됐어. 세자저하의 도포로 착각했어. 승은궁녀들은 종종 주상전하나 세자저하께서 내린 옷을 받거든."

채희는 더 이상 묻지 않았다. 그러나 이번엔 수연의 얼굴이 새파랗게 질렸다. 그는 그 사실을 알고서도 자신이 그의 도포를 입고 돌아다니도록 내버려둔 것이다.

능소화, 당신께는 명예,
나에게는 기다림을

심양관의 담을 둘러싸고 주홍빛 능소화가 탐스럽게 피었다. 하나도 새로울 것 없는 여름에 유일하게 환상을 심어주는 꽃이었다. 심양관 생활도 어언 사 년차에 달했다. 애리는 키가 많이 자라 제법 여인의 태가 나기 시작했다. 그러나 심양을 고향처럼 여기는 자는 없었다.

심양관 식구들이 정문에 모여 사냥을 떠나는 대군 일행을 배웅했다.

그가 지금 떠난다는 말에 수연은 밥을 짓다 말고 정문으로 나왔다. 아무도 입 밖에 내지는 않았지만, 사냥이란 청국 역관 정명수를 암살하는 일임을 모두가 알고 있었다. 정명수는 조선 사람이었지만 청국으로 귀화한 자였다. 조선 사람도 청국 사람도 아닌 괴물이 되어버린 정명수는 호란 때도 청 황제를 삼전도에 인도하였다.

부디 무사하세요.

수연은 말에 오르는 정연의 뒷모습을 바라보며 기도를 올렸다. 지난 사 년간 두 사람은 외나무다리에서 마주친 사람처럼 서로를 향해 조금씩 다가섰다. 그러나 어느 순간부터 더 가까워질 수도 돌아설 수도 없었다. 한 발자국만 더 가까이 가면 상대방을 낭떠러지로 떨어뜨릴 것 같았다. 그렇다고 고개를 뒤로 돌리기엔 이미 걸어온 길이 너무나 아득했다.

"부디 무사하소서."

정연의 정실부인 장씨가 인사를 올렸다. 장씨의 배가 달처럼 부풀어 있다.

"산달이 다가오는데 곁에 있어주지 못해 미안하오. 되도록 빨리 돌아오겠소."

"서방님, 소첩이 서방님의 사냥을 위해 매일매일 새벽에 물을 떠다 놓고 기원할 것입니다."

둘째부인 이씨가 간드러지는 목소리로 말을 받았다. 그녀는 원하는 바가 있으면 부끄럼 없이 도움을 요청하며, 잘 울기도 하는 성격의 소유자였다. 수연은 거리낌 없이 자신의 모든 것을 드러내는 이씨가 부러웠다.

"정수 바치고 졸지나 마시오."

정연이 씨익 웃었다. 바람에 그의 감색 철릭이 휘날렸다.

모두들 일터로 돌아간 뒤에도 수연은 말이 남긴 발자국을 따라 밭둑을 걷고 또 걸었다. 문득 불에 올려둔 가마솥 생각이 나서 황급히 돌아왔으나 밥은 새까맣게 타 있었다.

　그해 시월에 장씨의 산통이 시작됐다. 지독한 산고였다. 산파는 자간전증*이라 했다. 수연은 물수건에 혈압을 내리는 데 도움이 되는 감국 향유를 적셔 장씨의 몸을 닦아주었다. 장씨는 힘겹게 눈을 들어 미안한 빛을 보였으나 수연은 자신이 할 수 있는 일이 그녀의 고통에 비해 보잘것없어 보여 자꾸만 눈물이 비어져 나왔다.

　산모의 통증이 길어지자 산파는 대군을 불러올 것을 주문했다.

　강빈은 수연과 이씨에게 당장 채비를 하여 봉림대군을 찾아오라 명했다. 순식간에 가마꾼과 당하관 무신들로 인원이 꾸려졌다. 정연이 머물고 있는 관저로 향하려면 명과 청의 격전지를 지나야 했다. 관저로 가더라도 그를 만날 수 있을지는 알 수 없었다. 장씨의 산통이 시작되던 날에 전령을 보냈지만 대군을 만나지 못하고 돌아왔다.

　"내가 가마를 타는 것이 아니었느냐? 이게 무슨 꼴이냔 말이다."

　머리를 땋아내리고 초립을 쓴 이씨 부인은 영락없는 소년의 모습이다. 울음이 터지기 일보 직전의 표정이었다.

　"남장이라니. 끔찍하구나. 서방님이 보시면 뭐라고 하실까."

　"쉿, 아씨께서 제물이 되고 싶으신 겁니까. 오랑캐들의 칼부림이 무자비한 곳이라 들었습니다. 정나인은 눈속임을 위한 가짜일 뿐입니다. 아씨를 지키기 위해서요. 걱정 마세요. 초립이 이리 잘 어울리는 여인은 아씨밖에 없을 것입니다."

---

* 임신과 합병된 고혈압.

노파가 겁박과 회유로 이씨를 다독였다.

"진작에 말하지 그랬느냐."

이씨가 눈을 동그랗게 떴다. 순진하기에 더욱 서늘한 미소가 떠올랐다.

*

수연은 열린 문틈으로 두 여인의 말을 모두 듣고 있었다.

수연을 생각하여 목소리를 낮추려는 기색도 없었다. 하나하나가 칼날이 되어 그녀의 가슴에 내리꽂혔다. 수연은 이를 앙다물었다. 제물이 되어야 한다면 대군과 바꾸기에 합당한 제물이 될 것이다. 수연은 일전에 공사정에게 선물받은 패물함을 열었다. 돌려주려 했으나 경황이 없어 가지고 있던 것이었다.

백분갑을 여니 분꽃향이 은은하게 퍼진다. 수연은 눈을 감고 백분을 고루 두드렸다. 복숭앗빛 뺨이 하얀 백분에 덮였다. 입술에는 홍화꽃으로 만들어둔 붉은 연지를 펴 발랐다. 숯을 갈아 넣은 먹을 찍어 단정한 눈썹을 그린 수연은 화롯가의 불쏘시개를 달구어 속눈썹을 올렸다. 풍성한 속눈썹 아래 샘물처럼 맑은 눈동자가 고스란히 드러났다. 수연은 마지막으로 석류 향유와 녹차 향유를 찍어 발랐다. 그녀의 몸 전체에 부드러운 곡선을 이루지 않은 곳이 없었다.

단장을 마친 수연이 모습을 드러내자 노파와 이씨는 기가 질리고 말았다. 조선 여인이 아닌 청나라 귀족 여인의 복식이다. 살구색과 다홍색이 섞인 비단은 수연의 가슴과 허리를 타고 내려와 하늘거리며 떨어졌다. 푸른 벽새 보석을 섬세하게 조각한 물망초 장식 머리꽂이가 화룡점정을 찍으며 어우러졌다.

"가마꾼은 필요 없습니다. 시간만 지체될 뿐이지요. 말을 타고 갈 것입니다."

이씨는 수연에게서 눈을 떼지 못했다.

"아씨는 마음 놓으세요. 도적을 만난다 하더라도 그 표적은 제가 될 것이니."

수연의 입가에 가느다란 미소가 피어났다.

김을 매다 말고 새참을 먹던 조선인들은 말에 걸터앉은 청나라 여인에게 마음을 빼앗겼다. 홍색 철릭을 입은 당하관 무신이 말의 고삐를 잡고 이끌었다. 그들 중 누구도 그 여인이 수연임을 알아보는 자가 없었다. 세자빈을 만나러 온 청국 고관 부인이 무신들의 호위를 받으며 돌아가는 것이라 생각할 뿐이었다. 봇짐을 짊어 메고 일행의 뒤를 따르는 이씨 부인의 얼굴이 잔뜩 구겨졌다.

*

짐승들도 어둠이 삼켰는지 산새 소리 하나 없이 사방이 고요하다. 수연 일행은 반나절 만에 명과 청의 격전지에 성큼 다가섰다. 민가가 보이지 않는 곳에서는 이씨 부인까지 말에 태우니 순식간에 도달했다. 어둠 속을 주시하며 고삐를 더욱 단단히 손에 쥔 수연은 그만 몸이 뻣뻣하게 굳어버렸다. 비릿한 피 냄새가 났다. 말들도 그 냄새를 맡았는지 앞으로 나아가길 꺼려했다.

바람을 가르는 소리와 함께 무신 한 명이 고꾸라졌다.

이씨 부인의 비명을 시점으로 검은 복면을 쓴 자들과 청국 군인들이 모습을 드러냈다. 칼날끼리 맞부딪치는 섬뜩한 소리가 수연을 파고들었다. 심양관 무신들은 그 사이에서 우왕좌왕하다가 하나둘 쓰러졌다. 수연은 그녀가 탄 말의 고삐를 잡아주던 무신의 가슴에 꽂힌 칼을 뽑았다. 다시는 느끼고 싶지 않은 감각이었다. 그자의 눈을 감겨주고 나니 칼이 손에 자연스레 감겼다. 청국 병사들은 수연의 차림새를 보고는 그녀를 피해 적군부터 베어갔다. 이미 적군 아군 가릴 것 없이 사상자가 넘쳤다.

"아악!"

이씨 부인의 외마디 비명에 수연이 그녀를 돌아봤다. 이씨의 단도가 복면을 쓴 자의 어깨에 꽂혀 있었다. 그자가 신음을 뱉으며 무릎을 꿇는 와중에도 이씨에게 손을 뻗자 이씨는 뒤도 돌아보지 않고 도망쳤다. 낭패였다. 이씨가 변을 당하면 살아 돌아가도 대군을 뵐 낯이 없었다. 복면을 쓴 자는 수연의 기척에 마지막 힘을 다해 칼을 휘둘렀다. 수연은 반사적으로 그 칼을 막았다. 사내의 얼굴이 놀라움과 고통으로 일그러졌다.

"수연?"

익숙한 목소리에 수연은 사내의 복면을 벗었다. 봉림대군이다. 정연은 모든 긴장이 풀려 수연의 품에 기대어 쓰러졌다.

"대군?!"

"칼은 이씨의 것으로 족하구나."

정연은 눈물을 흘리는 수연에게 희미한 미소를 보이고는 정신을 놓았다.

*

"으윽."

전신을 타고 흐르는 통증에 정연은 번뜩 눈을 떴다. 술 냄새가 독하다. 수연이 그의 어깨에 소주를 부어 소독하고 있었다. 여기가 어딘가 주위를 둘러보니 다행히 관저에 있는 그의 처소이다. 수연이 그의 어깨에 꽂힌 칼을 빼지 못하고 망설이자 정연이 단숨에 칼을 뽑았다. 작은 단도였지만 생각보다 깊이 꽂혔다. 억 하는 소리가 나오려다 도로 들어갔다. 몹시 피곤하다.

"청국 복색을 하고 있는 연유가 무엇이냐."

"장씨 마님께서 산통에 괴로워하시기에 대군을 모셔오라는 명이 있었습니다."

수연의 말에 정연의 눈동자가 흔들렸다.

"걱정 마세요. 조금 전 관저에 순산하셨다는 연통이 도달했습니다. 아드님이시랍니다."

정연이 잠든 것을 확인하고 장지문을 닫고 나온 수연은 댓돌에 걸터앉아 파랗게 물든 하늘을 바라봤다. 동이 트고 있었다. 하루 중 가장 깨끗한 푸른빛을 볼 수 있는 시간이었다. 눈을 감고 숨을 깊이 들이쉬면 그 쪽빛에 어울리는 향을 맡을 것도 같았다. 수연은 가슴 가득히 숨을 채웠다. 고단한 하루였다. 석류향과 녹차향이 맑고 부드럽게 섞이어 그녀를 위로했다. 이것이 저 쪽빛을 닮은 향이 될 수 있을까. 눈을 떠보니 신기하게도 바다 빛 하늘 가운데 홍실을 풀어둔 것처럼 해무리가 비쳐왔다.

황홀함에 빠져들었던 수연은 문득 정신이 들었다. 향유를 바른 시각은 한참 전이었다. 지금까지 향이 남아 있을 리 없었다. 게다가 그 향은 마치 새로 바른 것처럼 공기 중에 화하게 퍼졌다. 심지어 따로 놀아 서로 고개를 먼저 내밀던 향들이 하나 되어 손을 잡은 느낌이었다. 비릿한 피 냄새가 같이 섞여 있었지만 수연은 자신의 감각을 확신할 수 있었다.

아니야, 착각일지도 몰라. 수연은 허탈한 미소를 지었다. 눈을 감고 기지개를 켰다. 세상에 분명한 것은 하나도 없었다. 그녀는 자신이 영원히 조선에서 살다 죽을 것이라 믿었으니까. 심양에 온 뒤로 하루에도 몇 번씩 감정이 요동쳐 스스로를 더욱 불신하게 되었다. 그래도 지금은 기분이 꽤 괜찮았다. 착각일지라도 그 속에 있고 싶었다.

천 일을 마음의 바다에 두고

천 일.

돌이켜 보면 그 사랑은 심양瀋陽이 아닌 곳에서는 꿈꿀 수 없었다.

수연은 관저에 도달한 세자빈의 편지를 받았다. 장씨 부인의 아기
는 건강하고 이씨 부인이 무사 귀환했다는 소식이었다. 수려한 필체로
가지런히 쓴 편지의 말미에는 자신의 곁에는 채희가 있으니 대군의
상처를 더 살피고 돌아오라 쓰여 있었다.

팔백팔십 일.

청국 역관 정명수가 암살됐다. 수연은 관저 사람들이 모두 모여 석
찬을 하는 자리에서 맞은편에 앉은 정연을 찬찬히 살폈다. 그의 상처
가 아물고 있었다. 이곳에서 수연은 정연의 새로운 모습을 더 발견했
다. 지난 사 년간 그녀가 알고 있던 게 전부가 아니었다. 그는 신료들

과 농을 주고받기도 하며 거리낌 없이 지냈다. 마치 벗보다는 가족을 대하는 느낌이었다. 정이 많아 유약할 것이라 생각했던 것도 오산이었다. 그는 이치에 맞지 않은 것을 보거나 불의를 마주하면 타격을 입더라도 끝까지 물고 늘어졌다.

사 년 동안 애리와 마찬가지로 정연에게도 변화가 있었다. 수연이 어림잡기에 그는 단보다 키가 반 뼘 정도 더 큰 듯했다. 눈동자는 깊은 검은색이었다. 콧날은 단이 더 날카로운 편인 것 같았다. 그리고 입술…… 정연은 입술에 자주 손을 대는 버릇이 있었다. 단의 웃는 모습에 빠져들었던 것과는 달리 정연에게선 고독한 기색이 수연의 눈에 밟혔다.

수연은 밥을 먹다 말고 어느새 단과 대군을 비교하고 있는 자신을 발견하곤 젓가락을 내려놓았다. 입맛이 뚝 끊겼다. 자신을 저주하고 싶었다. 벌을 받아도 감사할 수 있을 것 같았다. 수연이 아무 말 없이 상을 물리고 자리를 떠버리자 신료들은 말실수를 했나 싶어 서로의 눈치를 살폈다.

팔백칠십 일.

수연은 정연의 서안을 정리하다가 그의 필체를 보았다. 호방하고 시원하면서도 유려한 곡선을 품고 있는 필체였다. 수연은 서책 밑에 깔려 있는 종이를 보고 미소를 감추지 못했다. 삼등분한 선을 따라 빼곡히 필체 연습을 한 흔적이 채워져 있었다. 개중에는 대나무와 투구꽃, 그리고 이름 모를 들꽃도 그려져 있었다. 수연은 세로선을 따라 그가 적은 한자를 읽어 내려가다가 어느 구절에서 눈을 떼지 못했다.

심사 아득하다.

그분은 무엇이 괴로우신 것일까.

팔백오십 일.

정명수 암살을 성공했음에도 수연은 심양관으로 돌아가지 못했다. 세자빈도 수연을 찾지 않았다. 어느 것에 대해서도 그 이유를 알 수 없었다.

칠백구십 일.

정연은 수연에게 그의 이름을 알려주었다. 이호. 맑고 고요하다는 뜻이었다. 이 사랑도 그처럼 순탄할 수 있을까.

육백 일.

"너는 궁인이 되기에 어울리지 않는 사람이라 생각했다."

"……."

"지금도 그 생각은 변함이 없구나."

계곡을 타고 내려온 산들바람이 두 사람을 감쌌다.

"그럼 무엇이 되면 낫겠습니까."

"무엇이 되든 궁에 있지만 않으면 된다."

오백오십 일.

수연은 당하관 문신에게서 얻은 사과 한 알을 서툴게 깎았다. 왼손에는 묵직한 사과를 쥐고 오른손에는 과도를 든 감각이 낯설었지만 정신을 집중했다. 상큼한 과즙이 입 안에 퍼졌다. 접시에 마지막 한 조각이 남았다. 두 사람이 나누어 먹기엔 부족한 양이었다.

"대군께서 드시지요."

"아니다, 네가 먹거라."

"저는 오래전에 배가 불렀습니다."

"나도 배가 부른 참이었다."

"한 조각 더 먹는다고 배가 터진답니까 어서 드세요."

그 말에 정연은 냉큼 사과를 집어 수연의 입에 넣어주었다. 수연은 얼떨결에 받아먹었다.

"나는 이걸로 충분하다."

정연이 수연에게 가볍게 입을 맞췄다.

사백삼십 일.

심양의 겨울은 유독 길었다. 동백나무는 봄비를 맞고서야 작은 꽃망울을 보여주었다. 조반을 든 수연과 정연은 살며시 관저를 나와 이름 모를 낮은 산을 마주 보고 걸었다. 나무 그늘 곳곳에 아직 녹지 못한 눈이 쌓여 있었다. 곧 비가 내리려는 것일까. 하늘에 뿌얀 구름이 가득했다. 둘은 처음 만난 사람처럼 말없이 한참을 걸었다. 수연이 종종거리는 걸음으로 앞서 걸으면 정연은 그녀의 뒷모습을 천천히 따라갔다.

"가까이 오세요. 여긴 보는 사람도 없으니 멀찍이 걸을 필요 없어요."

이야기를 나누고 싶어 답답하던 수연이 홱 뒤돌았다.

"건드릴까봐, 네 옆에 가면 널 자꾸만 건드릴까봐 못 가겠구나."

정연이 수연을 향해 따뜻하게 웃었다.

"그렇게 말씀하시면 제가 더 보채지 못하잖아요."

두 뺨이 붉어진 수연이 괜스레 남바위를 더 눌러쓰며 웅얼거렸다. 남색 천에 하얀 족제비 털을 댄 남바위는 수연이 아끼는 것이었다. 그녀의 걸음걸이를 따라 뒷머리에 장식한 푸른 술이 달랑거렸다.

"조선에 돌아가면 세자빈 마마께서 절 향장으로 써주시겠다고 약속하셨어요."

수연은 망설이던 말을 꺼내놓았다. 거짓말이었다. 강빈은 수연에게 네가 궁의 웬만한 장인보다 낫구나, 라며 칭찬을 했을 뿐 자리를 약조하지는 않았다. 그건 그저 수연의 희망일 뿐이었다. 참지 못하고 뱉은 말에 수연은 가슴이 조였다.

"고생했다. 나도 네가 하고자 하는 일에는 아끼지 않고 후원할 테니 도움이 필요하면 언제든 말해다오. 조선에서도…… 네 지척에 있을 것이다."

정연이 담담히 말했다. 수연은 김이 팍 샜다. 그에게서 듣고 싶은 말은 이런 게 아니었다. 지척을 두고 간간이 왕래하는 사이가 아니라 곁에 바싹 붙어 있고 싶다. 함께 있는 게 익숙해지면 익숙해진 대로 보듬어주는 그런 사이가 되고 싶다. 지박령을 등에 업고 사는 나인이 아니라 궐을 자유롭게 드나드는 향장이 될지도 모른다 일러주면 그가 넌지시 새로운 가능성을 먼저 꺼내주지 않을까 기대했는데.

"감사해요."

애써 서운한 기색을 감춘 수연이 하늘을 올려다봤다. 가는 비가 부슬거리며 내리기 시작했다. 지금이 너무나 행복해서 마음 한구석을 깔짝대는 괴리감까지도 지우고 싶었는지도. 수연은 입을 벌려 빗방울을 맛보았다. 차갑고 시리다. 물비린내 없이 깔끔한 흙냄새와 나무 향기가 입 안에 감돌았다.

"음…… 그치만 저는 손이 크고 욕심 많은 사람이라 각오하셔야 할 거예요."

"하하하. 걱정 말거라. 가산이 축나면 짚신이라도 엮어 팔 테니."

그의 말에 뾰로통한 수연은 꽁꽁 언 눈을 툭툭 찼다. 순간, 수연은 강렬한 기시감에 사로잡혔다. 멍울진 붉은 동백꽃이 눈에서 아른거렸다. 걸음을 우뚝 멈춘 수연은 야릇한 기분으로 정연을 돌아봤다. 틀림없다. 당신, 오래전 겨울 내 꽃신을 찾아준 사람. 정연은 의아한 얼굴을 했다. 수연의 눈가가 붉다.

"무례해서 죄송해요."

비탈길을 한달음에 내려온 수연이 온 힘을 다해 정연을 끌어안았다. 정연의 눈이 휘둥그레졌다. 짧은 인연, 끝을 알면서 나를 거는 하찮은 인연이 아니다. 알아주기 전부터 가만가만 숨 쉬고 있던 인연이란 사실이 수연의 가슴을 벅차게 했다. 정연이 그녀의 머리에 앉은 빗방울을 쓸어주었다.

사백 일.

수연은 심양관에 도착하자마자 처소로 올라가 채희를 끌어안고 한참을 울었다. 심양관에 돌아오니 자신이 벼랑 끝에 서 있는 것이 분명히 보였다. 그녀의 주인은 세자빈 마마시고, 세자저하시고, 왕이셨다.

다른 미래를 꿈꾸는 것은 허용되지 않았다. 과거마저도 단이 꼭 붙들고 있어 그녀를 괴롭게 했다. 채희는 아무 말 않고 수연의 등을 쓸어주었다.

이백 일.

친정아버지 상을 당하여 조선으로 떠났던 세자빈이 돌아왔다. 수연은 마음을 굳게 먹고 세자빈 마마의 처소를 찾았다. 모든 것을 내려놓고 마마의 처신을 기다릴 생각이었다. 어떤 벌을 내리셔도 기꺼이 받겠노라 다짐했지만 긴장으로 가슴이 뛰는 걸 막을 수 없었다.

"아바마마께서 내게 이러실 수는 없다."

강빈이 피를 토하듯 외쳤다. 그 분노가 수연이 서 있는 복도를 가득 채우고도 남았다.

"나는 아버지의 초상도 보지 못하였다."

강빈은 숨이 넘어갈 듯이 흐느꼈다. 지밀상궁이 그녀를 달랬다.

"천릿길을 갔다가 친정에 발을 들이지도 못하고 도로 천릿길을 돌아왔느니라. 내가 무슨 생각을 하며 그 길을 돌아왔는지 너희들이 아느냐."

상궁과 나인들 모두 오열했다. 강빈은 그만 혼절하고 말았다. 수연은 빛 하나 들지 않는 복도에 우두커니 서서 소리 없는 눈물을 흘렸다.

오십 일.

정연이 수연의 목덜미에 얼굴을 묻었다.

"나보다 두 해 먼저 태어나 무엇을 더 보았느냐."

"조선의 남쪽 구석구석을 보았어요. 봄이 되면 불갑산 기슭에 이름 모를 들꽃들이 툭툭 피어나고요. 그 꽃을 엮어 화관을 만들며 놀기도 하였고 냉이와 쑥을 캐어 먹기도 했어요. 영산강 물이 얼마나 맑은지도 보았지요. 나주목 관아 앞의 벚꽃이 어느 때 제일 탐스럽게 피는지도."

"……."

"그리고 앞으로의 일도 보았어요."

수연의 말이 무엇을 의미하는지 정연은 알고 있었다. 수연은 자신의 허리를 감싼 정연의 손을 꼭 붙잡았다. 뜨거운 눈물이 수연의 어깨를 적셨다.

하루.

을유년 이월 십팔일, 세자와 세자빈 일행이 심양을 영영 뒤로 하고 조선을 향해 출발했다. 팔 년 전 심양에 도착했을 때 그랬듯이 땅이 얼어붙어 있었다. 봉림대군의 가족과 조선인 포로 상당수는 볼모에서 풀려나지 못했다.

"언니, 나도 곧 갈게."

배웅 나온 애리가 수연의 품에 폭 안겼다.

창경궁보다 더 익숙해진 심양관이 점점 멀어졌다. 논밭과 장미 화원도 희미해졌다. 애초에 그녀의 것이 아니라 생각했으니 미련은 덜했으나 단 한 사람이 욕심났다. 그러나 더 이상 곁에 머물 수 없었다. 수연은 그녀의 생에서 천 일을 잘라내어 심양에 남겨두었다.

용연석이 깨진 자리에

"청 세조가 무엇을 주었느냐."

왕이 물었다. 내전에 서늘한 기운이 감돌았다.

"황제는 제게 원하는 것을 한 가지 고르라 했습니다."

세자가 답했다.

"그래, 무엇이 그리도 탐났더냐."

세자는 고개를 들어 왕의 눈치를 살폈다. 아비의 말에 뼈가 있었다.

"용연석입니다. 황제가 아끼던 벼루로 매우 귀한……."

"용연석!"

왕은 서안 위의 벼루를 집어들어 세자에게 던졌다. 벼루는 세자의 가슴 정중앙을 치고 둔탁한 소리를 내며 떨어졌다. 세자빈은 눈을 질끈 감았다.

무수리들은 물동이에 물과 함께 왕의 말을 퍼 담았다. 그때부터일까, 민가에서는 안하무인인 자식을 두고 요녀석이라 부르는 말이 퍼진 것이.

*

팔 년이란 시간이 얼마나 아득한지 수연은 분명히 느꼈다.

춘당지로 향하는 길목에 자리한 아름드리 느티나무. 그 그늘 아래 파수꾼처럼 서 있는 까치와 금천길을 따라 졸졸 흐르는 맑은 물까지 모두 그대로였다. 변한 것은 사람뿐이라, 조선에 두고 갔던 이들을 다시 마주할 때마다 낯선 기분이 들었다. 수연을 궁으로 이끌었던 문상궁은 병으로 근무를 할 수 없게 되자 절에 들어간 지 오래라 했다. 내의원 최주부는 얼굴빛이 더욱 검어지고 주름이 졌다. 그는 인삼이가 작년 겨울에 찹쌀떡처럼 하얗고 보송한 새끼들을 보았다고 알려주었다. 사람 나이로 치면 할아버지가 자식을 본 셈이니 개 팔자가 자신보다 낫다면서 빠진 이를 보이며 히죽 웃었다.

수연은 상의원 소속 향장이 되었다. 강빈이 수연의 공에 대한 보답을 한 셈이었다. 향을 다루는 장인. 심양에서 날이 새도록 향기의 조율을 생각하던 때라면 몰라도 손을 놓고 있는 지금 자신을 두고 장인이라 불러주니 수연은 기분이 이상했지만 썩 나쁘진 않았다. 덕분에 내의원과 전의감에 있는 향재를 원하는 대로 쓸 수 있었다. 침방과 수방 그리고 세답방 나인들은 새로운 여향장의 부임을 어색해하더니 이내 수연의 뒤를 졸졸 따라다니기 시작했다. 사랑에 들뜬 소녀와 같은 모습이었다.

그도 그럴 것이, 수연은 무채색의 궁궐에 환상을 더하는 일을 하고 있었다. 궐에서 가장 많이, 그러나 고루하게 쓰였던 사향과 난향 대신 신선한 향재가 나인들의 손에 쥐어졌다. 먹으로만 그림을 그리다가 오색찬란한 물감을 받은 기분이랄까. 더 화려하고 화사하게. 수연은 그 생각에 사로잡혔다. 낯선 향기에 손사래를 치는 자들도 있었지만 대부분 즐거이 그녀를 따랐다. 비록 그들의 바탕은 왕실의 의복 손질이었지만, 타인을 위한 일에는 내 일보다 더욱 섬세한 공을 들이고 싶은 게 여자의 마음이었다. 각종 생화와 초목들도 상의원으로 날라졌다. 심양만큼 너른 환경은 아니었지만 수증기 증류를 이용한 향유 개발을 지속할 계획이었다.

오래지 않아 궁인들 사이에 다음과 같은 말이 퍼졌다. 동궁에는 비밀 정원이 둘 있다. 하나는 창덕궁 후원이요. 다른 하나는 창경궁 내 정향장의 처소다. 나인들은 두셋씩 모이기만 하면 정향장의 처소에 가 보았느냐며 수다를 떨었다. 궁으로 출퇴근하는 다른 장인들과는 달리 수연에게 궁은 일터이자 집이었다. 궐을 집으로 두어서일까, 궁인들은 수연을 상궁 마마님과 같이 보고 예의를 차렸다. 수연의 처소는 명정전처럼 동향을 바라보고 있었다. 아침이면 처소 안에 볕이 반짝 들고 낮부터는 내내 그늘져 서늘했다. 병자년에는 채희와 함께 쓰던 방이었다. 신을 벗고 들어서면 왼쪽에는 배나무로 만든 낮고 넓은 문갑이, 문갑 위에는 오색 향유병이 옹기종기 모여 있다, 오른쪽 들창 밑에는 심양에서 쓰던 것처럼 다리가 긴 탁자가 보였다. 서서 일하는 걸 좋아하는 수연이 목공에게 특별히 부탁해 제작한 것이었다. 정면으로 보이는 벽에는 도화서 화공이 선물한 꽃과 들풀 세밀화가 가득했다. 붓선을 익히기 위해 먹으로 그린 것들이 주였지만 색을 입힌 도라지꽃, 봉선화, 으아리, 나팔꽃 같은 그림도 있었다. 천장에는 수연이 달아놓은 마른 꽃이 오래된 책에서 나는 내음을 풍겼다. 연밥, 조, 수국, 갈대, 천일홍이 대부분이었는데 천일홍은 말려도 진분홍색이 오래갔다. 진한 노을이 깔리는 심심한 오후면 비번인 나인들은 신나서 다과나 차를 챙겨 들고 수연의 처소를 찾았다. 돌아갈 때는 맘에 드는 향기를 찾고 더 아름다워져서 돌아갔다.

*

그해 오월, 궐이 가장 아름다울 때에 세자는 자리에 누웠다. 의원은 학질이라 말했다. 세자가 위독하다는 급서가 봉림대군이 있는 심양으로 향했다. 아지랑이가 피어오르는 봄날에 오한으로 떨던 세자는 눈을 감고 말았다. 강빈은 지아비의 마지막 모습을 두 눈에 똑똑히 담았다. 울고 싶지는 않았다. 그러나 눈물 대신 실핏줄이 모두 터지고 말았다.

나인들은 세자가 숨을 거둔 환경당을 슬슬 피해 다녔다. 그 경계가 풀릴 즈음, 봉림대군 일행이 한양에 도달했다. 춘당지에 하나둘 떨어지는 나뭇잎을 세어보던 수연은 그가 창경궁으로 오고 있다는 소식에 걷잡을 수 없이 가슴이 뛰었다. 무얼 더 생각할 겨를도 없이 치마를 붙들고 정문을 향해 내달렸다. 그러다 그만 제 발에 걸려 넘어졌다. 바람이 불어 연못에 잔잔한 파문이 일었다. 다시 만나서 어쩌겠다는 것일까. 다른 때 같았으면 툭툭 털고 일어났을 수연이 몸을 일으킬 생각을 않는다. 눈물이 복받쳐 올랐다.

철저하게 하나를 가져가면 다른 하나를 돌려주는 게 세상인데 모든 초목마다 공평하게 불어오는 바람에, 따스하게 달궈진 조약돌에 수연은 다시 마음이 녹고 말았다. 홍제천 주위로 하얀 은방울꽃이 흐드러지게 핀 날이었다.

"죄송해요."

냇가의 작은 여인과 부딪친 수연이 말을 건넸다. 밤새도록 새 상품을 위한 향유와 주정의 비율을 연구하느라 몹시 피곤했다.

"……."

아무 대꾸도 없는 여인 대신 그녀의 품에 안겨 있는 아기가 단잠을 깨곤 빼액 울었다. 수연이 미안함에 아기를 안아 달래주고자 몸을 굽혔다. 그 순간, 수연은 십 년 전 어느 봄날로 되돌아갔다.

"은이야?"

"……."

"은이지?"

은이의 동공이 초점 없이 풀려 있다. 어디를 보고 있는 것일까.

"은이야, 이 아이 네 아기야?"

"……."

"가자. 나랑 같이 가자. 응? 은이야."

은이는 아무 말도 없었다. 수연은 은이를 꼭 껴안았다. 고생했어. 고생했어. 새끼 오리들이 물살을 거슬러 올라가는 어미를 놓치지 않으려 사방에 물을 튀겼다.

강바람이 밀려들어와 수연의 잔머리를 풀어놓았다. 금빛으로 반짝이는 잔물결에 수연은 발을 대어보고 싶은 충동이 일었다. 그럴 수 있다면 상쾌할 텐데. 샘물도 아니고 바다도 아닌 이 강의 향기가 너무나 그리웠다. 허공을 짚던 두 발을 땅에다 단단히 묶어주는 현실감이 비로소 찾아들었다. 수연은 뱃속 깊은 곳에서부터 손끝에 닿는 들꽃과 잡풀, 부서지는 햇살, 나루에 들어오는 배의 조각과, 물건을 내리는 일꾼들의 외침까지 쌓아 올렸다. 가슴이 뛰고 있다는 단 하나의 증거인 숨결. 그 결을 통한 감각이 제일 은밀하고 황홀했지만 보고, 듣고, 쓰다듬을 수 있을 때에 향기는 더욱 특별해졌다. 시각, 청각, 촉각 또는 미각에서 온 실마리가 없으면 수연도 향을 기억해내기 힘들었다. 차곡차곡 향기를 쌓아올리던 수연은 허기를 느꼈다. 역시 팔 년 전, 그때의 향과 같을 수는 없다. 딱 한 자리가 비어 있었다. 또 한 명의 그리운 사람이.

"병자호란 때 피난을 간 후로 아무도 돌아오지 않았어요."

빨래를 이고 가던 아낙이 예조참판의 집 앞에서 서성이는 수연을 보고는 툭 내뱉었다. 수연은 당황했다. 만날 수 없을지도 모른다는 생각을 왜 못 했을까. 민아 아씨가 반겨주리라는 생각에 술도가를 찾은 목적도 깜박 잊어버린 그녀였다. 나는 손에서 놓친 건 영영 잃어버리는 사람이란 걸 기억해야 했는데. 강둑을 따라 걸음을 옮기는 뒷모습이 쓸쓸하다.

*

　머릿수건을 동여맨 할멈에게서 박을 받아든 수연은 곡주를 꿀꺽꿀꺽 삼켰다.

　시원하면서도 부드럽고 시큼털털한 맛이다. 취하지 않았어도 산뜻한 미소를 떠올리게 하는 술이었다. 하지만 수연이 찾는 건 이 술이 아니다.

　"할머니, 더 독한 술 없어요? 소주는요?"

　"이걸로 들여가. 소주는 귀혀서 비싸."

　"쉽게 상하지 않는 술이 필요해요. 탁주는 잘 상하잖아요."

　쌀과 누룩, 물을 기본으로 발효시킨 곡주는 맛과 향이 좋지만 주정의 함량이 낮았다. 새 실험을 위해서는 주정의 순도가 매우 높은 술이 필요했다.

　"꾀까롭네잉. 소주는 멋헐라고? 오줌 매럽게 꿀떡꿀떡 멕히는 기 술이지 멋하러 오래 보관혀. 여 꼼짝 말고 지달려봐. 가지고 올팅게."

　투명한 석류 빛과 쪽빛이 실타래처럼 풀리던 심양의 새벽하늘을 수연은 잊지 않았다. 그리고 그와 꼭 닮은 신비한 향기도. 당시엔 대수롭지 않게 여겼지만 돌이켜 보니 별다른 점이 하나 있었다. 향유를 바른 소매가 대군을 소독해드린 소주에 흠뻑 젖었던 것. 그 생각에 미치자 주정이 발향성을 높인 게 아닐까 하는 의혹이 들었다.

　순수한 장미 향유 한 찻술을 얻기 위해서는 일만 송이의 장미가 필요했다. 청국에 있을 때엔 고관과 귀족이 거래 대상이었으니 충분히 이윤을 남길 수 있었지만, 조선은 달랐다. 청국이면 이가 갈리도록 외면하는 왕께서 굳건해 무역 길이 막혔을뿐더러, 향유를 살 만한 돈을 쥐고 있는 백성은 없었다. 이 때문에 수연은 샘에서 길어올린 물에 향유를 한두 방울 떨어뜨려 상품성을 점쳐보았지만 향수로서의 기능도, 화장수로서의 기능도 매우 미약했다.

수연은 기이한 모양의 소줏고리 안에서 증류되어 긴 주둥이를 타고 똑똑 떨어지는 술을 뚫어져라 바라봤다. 할멈이 주둥이에서 떨어지는 술을 손에 받아 맛있는 소리를 내며 빨아먹었다. 증류를 반복할수록 주정의 순도는 높아졌다. 수연이 소줏고리에서 눈을 떼지 못하자 할멈은 코끼리란 짐승을 닮은 보물이라며 자랑스레 말했다. 어느 양반이 한자로만 보던 코끼리를 구경 와서는 생김새가 거참 추하구나, 라고 비웃었다가 엉덩이를 차였다는 웃지 못할 이야기도.

동시에 두 사랑을 만나는 법

작업은 주로 새벽에 이뤄졌다. 집중이 제일 잘되는 시간이었다. 벅적한 낮과는 달리 이 넓은 궁에 아무도 살지 않는 것 같은 착각이 들곤 했다. 수연은 처소의 창을 조금 열어두었다. 새들이 요란하게 지저귀었지만 거슬리지 않았다.

금지는 아니지만 알아서 좋을 것은 없는.

수연이 하려는 작업도 그러한 종류의 하나였다. 왜란과 호란의 연속으로 쌀값이 매우 비싸져 서로 금주를 권장하는 시기였다. 그러나 수연은 두려움이나 거리낌이 없었다. 오히려 약간의 쾌감까지 느꼈다. 수연은 불을 밝힌 기름잔을 내려놓고 술독의 뚜껑을 열었다. 시간과 공을 들여 증류를 반복한 끝에 순도 높은 주정을 얻을 수 있었다. 얼음처럼 매끄러운 액체의 표면에 수연의 얼굴이 비쳤다. 볼살은 야위었지만 어느 때보다도 더 건강해 보여 마음에 들었다. 수연은 필요한 도구와 향수의 음률이 되어줄 향유들을 너른 상에 줄지어 늘어놓았다.

재료

유리병, 은 찻숟가락, 새의 깃털, 두 차례 이상 증류한 주정.

유리병은 심양에서 깨지지 않도록 품에 안고 들여온 것이었다. 향이 휘발되지 않도록 하기 위해서는 백자나 청자보다 유리병이 가장 적합했다. 빛바랜 은 찻숟가락은 수라간에서 몰래 슬쩍했고, 또 새의 깃털은 직박구리나 까치의 꽁지깃을 하나둘 모은 것이다.

음률

금귤 다섯 찻술.

붉은포도 다섯 찻술.

치자꽃 다섯 찻술.

측백나무 다섯 찻술.

이끼 열 찻술.

백단나무 열 찻술.

쌉싸름하면서도 상큼한 금귤과 넝쿨 내음 물씬 풍기는 우아한 붉은포도는 향기의 첫 인상. 가장 먼저 휘발되는 향이기에 수연은 하늘에 속하는 단계라 이름 붙였다.

다음, 사람에 속하는 치자꽃과 측백나무. 이 단계를 고르기가 제일 어려웠다. 향수의 기둥이자 중심이 되어줄 향유를 선택해야만 했다.

작약으로 할까, 수수꽃다리로 할까, 그도 아니면 소나무가 좋을까. 여러 후보를 생각해봐도 흡족하지 않았다. 결국 수연은 항복하듯 치자꽃과 측백나무를 택했다. 그것이 단과 대군의 향기였으니까. 외면하려 해도 어쩔 수 없이 눈에 밟히는 사람, 혹은 사랑들.

마지막, 물기 어린 흙의 분신 이끼와 따스하면서도 달달한 백단나무. 땅에 속하는 단계이다. 무거운 입자이기 때문에 향수의 토대가 되어주겠지. 오래도록 남아 사라질 듯 사라지지 않으면서 아쉬움을 전해줄 것이다.

수연은 유리병에 땅―사람―하늘의 순서로 향유를 천천히 흘려 넣은 뒤 그 총합의 네 배에 달하는 주정을 한데 섞었다. 가끔씩 후각이 둔해진 것 같으면 코에 손목을 대고 체취를 깊이 들이마셨다.

새의 깃털에 향수를 적신 수연이 결과물을 점쳐보았다. 아직은 조화롭지 못하다. 향유들이 저마다 나를 봐달라고 고개를 내미는 꼴이었다. 완전한 숙성을 위해선 적어도 석 달은 필요할 것이다. 완성되기 전까지는 결과물을 확인할 수 없다는 게 향의 매력 중 하나였다. 반드시 성공해야 한다. 그리 된다면 은이에게 꽃신을 사줘야지. 긴장으로 손에 땀이 밴 수연은 창을 더욱 활짝 열었다. 동이 트고 있었다. 예감이 좋다. 그녀도 처음 경험해보는 즐거운 작업이었다.

향이 숙성되길 기다리는 동안 수연은 가끔씩 유리병이 남몰래 들썩이는 것 같은 느낌을 받았다. 내가 옷을 갈아입으려 잠깐 돌아선 사이에 자연 그대로, 날것이었던 시절 자기가 보고 들은 이야기들을 퐁퐁 풀어놓는 건 아닐까? 향긋한 입김과 함께. 춘곤증에 깜박 졸다가 포도나무 가지에 땀에 젖은 옷을 말리고 있는 사내의 뒤태를 보았을 때는 정말로 유리병을 흔들어보기도 했다.

"향장님, 어디에다 말릴까요?"

세답방 나인이 수연을 불렀다. 수연의 얼굴이 확 달아올랐다.

"바지까지 말리진 않았어!"

"네?"

영문을 모르는 나인이 눈을 끔벅였다.

*

약재에 해박하다는 신의원을 만나볼 생각으로 내의원을 찾은 수연은 남진기에게 붙들리고 말았다. 그는 귀한 향재를 티가 나지 않도록 훔쳐가는 노복들을 불평했다. 수연은 진땀이 날 지경이었다. 신의원은 보이지 않았다. 진맥과 약재에 해박하기에 남몰래 은이의 진찰을 부탁할 셈이었다. 그러나 단둘이 만날 기회가 좀처럼 오지 않았다.

"수연아, 지금 뭐 하고 있는 거야!"

수연을 찾아온 채희가 윽박질렀다. 수연은 드디어 풀려난다는 생각으로 벌떡 일어섰다. 무서운 얼굴을 한 채희지만 더없이 반가웠다.

"나 찾았어?"

"소용마마께서 나인들을 시켜서 네 처소를 뒤지고 있어."

채희의 표정이 금방이라도 울 것처럼 변했다. 수연은 심장이 조여드는 듯했다. 아직 유리병 안의 향수를 숙성하는 중이었다. 그들을 막아야 해. 내의원이 있는 궐내각사는 남쪽 궁인들의 처소는 북쪽으로 서로 마주 보고 있었다. 그 길이 너무나 멀게 느껴졌다.

　후궁 소용 조씨는 강빈과 관계된 모든 자들을 무너뜨리기로 작정한 듯했다. 세자빈을 싫어하는 데 별다른 이유는 없었다. 그저 눈앞에 거슬리는 것들은 치워버리고 싶은 것이다. 말이 많은 자들은 조소용이 아들 숭선군을 왕위에 올리려 한다지만 거기까지 이뤄주신다면야 천지신명께 감사드릴 일이지. 조소용의 입가에 야릇한 미소가 떠올랐다. 가끔 스스로도 너무했나 싶었지만 어쩌겠는가, 주상전하가 그조차도 다 받아주시는데.

　인렬왕후와 그녀의 아들 소현세자는 죽었고 계비로 들어온 중전은 곧 경덕궁으로 쫓아낼 것이다. 남은 건 강빈과 봉림대군. 봉림대군의 생각에 미치자 조소용은 이를 악물었다. 왕은 강빈의 아들 대신 봉림대군을 세자로 세울 생각이었다. 항상 결정적인 순간에 그녀의 마음을 몰라주는 왕이었다.

　그래도 조소용은 꾹 참았다. 욕심나는 것을 갖지 못하는 것보다 손해를 보는 것이 더 싫었다. 억지로 화를 참으려니 몸살까지 왔지만, 빼앗기지 않으려면 너무 멀리 있는 것까지 욕심내어서는 안 됐다. 욕심도 차근차근 부려야 하는 법. 그런 의미에서 이번에 발견한 먹잇감은 아주 구미가 당기는 것이었다. 잘하면 정수연이라는 향장과 함께 강빈까지 엮어 넣을 수 있는 기회였다.

　조소용은 나인들을 움직여 술독을 모두 깨부수라 명했다. 수연의 처소에서 날라진 술독들이 굉음을 내며 산산조각 났다. 그 소리가 조소용에게 묘한 쾌감을 가져다주었다. 나인들은 어디서 힘이 났는지 무거운 술독을 번쩍 들어다가 바위나 참나무 밑동에다 내던졌다. 날카로운 파편이 무덤처럼 쌓였다. 낮잠을 자던 비번 궁녀들이 도둑이야 하고 호들갑을 떨면서 밖으로 나왔다가 조소용을 보고는 다시 처소 안으로 숨었다.

"그만두십시오."

수연이 가쁜 숨을 내쉬었다.

"이미 늦었다. 천천히 걸어와도 됐을 텐데, 꼴이 그게 무어냐."

조소용의 말을 신호로 그녀의 수족과도 같은 나인이 소주가 찰랑거리는 술독을 땅에 내리치려는 체하다가 그대로 수연에게 술을 들이부었다. 흠뻑 젖은 수연을 두고 나인들이 냄새가 독하다며 손사래를 치면서 킬킬거렸다.

"제게 이러시는 연유를 알아야겠습니다."

등줄기를 타고 차가운 술이 흘러내렸다.

"전하께서 내리신 금주령을 어겨놓고도 뻔뻔하기 그지없구나."

"금주를 권하셨을 뿐, 법령을 반포하시진 않았습니다."

"오늘부터 내리실 것이다."

"……."

"그뿐만이 아니다. 이 향재들은 사사로이 쓰기 위해 향실에서 훔쳐낸 게 아니냐."

반은 맞고, 반은 틀렸다. 어찌됐든 새로운 조향 작업은 왕실을 위한 것이 아니었으니까. 수연은 조소용의 방식을 알 것 같았다. 적당히 버티다가 부러지는 척해야겠구나.

"그렇다면 의금부에 고발하시거나 다모를 시켜 증좌를 찾아내시지

어찌 이곳까지 고단한 발걸음을 하셨습니까."

살쾡이 같은 눈을 빛낸 조소용이 한 손으로 수연의 저고리 깃을 잡아챘다. 즐거워하던 나인들도 숨을 삼켰다. 설마하니 마마님께서 폭력을 쓰시려는 것일까.

"요란을 떨어야지 증좌도 생기는 법이다."

조소용이 입술을 달싹였다. 분노로 온몸에 저릿한 전기가 올랐다. 수연은 다리에 힘이 풀린 듯이 그대로 무릎을 꿇었다.

"이미 많은 것들이 버려져 쓸 수 없게 되었습니다. 전 그저 제 일을 목숨처럼 알고 마마님의 의복을 향기롭게 해드린 죄밖에 없습니다."

"목숨이라, 그렇다면 네게 생명수를 부어주어야지."

얼굴이 붉어진 조소용은 개중 가장 귀해 보이는 술병을 들었다. 그리고는 수연의 정수리에다 느긋하게 술을 부었다. 그 시간을 오래 즐기고 싶었다.

*

아주 작은 열쇠 하나면 된다. 한 세상을 가로막고 있는 문이 아무리 거대하더라도.

구름 같은 등꽃 그늘 아래, 수연을 마중 나온 단이 빙긋이 웃는다. 수연은 그 미소가 너무나도 반가워 저도 따라 웃었다. 짙은 호박색 눈동자에 수연의 얼굴이 담겼다. 보고 싶었어. 그의 얼굴을 쓰다듬으려는 순간, 순풍이 가볍게 불더니 더욱 짙은 눈을 가진 한 사람으로 바뀌었다. 그 검은 눈동자에서 눈물이 흘러내린다. 수연은 허공에서 길을 잃은 손을 거두지 않고 그 사람의 얼굴을 매만져주었다.

수연은 두 팔을 들어 자신을 끌어안았다. 묻어두었던 감정들이 한꺼번에 쏟아져 내렸다. 끊임없이 사랑했어도 항상 허기지고 목말라하던 시간들이 생각났다. 곁에 없어도 괴롭고 함께해도 힘들었다. 그래서 그녀가 먼저 두 사랑의 손을 놓았다.

혼자였던 시간은 견딜 만했다고 생각한다. 미련, 누구나 무심히 외면할 그 감정들을 수연도 툭툭 버려두었다. 그 폐기에 익숙해지니 그곳에 사랑이 있었다는 어떤 증표를 보아도 무덤덤하게 되었다. 수연의 눈에서 뜨거운 눈물이 솟았다. 완전히 끝났다고, 더 이상 힘들지 않을 거라 생각했던 나는 얼마나 우스웠는지.

수연에게 술을 들이붓던 조소용은 별안간 이상한 낌새를 눈치채고는, 이마에 핏대를 세우며 술병을 깨뜨리고 자리를 떠났다. 그녀가 골랐던 술병은 수연의 향수가 담긴 유리병이었다. 개미들이 금강석처럼 반짝이는 유리 조각이 없는 곳을 골라가며 길을 갔다.

수연은 흠뻑 젖은 치마폭에 얼굴을 묻었다. 가슴 깊이 단과 대군의 향기를 들이마셨다. 실험은 성공이구나. 치자꽃 향과 측백나무 향이 싱그러웠다. 어떠한 상함도, 악함도, 불협화음도 없었다. 눈물 젖은 얼굴을 치마폭에 비비던 수연은 빙긋이 미소 지었다.

결국 당신을 울게 하는 것.

그것이 향이고, 향이 가진 힘이라 믿었다. 그립다는 게 무언지 뼈저리게 배우고서 얻은 깨달음이었다. 그 힘을 마음대로 하고 싶었다. 나는 웃고, 당신을 울릴 수 있도록. 그 힘에 이렇게 당할 줄은 꿈에도 몰랐다.

검은 꽃이 피다

　"방부 역할을 하는 향재를 찾고 있는데 무엇이 있을까요. 향이 강하지 않은 것으로요. 계피나 향나무, 감초와 같은 것들은 향이 진할뿐더러 거부감을 느끼는 자들도 종종 있으니 쓸 수 없습니다."

　수연이 눈을 반짝였다. 답을 기다리는 자의 눈이다. 내의원 소속 향장 남진기는 곤란하다는 표정을 지었다. 의녀가 송화다식과 김이 오르는 녹차를 내왔다. 그녀가 사뿐히 찻잔을 내려놓고 물러나는 순간 수연의 사고 회로가 멈췄다. 천리향이다. 가지 끝에 모여 별처럼 피어나는 연분홍빛 꽃의 향기. 수연은 의녀를 곁눈질했다. 매혹적인 향과는 어울리지 않는 무표정한 얼굴이다. 탕약 냄새를 지우기 위해 천리향을 쓰는 것일까.

　"어디에 쓰시려고 그럽니까? 혹시 은밀히 시신의 부패를 막아야 할 일이라도?"

남진기는 두려움에 침을 꼴깍 삼켰다. 수연의 눈이 장난스레 빛난다.

"비밀입니다만, 의복을 오래 보존하기 위해서라고 해둘까요."

"글쎄요. 향재는 보통 향이 셀수록 효험도 좋다는 걸 아시지 않습니까. 어려운 문제군요. 제가 아는 향재 목록에서는 생각나는 게 없습니다. 신의원이 돌아오거든 물어보지요."

말을 마치기가 무섭게 약재고에서 우당탕거리는 소리가 울렸다. 화들짝 놀란 의녀가 약재고로 달려갔다. 푸른 관복을 입은 자가 의녀의 부축을 받아 나왔다. 수연은 다시 놀라고 말았다. 아니, 그보다 가슴이 죄어들어 답답했다.

김단, 내 오라버니. 언젠가 다시 만나게 될지도 모른다고 생각은 했지만 이런 만남일 줄은 꿈에도 몰랐다.

"신의원, 괜찮으십니까? 이리로 오시지요. 새로 직첩을 받으신 상의원 정향장께서 오셨습니다. 인사 나누시지요."

의녀가 단을 위해 걸상을 빼주었다. 수연은 반사적으로 쿵쾅거리는 가슴에 손을 올렸다. 뭐라고 인사를 해야 할까. 오라버니가 먼저 말을 건네주었으면.

"신가귀입니다."

"손이……."

수연은 저도 모르게 탄식을 내뱉었다. 단의 왼손에 깊은 화상 흉터가 있다. 의녀의 날카로운 시선이 수연을 향했다.

"흉한 모습 보여드려 송구합니다. 향장께서 조선에 오시기 전에 사고를 당해서, 침술은 어렵더라도 진맥도 정확하고 약재에 해박하기에 거뜬히 살고 있었습니다. 저처럼 극적인 의원도 없지요. 걱정해주셔서 감사합니다."

단이 관복의 소매를 끌어 손을 감추었다. 그리고는 수연이 제일 잘 아는 희미한 미소를 지었다. 수연은 눈물을 꾹꾹 참았다. 오라버니는 여전하구나.

"정수연입니다."

"방부 향재를 찾는다 하셨지요. 백두옹*과 목련 껍질은 쉽게 구할 수 있을뿐더러 향이 약하니 도움이 될 것입니다."

*

한참 동안 은행나무 곁을 서성인 수연은 서고의 문을 열었다. 단이 먼저 와 기다리고 있었다. 수연의 인기척에 단이 고개를 돌렸다. 그의 눈을 보는 순간 수연이 마음속으로 정리했던 말들이 모조리 흩어지고 말았다. 그럼에도, 이렇게 가만히 곁에 앉아 있는 것만으로도 서로를 이해할 수 있을 것 같았다.

"아무렇지 않게 인사해줘서 고마워."

단이 말했다.

"약속을 지켰네. 장인이 되자는 약속. 기억해?"

수연이 미소 지었다.

"네가 떠나고 나서, 나도 새 이름을 얻고…… 너를 찾으려고 여기까

---

* 할미꽃.

지 오게 됐네."

"……."

"은이는 찾지 못했어. 미안해."

"오라버니, 십 년이면 우리가 어릴 적에 함께했던 시간보다 더 긴 세월이잖아, 그렇지?"

"그래."

"그러니까 우리 달라진 게 많더라도 섭섭해하지 말자…… 나는 못되게 오라버니를 두고 뛰쳐나와서 은이처럼 날 따르는 동생도 만나고, 궐에 들어오고, 세상이 어지럽다보니 심양 구경도 하게 되고, 오라버니만큼 날 아껴주시는 좋은 분도 만났어."

수연의 말에 단의 눈이 흔들렸다.

"다행이야."

"그리고 얼마 전에 은이를 찾았어."

수연이 담담히 말했다.

"은이가 나를 못 알아봐. 우리가 찾지 못하는 사이에 많이 아팠던 것 같아. 궐 밖에 계시는 한상궁 마마님 댁으로 은이를 보냈어. 은이도 그곳을 좋아하는 거 같아. 한상궁 마마님은 나하고 내 친구 채희를 많이 아껴주셨거든. 은이도 예뻐하시니 잘됐어."

*

강빈이 후원의 별당에 갇혔다. 궐내에서 가장 외지고 아무도 찾지 않는 곳이었다. 죄목은 임금의 전복구이에 독을 넣었다는 것이었다.

강빈은 왕이든, 후궁 조씨든, 아니 그녀를 구하러 오지 않는 그 누구든 비웃어주었다. 기껏 생각해낸 게 독살이라니, 부끄럽지도 않은지 물어보고 싶었다.

강빈의 다섯 궁녀는 혹독한 문초를 받았다. 그 속에 채희도 있었다. 수연은 정연을 찾았다. 떠오르는 사람이 그밖에 없었다.

"마마와 채희를 구해주세요. 저하께서는 아시지 않습니까. 독을 넣었다는 혐의는 말도 안 됩니다."

"돌이키기에 너무 늦었다."

정연의 목소리가 참담하다.

"심양, 심양에서 청국이 산해관 정벌을 위해 소현세자 마마의 동행을 요구했을 때 저하께서 대신 가겠다고 막으신 걸 제 눈으로 보았습니다. 형제를 지키셨듯이 강빈 마마께 대한 신의도 살펴주세요."

정연은 자신의 앞에서 고개를 숙인 여자의 머리를 보았다. 그녀의 입에서 심양을 다시 듣게 되니 비통했다.

"수연아. 강빈의 원손이 세자가 되고 나는 아무 힘 없는 대군으로 남았더라면, 네가 다시 나를 찾았을까."

붉어진 눈으로 수연을 바라보던 정연이 입을 열었다.

"저하!"

"하나가 살면 하나가 죽는 게 궁이다. 그걸 잊어서는 안 된다. 강씨와 네 벗을 살리는 대신 그에 합당한 것을 내게 주겠느냐."

상처를 입겠지만 내 곁에 붙들어둘 수는 있겠지. 정연은 그의 손도 같이 베이는 걸 모르고서 기어코 비수를 들었다.

아비의 얼굴은 깊은 주름 때문에 더욱 늙고 고집스러워 보였다. 그리고 고단함도.

"강씨가 헤아릴 수 없는 죄를 지었다 하더라도 그의 건강을 살피는 사람이 있어야 할 것입니다. 더구나 죄의 흔적이 명백히 밝혀지지도 않았는데, 어찌하여 성급한 조치를 내리시고 시녀 하나도 강씨를 따르지 못하게 하십니까."

정연이 말했다. 왕은 세자의 말에 섭섭함을 느꼈다. 어린 시절부터 그에게 올라가는 음식 하나하나를 먼저 맛보고 이상이 없음을 살피던 둘째아들이었다. 그 효심이 기특해 죽을 때까지 잊지 않겠다 다짐했었다.

"나인 하나를 강씨에게 붙여라."

세상에 내 편은 없구나. 왕은 시린 눈을 감았다.

*

덮개가 달린 검은 가마가 선인문 앞에 넙죽 엎드렸다. 채희가 가마의 문을 열었다. 하얀 소복을 입은 강빈이 가마 안으로 들어섰다. 가마꾼 네 명이 조금의 힘도 들이지 않고 가마를 들어올렸다. 채희는 멀뚱히 서 있는 의금부도사에게 은 한 냥을 쥐어주고는 천천히 가달라 부탁했다.

강빈이 앙상한 손을 들어 가마의 창을 열었다. 채희가 그녀의 곁으로 다가왔다.

"바람할미가 심통을 부리는가봅니다. 날이 차니 문을 닫으시지요, 마마."

담장을 따라 둥실 떠내려가는 가마를 둘러싸고 어른 아이 할 것 없이 한탄했다. 세상 두려울 것 없는 노파들은 며느리를 죽이는 시아버지의 비정함을 목이 터져라 욕했다. 사람들의 고함에 채희의 심장이 쿵쿵 내려앉았다.

"채희야."

"네, 마마."

"누군가 나를 행복하게 해주었으면 좋겠구나."

너희들 중 아무라도 나를 웃게 해다오. 나는 가라앉은 기분 속에 너무 오래 있었다. 그 말이 목구멍까지 차올랐다. 왕을 향한 욕지거리는 아무 위안도 되지 못했다.

다 끝났다. 그녀 안에 아주, 아주 날카로운 창이 자라던 시간이었다. 무엇이든 벨 수 있는 그 날선 것을 가슴에 두었으니 그녀도 찢겨 나갔다. 이제 강빈은 창을 거두고 손안의 생명을 살리기로 했다. 수연이 보내준 마지막 기회였다.

나를 원망하십니까.

정연이 물었다. 한참을 침묵한 후에 꺼낸 말이었다. 그의 품에 그녀의 아들이 안겨 있다. 아직 네 살배기 아기였다. 그에게서 지아비의 얼굴을 찾아보던 강빈은 붉게 충혈된 눈과 마주했다. 그래, 눈이 닮았구나. 저 눈을 믿고 싶었다.

시아버님을 원망합니다.

그녀는 그가 원하는 대답을 들려주었다.

"마마, 마마?"

잠에 드신 것일까. 채희가 강빈을 깨웠다.

"여기 있다."

"다시 좋은 날이 올 것입니다. 날이 따뜻해지면 옛집을 더욱 넓게 고치고 아기씨들과 함께 살아요. 저는 항상 궐보다 옛집이 더 아늑하다 생각했습니다."

마마는 시들어가고 있다. 채희는 눈물을 삼켰다.

"내 전날 밤에 무슨 꿈을 꾸었는지 아느냐."

"길몽이라도 꾸셨습니까?"

"서방님께서 오셨다. 궐 안의 사람들 모두가 나를 몰아세우는데 그분께서 내 손을 꼭 잡아주시더구나. 다른 말씀은 안 하시고 그저 손만 잡아주셨어. 손끝으로 따스한 기운이 전해지는데 잠에서 깨고도 너무나 생생했다. 내 손으로 그분이 잡아주신 손등을 쓸어보니 꿈에서의 그 느낌과 똑같은 것이야. 그제야 그분이 정말로 날 찾아오셨구나 하고……."

강빈의 목소리가 잦아들었다.

"힘든 걸음 하시곤 왜 아무 말씀 안 해주셨답니까. 그래도 여인의 마음을 꿰뚫어보시는 성정은 그곳에서도 여전하신가봅니다."

채희가 대답했다. 부러 밝게 하려니 참았던 눈물이 투둑 떨어지고 말았다.

왕은 강빈을 폐출한 그날 바로 사약을 내렸다. 수연은 소리 없이 울었다. 어둠이 걷히고 빛이 스며들어도 눈물은 그치지 않았다. 마마를 살리지 못한 자신이 미웠다. 의원에게 모든 걸 맡기듯이 세자저하께 마마의 생명을 구한 것도 후회됐다. 다시 시간을 돌릴 수 있다면 그를 찾아가지는 않을 것이다. 그저 마마께 어서 이 지독한 곳에서 도망가시라 간구했을 텐데. 마마의 고운 얼굴 한 번 더 보고 목소리를 들었을 텐데.

궐에서 양귀비를 기르는 여자*

한상궁의 얼굴이 새파랗게 질렸다. 아직 소현세자빈 마마의 원한이 풀리지 않았는가. 삼년상을 치르고 난 뒤 처음 맞는 봄이었다. 천세를 살 것 같았던 왕은 소현세자와 같은 병을 앓은 지 열흘 만에 영원한 잠에 들었다.

"부인, 부인의 이름이 무엇입니까. 내가 들은 말이 거짓이 아님에 부인의 목숨을 거실 수 있다면 이름을 알려주십시오."

한상궁은 떨리는 손을 감추고자 치마를 꼭 움켜쥐었다. 마마께서 화를 다 못 푸시고 저승에서 울고 계신다면 내가 풀어드려야 한다. 아무렴, 정나인 그것이 마마의 은혜를 배신하고 왕의 총애를 받다니. 딸 같은 채희의 벗이라기에, 그 또랑한 눈을 저도 믿은 것이 잘못이었다.

---

* 양귀비의 꽃말은 망각, 몽상, 사치.

마마를 진정 사랑했다면 죽음으로써 보여야 했다. 수많은 지밀나인이 마마를 지키려다 죽었다. 죽음과 맞바꾸지 못하는 사랑은 모두 하찮은 사랑이다. 한상궁은 그렇게 생각했다.

"최씨 부인입니다."

"성은 필요 없습니다. 당신의 흔적을 알 수 있는 이름을 남기고 가세요. 부인이 정숙원의 죄를 밝힐 증인이 되시란 말입니다. 사람이 죽어 나갈지도 모르는 일입니다."

"전 예조참판 최무자의 여식, 최민아입니다."

건조한 말 한마디, 마디마다 핏방울이 맺혀 있는 것을 한상궁은 느꼈다. 사람이 어찌 저리 표정이 없을 수 있을까. 그녀는 민아의 낯빛을 뜯어보았다.

"이 사실이 궐에 알려지면 부인께서 얻는 것이 있습니까?"

"없습니다."

"그러면 어째서."

"제게 돌아오는 건 없습니다. 다만, 불구경하는 즐거움은 누릴지도요."

"부인의 말씀으로는 죄를 명명백백히 밝히기에 부족합니다. 정숙원이 그자와 통했다는 사실을 증명할 물증이나 목격자가 필요합니다."

"물증이 있습니다. 제가 증인으로 회부되면 직접 보이겠습니다."

그 물증은 한상궁의 지척에 있지요. 민아는 다음 말을 삼켰다. 그것이 무엇인지 아직 한상궁이 알아서는 안 됐다.

민아가 돌아간 뒤 긴장을 풀기 위해 좀 걸어보려던 한상궁은 도저히 다리에 힘이 솟지 않아 마루에 주저앉았다. 이 일은 채희에게는 비밀로 부쳐야 했다. 햇살을 받은 장독대가 거북이 등딱지처럼 반질거린다. 친정에 다녀온 채희가 싸릿문을 열었다.

"마마님? 왜 넋을 놓고 계셔요?"

채희가 물었다.

"채희야. 마마께서 아직도 괴로우신가보구나."

*

산 자를 지킬 것인가, 죽은 자를 지킬 것인가. 정연은 살아 있는 자를 지키고자 했다. 죽은 자는 가진 시간이 무한해 참을성이 많았다. 강빈의 신원을 논하는 자들을 단죄하고 공론화를 금한 것도 그 때문이었다. 거기에 걸려 넘어질 줄이야. 그는 생애 처음, 가장 지독한 싸움을 견디고 있었다.

"전하, 의를 밝히소서."

"경들의 말대로 하자면 세상에 의가 아닌 것이 없다. 어미를 향한 필부의 의는 어찌 지킬 것인가?"

"부부 사이의 도리는 양이궁 마마께서 먼저 저버리셨다고 사료되옵니다. 처녀가 아닌 몸으로 궁에 들어와 지밀나인이 된 것은 대대로 이어온 법도에 어긋난 것이옵니다."

"경은 그래 그다음 차례가 나라고 말하는가?"

"전하, 망극합니다. 통촉하여주시옵소서."

"통촉하여주시옵소서."

"왕실의 지엄함을 보이셔야 합니다 전하."

실은 너희들의 대쪽같음을 보여주고자 함이 아니더냐. 재야의 선비들을 부르라 명했을 때에는 저들이 이리도 빨리 목소리를 높일 줄은 몰랐다. 궁벽한 시골에 오래 묵었더니 초목이 질겨졌구나. 정연은 입이 바싹 말랐다. 분명 타개할 방도가 있을 것이다.

"정숙원에 대한 의논이 이러한데 진선은 어찌 생각하는가?"

정연은 옛 스승의 눈에서 구원의 빛을 찾고자 했다.

"삼강오륜의 제일 처음은 임금과 신하 사이의 도리입니다. 더 중요한 공의를 밝혀야 할 때에 이미 깨어져버린 부부의 도리를 논하니 신은 몸 둘 바를 모르겠습니다."

송시열이 말했다.

"경은 말의 그늘에 숨겨놓은 뜻을 먼저 밝히라."

"양이궁 마마께서는 상의원 향장이셨던 때에 국가의 재산인 향재들을 이용하여 사사로이 재산을 축적했습니다. 이는 일찍이 선왕의 후궁 마마께서 밝히신 일이었으나 당시 폐서인 강씨의 폐출로 양이궁 마마의 죄과에 눈을 돌리는 자가 없었습니다. 이제 양이궁 마마께서 그때에 축적하신 재산을 강씨의 궁녀 편으로 보내고 있으니, 이는 후일을 도모해 강씨의 아들 석견을 왕으로 세우려 함입니다. 하오니 양이궁 마마의 죄과를 폐서인 강씨와 같은 역모의 죄로 보시고 단죄하소서."

송시열은 더욱 고개를 숙였다. 상께서는 마마를 내놓으시지 못할 것이다.

"역모의 죄라."

잔인한 선고 앞에서 믿을 수 없다, 는 부정은 너무나 미약하고 힘이 없다.

"예, 전하."

"경들은 증좌를 내 눈앞에 보이고 입을 열라."

"그 궁녀를 데려다 엄히 국문하시면 될 일입니다."

"……."

"혹여 양이궁 마마께서 궁녀를 숨기고 주시지 않는다면 그 죄가 분명한 탓입니다."

*

지난 몇 달간의 일이 꿈만 같다. 정연이 창덕궁 인정문에서 즉위식을 올렸다. 그가 움직일 때마다 얼굴에 드리워진 면류관 구슬이 흔들렸다. 수연은 먼발치에서 그 모습을 지켜봤다. 그의 곁에서 중전 장씨가 해맑게 웃었다.

봄비가 안개처럼 내리는 날이었다. 수연도 종4품 숙원의 첩지를 받았다. 농익은 자두빛 자적원삼을 입고 머리에는 어염족두리를 얹고서 가채를 올린 수연을 상궁들이 양 옆에서 부축했다. 그 앞에 선 중전이 교지를 읽었다. 정연은 수연에게 양이궁이란 궁호를 내렸다. 그동안 승은을 입었으나 승은상궁의 첩지를 받지 못한 수연을 두고 상궁 마마님이라 해야 할지, 향장님이라 불러야 할지 헷갈리던 나인들은 마음 놓고 양이궁 마마라 칭하기 시작했다.

창덕궁으로 거처를 옮긴 수연이 제일 처음 한 일은 처소 뒤편의 계단식 정원에 양귀비를 옮겨 심은 것이었다. 가느다란 줄기 끝에 달린 큼지막한 꽃송이가 퍽 마음에 들었다. 심양에서부터일까, 수연은 소담한 것보다 화려한 것에 눈길이 갔다. 소녀만 한 키를 가진 무채색 굴뚝 아래로 붉은색, 흰색 양귀비가 피어나니 절경이었다.

후원에 저녁노을이 깔렸다. 이제 곧 어둠이 찾아들 것이다. 수연은 함께 온 궁녀에게 등불을 주고 돌아가라 했다. 수연이 혼자 있고 싶다 할 때에도 끈질기게 따라붙던 나인들은 이제 수연이 돌아가라, 하면 두말없이 곁을 떠났다.

수연은 등불을 들고 존덕정에 올랐다. 육각형 별 모양을 이루는 처마에 반월지의 물그림자가 일렁였다. 난간에 바짝 기댄 수연이 연못을 내려다본다. 반달을 닮았다 해서 반월지라 부르는 못이었다.

어머니는 아가를 안고서 저녁 시간이라 말해주었다. 날이 환한데 왜 저녁이라 하는지 따져 물었던 기억이 난다. 저녁이니까 저녁이라고 하지. 아직 캄캄하지도 않은데?

"세상에 우리 둘만 있으면 좋겠어요."

수연이 나지막이 말했다. 정연은 수연을 재우던 손길을 거뒀다. 수연의 눈에 쓸쓸한 빛이 스쳤다.

"일어났느냐."

"새벽인가요?"

선선한 바람에 단풍나무가 살랑였다. 하늘이 새파랗다. 수연의 저고리와 꼭 같은 물비늘 색이다. 정자에 내려둔 노란 등불은 마치 숨을 쉬는 것 같았다. 수연은 정연의 어깨에 머리를 기댔다.

"아니, 아직. 그래도 같이 새벽을 기다리는 것도 좋겠구나."

"그러다 날이 샐 때까지 자버리면 어떡해요? 북소리도 들리지 않을 텐데."

말로는 걱정을 품어도 수연은 정연의 손을 찾아 깍지를 꼈다.

"괜찮다. 눈이 무거우면 일어날 생각을 하지 않아도 된다. 저 등불이 꺼지면 서로를 의지하면 될 것이고, 비가 온다 하면 피하려 애쓰지 말고 빗방울의 두께를 가늠해보는 것도 나쁘지 않을 것이다."

그가 말할 때마다 전해지는 울림이 좋다. 수연의 입가에 미소가 피어났다. 어떤 종소리도 이보다 편안할 수는 없어. 그의 목소리를 계속 듣고 싶었다.

"산짐승이 나타나면요? 다람쥐나 산양이나 사슴 말고 여우나 호랑이라도 마주치면?"

"그럼 내 한쪽 팔을 먼저 내주겠다."

거짓말! 수연이 눈을 흘겼다. 못 믿겠다는 표정이다. 정연은 곤란하다는 듯이 머리까지 내주어야 하느냐? 물었다. 그는 수차례 눈을 깜박였다. 저 눈, 당황할 때면 나오는 눈이다. 수연은 참지 못하고 웃음을 터뜨렸다. 오랫동안, 정연이 그리워한 얼굴. 그녀는 아는지 모르는지. 그의 눈가가 조금씩 젖어든다.

"있지요. 궐에서도 닭을 기르면 어떨까요? 새벽에 닭소리 들으면서 깨는 것도 나름 괜찮아요. 수탉은 군자라든지, 벼슬은 관이라 문을 뜻한다든지, 발톱은 칼날이라 무를 뜻한다든지, 부위별로 다 빌려와놓고서 왜 기르지는 않는대요. 껍데기만 좋아하나봐."

이번엔 정연이 풋사과 같은 웃음을 짓고 말았다.

"그래, 그것도 좋겠다."

"알도 낳을 거예요. 그런 순간은 몇 번을 마주해도 변함없이 신비하고 흐뭇해요."

수연이 정연의 품에 아이처럼 파고들었다.

"그거 아세요? 새벽 세 시진이 되면 아무도 안 보는 사이에 옥천교 해치가 다리에서 내려와 물장구를 친대요. 나무에서 떨어진 살구를 깨물어 먹기도 하고. 뭍 위로 올라오면 참참참 발자국을 찍기도 하고. 하긴, 원래 물에서 사는 영물인데 돌다리 위에 붙여놓았으니 얼마나 놀고 싶었을까. 이다음에 옥천교에 살구가 떨어져 있으면 잘 살펴보세요. 반쯤 베어 먹은 게 있을지 몰라."

"처음 듣는 이야기구나."

"채희가 알려줬어요."

물새가 수면을 지치고 다시 날아올랐다. 고요하고 평화롭다. 정연은 자신에게 온전히 몸을 맡긴 여인의 숨결을, 가만히 들썩이는 가슴에 깃들어 있는 목숨의 무게를 잊지 않기로 했다.

"여기에 다시 오면 처마 끝에 풍경 하나 달아두고 싶어요. 동시에 울려퍼지는 종보다는 기대하지 않을 때 찾아드는 풍경 소리가 좋아요."

"……."

"후원에 있는 정자들 중에 여기 존덕정을 제일 아꼈어요. 육각 지붕이 이중으로 겹쳐 있는 게 꼭 치마를 두 겹으로 덧대 입는 활옷이나 원삼 같아서."

"……."

"눈이 쌓이면 또 다른 느낌일 거예요."

이 후원에서 그와 함께 첫눈이 내리는 걸 보고 싶었다. 어디에든 공평하게 눈이 쌓이고, 망을 보느라 자꾸만 구멍 밖으로 얼굴을 내미는 딱따구리 머리에도 한 자락, 두 자락씩 눈이 쌓이는.

"수연아."

정연은 품에 안긴 수연을 바싹 끌어안았다. 아무것도 할 수 없도록.

"네?"

"그만하거라."

"무엇을요?"

"이 궐에 네 흔적을 남기지 말거라."

정연은 수연의 손길에 뒤로 떠밀렸다. 정신이 아득했다. 수연이 고개를 들어 정연의 입술을 감쌌다. 그의 앞섶을 꼭 쥔 손이 새처럼 떨고 있다. 예기치 못한 입맞춤이 두 연인을 금방이라도 못으로 떨어뜨릴 것처럼 위태롭게 했다. 바람이 수연의 핏빛 치마를 쓸었다.

"나는 너를 버릴 것이다."

복병처럼 밀려든 물기에 정연의 눈시울이 젖었다.

"나를 버리신다면서 어째서 전하께서 겁에 질린 눈을 하세요."

"채희를 내놓거라. 네 동생 은이도. 상의원에도 더 이상 들르지 말거라. 아무것도 감추지 말고 저들에게 바쳐야 한다. 이것이 네가 살 수 있는 마지막 기회다."

"모든 걸 포기하는 게 어째서 제게 기회가 된다는 건지 나는 모르겠어요."

"수연아!"

"전하께서는 제 손을 놓지 못하실 거예요."

"물러서지 않는다면 나도 너를 지킬 수 없고 너도 나를 지킬 수 없을 것이다."

수연은 정연의 눈에서 누구를 향한 것인지 모를 분노를 찾았고, 그 스스로를 겨누는 증오를 찾았다. 그리고 마지막으로 자신을 향한 적개심을 찾았다. 잘못 본 것이었으면. 연인에게서 이와 같은 눈빛을 보게 될 줄을 미리 알았더라면, 인내를 생각하거나 용서를 돌려줄 수 있었을까. 수연의 심장이 세차게 뛰었다. 얼마나 아프고 쓰린지 그에게 똑같이 되돌려주고 싶다.

"제 마음을 미끼로 구걸하실 줄을 몰랐어요. 전하의 곁에 있기 위해서 소현세자빈 마마를 저버렸다는 욕들도 감내했고, 제 모든 걸 쏟아부은 향장 일도 놓았어요. 그동안 전하는 저를 믿지 않으시고 무얼 믿으셨어요? 제가 변했다는 말이요? 후궁 조씨보다 더 표독스럽다는 말이요? 아니면 제가 처녀라 속이고 궁에 들어왔다는 말을 들으시니 부정하려고 해도 제가 더러워 보이셨나요? 다 주고 나면 제게는 뭐가 남나요? 아무것도 드릴 게 없는데 뭘 바치란 말이세요. 나를 죽이려는 사람들 앞에서 내가 왜 숨어서는 안 된다는 건지 알려주세요."

초승달이 가지 끝에 걸렸다. 수연은 그때까지 참아왔던 눈물을 보이고 말았다. 정연이 울고 있었다. 감은 두 눈에서 눈물이 흘러내렸다.

"저를 보세요. 피하지 마세요. 제발."

나는 심양에서와 똑같아요. 제게 시간을 주신다면 증명해 보일 수 있을 텐데.

"내가 길을 잘못 찾았구나."

정연이 말했다.

"너와 함께이기를 바란 곳은 이런 곳이 아니었다."

검은 눈동자에 수연만이 담겨 있다. 풀벌레가 풍경 소리를 대신해

투명하게 울었다.

"자, 이렇게 생각해보세요. 우리는 서로에게 약간 소홀해졌을 뿐이에요."

사랑 때문에 힘들어서 차라리 당신을 만나지 않았더라면, 하고 생각한 때가 있었다. 그 못난 생각의 대가를 이제야 받고 있구나. 수연은 애써 미소를 지었다.

"처음 같은 열정을 되살리면 이번 일쯤이야 별거 아니란 듯이 헤쳐갈 수 있어요. 어떻게 하면 될까요. 제가 전하와의 사이에서 숨기는 게 없길 바라세요? 묻고 싶은 걸 물어보세요. 비겁하다거나, 소인배라 하지 않을게요. 사람이라면 궁금해하는 게 당연하니까."

"마음에 달린 문제였다면 난 매일 밤, 꿈에서라도 심양을 향해 천릿길을 걸었을 것이다."

"김단이에요. 제가 사랑했던 사람. 그 사람을 떠나고 전하를 만났다고 해서 옛 사랑을 거짓으로 돌릴 수는 없어요. 그때도 진심이었으니까."

"듣고 싶지 않다."

"난 내 손에서 놓친 건 아주 잃어버리고 말아요. 그래서 단 오라버니의 누이 은이를 다시 만났을 때 채희에게 거두어달라 부탁했어요. 그게 어떤 의미인지 아시면서. 역모? 내통? 보고 싶은 것만 보는 자들의 왕이 되는 게 나보다 더 중요한가요?"

수연의 동공이 풀어졌다. 힘겹다. 목에는 피가 마른 지 오래이다. 반월지에 떨어진 달이 물결을 따라 마음껏 이지러졌다.

"전부 없었던 일로 만들 수 있어요."

수연이 정연의 무릎에 올라 몸을 싣고서 그의 목에 손을 가져갔다. 위험을 느낀 정연이 반사적으로 난간을 붙들었다. 조금만 더 기울어지면 검은 연못으로 떨어질 것이다.

"이러지 말거라 수연아."

애처롭게 불러봐도 그가 알던 수연이 아니다.

"절 갖고 싶어서 세자의 자리를 받으셨잖아요. 알고 있었어요."

수연이 속삭였다.

"아버님의 명에 따랐을 뿐이다."

"전하께서 끝까지 거부하셨으면 소현세자빈 마마의 원손께 돌아갔을지도요."

"다시 돌아가도 나는 같은 선택을 할 것이다."

"그것 보세요. 우리 사이의 관계 말고 중요한 건 없어요. 지금도 이렇게 전하의 목숨이 내 손에 달려 있는걸. 지금이 가장 좋을 때예요. 여기에는 우리 둘밖에 없고, 저 물도 그리 차갑지 않을 거예요."

수연이 정연의 뺨을 어루만졌다. 정연은 모든 전의를 잃었다. 그녀의 손목에 한 줄기 깊은 상처가 새겨져 있다. 그제야 잊고 있던 마음들이 생각났다. 나 때문에 당신이 아파하지 않기를 기도하던 수많은 날들이 증언이 되어 별빛처럼 깜박였다.

"그래, 이것도 괜찮은 끝이겠구나."

정연은 수연이 아무것도 보지 못하도록 그녀의 머리를 소중하게 끌어안았다. 마지막 순간에 두려움에 떨게 하고 싶지 않았다.

"전하?"

"눈을 꼭 감거라."

수연은 그의 말을 따라 눈을 꼭 감아보았다. 사랑도 이처럼 쉽게 감을 수 있으면 얼마나 좋을까. 사랑은 제멋대로 눈을 떠서는 수연의 마음을 하나로 모으고, 흐트러뜨리고, 내팽개쳤다. 그리고 마침내, 사랑은 수연을 뿌리 깊은 고목처럼 만들어 움직이지 못하도록 했다.

"어째서 전하께서는 살고 싶다 하지 않으세요?"

그의 품에 스며든 향은 여전히 화하고 깨끗하다. 이 향기를 저 물에 잠기게 할 뻔했다.

"제가 잘못했어요."

*

새벽은 이슬로 내려앉았다. 수연은 정연의 곁에서 숨을 골랐다. 이 시간에 집중하고 싶었다. 사라지고 나면 다시는 돌아오지 않을 순간이었다. 필요 없는 생각들을 하나둘 밀어내고 나니 잠이 오는 것 같기도 했다.

"아주 오래 전에, 눈이 많이 내리던 날에 제가 제 신을 돌려달라 했던 것 기억하세요?"

수연이 나른한 목소리로 물었다. 정연의 눈동자에 파문이 일었다.

"그게 너였구나."

언제부터 알고 있었던 것일까. 이 여인은 아무렇지 않게 나를 놀라게 하곤 한다. 수연의 앞에서는 매번 한 걸음 늦고 마는 정연이었다.

"정말 돌려받을 때가 되었어요. 두 짝 모두, 남김없이."

수연은 지그시 미소를 띠었다.

"그때 나는 신을 숨겨두지 않았다. 얼마나 억울했는지 아느냐."

물기 어린 웃음을 터뜨린 정연이 수연의 머리에 살며시 뺨을 대었다.

"새로 지어주시면 되죠. 그 신을 신고서 내가 가고 싶은 곳에 가고, 살고 싶은 곳에 살고, 하고 싶은 걸 하면서 다시 만날 날을 기다릴게요."

"미안하구나. 때가 되면 널 다시 복위시킬 것이다."

"신을 만들 장인은 내의원 신가귀에게, 그리고 완성된 신을 운반할 자는 도승지 박서. 나를 가마에 태워 궐 밖으로 인도하는 건 군관 오효성에게 맡기세요. 박서와 오효성은 전하의 오랜 벗들이니 전하의 뜻을 따를 테지요."

"나는 모르겠다. 무엇을 뜻하는지 알려다오."

"제게 자진하라 명해주세요."

"그럴 수 없다."

"저는 살고 싶다고 말하는 거예요."

수연은 정연의 손을 자신의 목둘레로 끌어왔다. 불안에 떠는 그의 심장과는 다르게 조용하고 편안히 뛰는 맥박이 정연의 손끝에서 느껴졌다.

"신의원은 제 체질을 알고 있어요. 그에게 진맥을 받곤 했으니까. 약재에 능통한 자니 그가 사약을 제조하도록 하시고 제 맥박이 약해질 즈음 절 은밀히 궐 밖으로 보내주세요."

"그건 내게, 너무나도, 벅찬 일이다."

"의도했던 길이 아니더라도 들어서고 나면 견뎌야 해요."

단호한 얼굴로 수연이 말을 이었다.

"수연아. 이렇게까지 하지 않아도 된다. 내가 한 걸음 물러서면 저들도 양보할 수밖에."

"선왕께서는 전하께 정통성 대신 당위성을 부여해주셨죠. 강빈 마마를 끝내 폐서인으로 내치신 것도 전하를 위한 일이었음을 알 것 같아요. 전하께서 세우신 논리를 허물지 마시고 저들의 심리를 압도하세요. 그러기 위해 저를 과감히 내치셔야 해요."

수연은 고개를 돌려 정연의 얼굴을 보았다. 그는 내가 마르지 않는 우물에서 끝없이 물을 길어올리듯 그만을 생각하며 살았음을 이해할까. 햇빛이 수연의 눈 안에서 반짝였다.

"너는 그것이 정말 나를 위한 일이라 생각하느냐."

"이보다 좋은 방안은 없어요!"

수연의 얼굴이 붉어졌다. 답답했다. 힘들게 꺼낸 말들을 정연은 자꾸 돌이키려 했다.

"그렇게 너를 숨겨두고서 하루, 백 일, 아니면 심양에서 우리가 함께한 날들만큼 지나고 나면 널 다시 볼 수 있는 건지 알려다오."

새벽이슬이 그의 속눈썹에도 내려앉았나보다. 해사한 미소를 띤 수연이 정연의 품에 깊이 안겼다.

"기다림은 전혀 힘들지 않아요. 그보다 더 무서운 건 모두가 입을 모아 내가 죽었다 하면 정말로 그런 것같이 느껴질 때가 올 수도 있다는 거예요. 그럴 땐 귀를 닫고, 눈도 감고 십 년만 버틴 뒤에 절 만나러 간다는 생각으로……."

수연은 말을 다 잇지 못했다. 아마 우리 중에 서로를 더 사랑하는

사람이 결별을 못 버티고 지고 말겠지. 그럼에도 그에게 견디라, 말할
수밖에 없는 어폐에 가슴이 쓸렸다.

꽃의 파편은 모두 흩날려라

김! 단!

서향이 단의 이름을 한 자 한 자 악에 받쳐 내뱉었다. 단은 탕약 사령을 시켜 보내려던 탕제를 떨어뜨리고 말았다. 사발이 설탕 그릇처럼 폭삭 깨졌다.

"서향아!"

"내가 오라버니의 이름을 다른 사람의 입을 통해서 들어야만 해요?"

"누가 들으면 어찌하느냐!"

"걱정 마세요. 백 보 전부터 누가 있는지 없는지 눈에 불을 켜고 살펴봤으니까. 왜요? 약을 졸이다 보니 간도 콩알만 해지셨어요?"

단은 눈앞이 아찔해왔다. 지금 서향의 모습은 꼭 으르렁거리는 맹수 같다. 궐내각사에 들어설 때부터 누군가를 마주치기라도 하면 태워

버리겠다는 눈을 하고 여기까지 온 게 분명하다. 의원들이 모두 퇴궐한 시각이라 천만다행이었다. 단이 씩씩대는 서향의 팔을 붙들었다.

"따라오거라."

인적이 드문 터에 와서야 단은 서향을 놓아주었다. 달빛이 희끄무레했다. 은행나무 밑동에 주저앉은 서향은 쓰고 있던 차액도 벗어서 팽개치고 서글피 울었다. 단을 좇아 궐에 들어오기 위해 혜민서에서 교육을 받던 날들이 억울하게 느껴졌다. 성적이 불량해 다모*茶母로 전락할까봐 얼마나 가슴 졸였는지 그는 모른다.

"김단? 단? 그토록 쉬운 이름을 뭐가 무서워서 숨겼어요? 적어도 우리에게는 털어놓아도 좋았잖아요. 아버지는 돌아가실 때까지 그것도 모르고 그저 김서방이라 하면서 예뻐하시고."

"향아. 진정해. 너와 의원님을 골리려고 했거나 무시했기 때문이 아니다."

"그럼 다른 사람의 것이 돼버린 여자를 찾으려고 내 아버지의 성을 빌려서 모두를 속인 건 잘한 짓이에요?"

"신서향!"

"오라버니를 거두어주신 아버지가 원망스러워요."

서향이 고개를 들어 단을 쏘아봤다. 언제나 연분홍빛이던 두 뺨이 화를 못 이겨 새빨개진 것이 어둠 속에서도 보였다. 단은 내심 놀랐다. 잘못인 줄은 알고 있었지만 서향에게 이만한 상처가 되리라고는 생각지 못했다. 쓸쓸한 미소가 단의 입가에 걸렸다.

"그분이 곧 폐서인 될 거래요. 전하께서 사약을 내리실지도 모른다고. 오라버니의 고생이 모두 물거품으로 변했어."

명치가 꽉 막힌 듯이 답답해졌다.

서향은 수연을 기억하고 있었다. 머리가 새하얗게 풀린 억새처럼 우아한 여자였다. 그녀도 내의원에 방문할 때마다 오라버니를 찾는 것 같은 눈길을 하기에 서향은 저도 모르게 경계하곤 했다.

차라리 잘됐다. 이제 손쓸 수 없이 틀려버렸으니. 저 미련한 오라버니는 분명히 그분을 구해보겠다고 나설 것이다. 이제 내가 오라버니를 숨겨야 한다.

*

돌풍이 불었다. 선정전의 청기와를 모조리 훑어내려는 듯이 날쌔다. 들창도 함께 흔들렸다. 정오를 막 넘긴 시간이었지만 하늘이 어두웠다. 좁다란 편전 안에 그보다 더 시끄러운 소리가 들끓었다. 습기를 머금은 공기, 시야를 잠식한 혼란한 색채, 피부에 느껴지는 아우성까지 모든 것이 정연을 불안하게 했다. 그는 지금 돌이킬 수 없는 선고를 내려야만 했다.

"부득이하게 공의를 따른다. 숙원 정씨는 자진토록 하라."

정연이 말했다. 아무도 입을 열지 않았으나 고갯짓, 눈짓으로 술렁이고 있었다.

"정숙원은 처녀가 아닌 몸으로 궐에 들어와 궁녀가 되었다. 그러나 그와 동거했다는 김단이란 자가 죽었고, 목격자들 또한 호란 때 실종되었으므로 사실 증거를 확인할 길이 없다. 드러난 것은 역모를 꾀한 정황뿐이다. 폐서인 강씨 휘하의 궁인 채희는 정숙원에게서 거금을 받았으며 상궁 한씨를 통해 제주에 있는 석견의 왕위 도모를 위해 사용되었다. 용서하고자 해도 정숙원은 반성할 기미를 보이지 않고 궁녀 채희와 상궁 한씨를 숨겼으니, 이는 왕을 무시하고 상왕의 뜻을 멸시한 술책이다. 그러나 폐서인의 명을 내리지는 못하겠기에 자진토록 한다. 또한 정숙원의 재산 황금 백오십 냥, 은 오천 냥, 향재 재배로 쓰이고 있는 면세지 백 결은 모두 몰수하여 호조에 귀속한다."

정연의 목소리가 떨렸다. 영의정 이경여가 송시열과 눈빛을 교환했다.

"정숙원의 파렴치하고 불손한 짓은 눈 뜨고 볼 수 없는 것으로서 문무백관이 죄를 주기를 청하였습니다. 더한 형을 내리셔도 부족할 따름인데 어찌하여 폐서인하라 하교하시지 않고 자진하게만 하십니까. 신들은 받들지 못하겠습니다."

이경여가 말했다. 선왕 시절 소현세자빈 강씨의 사사를 반대한 일로 유배까지 다녀온 그였다. 어떠하십니까, 전하. 사필귀정, 인과응보라. 세상사는 아주 간단한 원리에 의해 돌아갔다. 균형은 아름답다는 것 또한 그 원리 중 하나겠지.

선왕은 호전적이고 고집이 셌다. 이번 싸움은 땅 끝에 떨어진 신권을 들어올리기 위해 반드시 필요한 과정이었다. 왕이 정숙원을 내놓지 못할 경우 스스로 왕권에 흠집을 내는 꼴이 될 수 있었다. 선점할 기회를 놓쳤구나. 이경여는 눈을 감았다. 과감히 정숙원을 포기한 것은 젊은 왕의 기질이 유약하지 않다는 걸 반증했다. 그러나 그리 큰 손해는 아니다.

삼사와 백관이 웅얼거렸다. 정연에게는 모두 웅얼거리는 소리로 들렸다. 정연은 무릎을 꿇는 심정으로 숙원 정씨의 이름만 남기고 그 행적과 공은 실록에서 모두 지우라, 명을 내렸다. 그림자라도 그의 곁에 두겠다는 심산이었다.

사관이 붓을 들었다. 숙원 정씨의 행적에 먹을 칠했다. 책이 까맣게 되었다. 그는 잠시 고민하다 그녀의 이름도 먹으로 덮어버렸다. 보기에 좋았다.

*

그건, 매우 커다란 행운이었다고 민아는 생각한다.

배를 타려는 사람은 대부분 가족과 함께였다. 사공은 값을 치르지 않고 무작정 올라타는 피난민들에 난색을 표했다. 오랑캐가 물러갔어도 백성들의 얼굴은 흠씬 두들겨 맞는 사람처럼 험악했다. 그 속에 민아도 홀로 껴 있었다. 마포나루로 돌아가 가족의 유품을 정리하고 싶었다.

자식이 먼저 가는 불효녀가 되긴 싫어요.

모친은 민아와 저승길을 함께하리라 믿으며 자결했다. 그러나 민아는 어머니의 뒤를 따르지 않았다. 청병에게 짓밟힌다 해도 가슴을 후벼파는 분노가 민아를 죽지 못하게 했다. 어쩌면 이미 뻥 뚫린 가슴이라 죽을 수 없었는지도 모른다.

사람들이 뱃전에 발을 디딜 때마다 배는 가볍게 출렁거렸다. 마치 당신을 거부한다는 듯이. 그 모습을 멍하니 지켜보고 있던 민아는 자신처럼 혼자인 여자에게 눈길이 갔다. 배를 탈 생각이 없는 것일까. 모래밭에 털썩 주저앉은 모습이 꼭 놀러 나온 아이 같다.

"갈 곳이 없어요? 이름이 뭐예요?"

"은이."

여자가 대답했다. 정신이 온전치 않아 보였다. 민아의 심장이 빠르게 뛰었다. 차라리 이름조차 기억하지 못했으면 당신이 내게 행운이 될 수는 없었을 텐데.

*

천남성天南星, 부자附子, 투구꽃 뿌리, 모두 극양極陽에 가까운 따뜻한 성질의 독초. 다행이다. 찬 성질의 초목을 이용해 독성을 다스리면 가능성이 있을지도 모른다. 그리고 또 무엇이었을까. 그때, 눈 시렸던 여름에, 수연이 집어삼킨 약재가.

단의 눈앞이 캄캄해졌다. 어떻게든 기억해내야만 한다. 그가 사약 제조를 담당하게 된 건 천운이었다. 그렇기에 단은 수연에 대한 터무니없는 처분을 보고서도 잠자코 있었다. 수연의 몸에 내성이 생긴 재료를 주원료로 하여 사약을 내면 눈속임이 가능할 정도의 신체적 충격이 오더라도 생명은 살릴 수 있을 것이다.

식어버린 녹두죽. 탱자나무 울에서 지저귀던 참새들. 세월의 간극 때문일까. 아무리 되짚어봐도 시시한 것밖에 떠오르지 않았다. 단의 입에서 탄식이 흘러나왔다. 누군가에게 상해를 입힐 만큼 위험한 약을 만드는 건 그도 처음이었다. 또한 부자와 같은 재료는 양 조절에 실패할 경우 치명적인 안중독眼中毒을 일으킬 수도 있었다.

"향아? 왔으면 말을 해라."

열린 문으로 초여름의 향기가 났다. 서향은 아무런 말이 없다. 단이 걸상에서 일어났다. 일순 강한 충격이 단의 후두부를 강타했다.

단은 억 소리를 내며 무너지는 와중에도 정신을 놓지 않으려 눈을 부릅떴다. 수연을 구해야 한다. 구할 수 있는데, 왜, 나를. 탁상을 부여잡는 단의 목덜미에 같은 타격이 다시 가해졌다. 세상이 암흑이다. 그의 눈에서 눈물이 배어나왔다.

*

분명 내가 한 선택이었는데 어째서 떠밀린 기분이 드는 것일까. 알 수 없는 일이다. 수연은 경대를 보지 않고서도 흑단 같은 머리를 차분히 땋아 내렸다. 왼쪽 손목의 흉터가 나무에 새겨진 생채기처럼 선명하다. 한 줄기로 엮은 머리끝에 적갈색 댕기를 드리운 수연은 머리칼을 뒤로 넘겨 반으로 접어 올리고는, 댕기로 다시 감싸준 뒤에 한 차례 틀어서 비녀로 고정했다. 모든 손길이 막힘없이 자연스럽다. 길들여진 탓이다. 손질을 마친 수연은 그제야 거울을 들여다보았다. 그리고 속으로 가만히 읊었다. 나는 죄인이다.

수연은 뱃속부터 차오르는 울음을 참지 못하고 엎드렸다. 얼마나 사나웠는지, 날선 눈빛이었는지는 중요하지 않다. 사랑에 길들여지고 나면, 나를 쓰다듬어달라 고개를 숙일 줄 알게 되면 온전히 변하고 마는 것이다.

후원에서의 새벽 이후 수연은 방황했다. 정연을 보지 않고 살아갈 자신이 없었다. 혹시라도 약 기운에 몸을 상한 채 단의 곁에 머무르게 된다면 더 끔찍한 일이었다. 단에게는 선녀 같은 의녀가 있었다. 단은 모르고 있을 복숭앗빛 사랑. 그녀에게 단은 처음이자 마지막일지도 모른다. 그 마음을 멍들게 하고 싶지 않았다. 그러면 내게는 누가 남았을까. 은이? 은이는 더 이상 나를 찾지 않는다. 그리고 곧 단이 채희에게서 은이를 데려가겠지. 채희는 몸져누운 한상궁을 보살펴야 했다.

그래도, 어느 날 문득 은이가 나를 떠올리고 울지도 모른다. 수연은 별당에 유폐되기 전에 마지막으로 은이를 만나러 갔다. 옥색 쓰개치마로 단단히 얼굴을 가리고는 보물처럼 은이를 숨겨둔 곳을 찾았다. 그곳에서 수연은 민아를 보았다. 가슴이 벅차오르는데 혹여나 잘못 보았을까 싶어 먼발치에서 살펴봐도 민아였다. 민아는 덜 여문 옥수수를 달게 먹고 있는 은이를 유심히 지켜보고 있었다.

"맛있어요? 난 그날 이후로 뭘 먹어도 아무 맛을 못 느끼겠던데. 혀가 마비된 것처럼. 맛있으면 나도 좀 줘봐요."

은이는 민아의 말에 아랑곳하지 않았다. 민아가 은이의 옥수수 그릇을 숨겼다. 화가 난 은이는 민아의 머리를 쥐어뜯었다. 이게 무슨 일일까. 수연의 몸이 돌처럼 굳어버렸다. 어떤 소리도 낼 수 없어서 입만 벙긋할 뿐, 심장은 미친 듯이 뛰었다. 머리채를 잡힌 민아는 그대로 은이를 들이받아 벽 쪽으로 밀어붙였다. 힘없이 고꾸라진 은이를 추켜세운 민아가 은이의 뺨을 내리쳤다. 은이는 숨을 헐떡이며 울었다.

사랑을 잃은 여자는 얼마나 초라해지는지…….

심양에서 길렀던 앵무새는 언젠가 짝을 잃자 가슴 깃을 하나둘 뽑았다. 수연은 무서운 것을 본 사람처럼 그곳으로부터 도망쳤다. 선의로 심어둔 온화한 불씨가 화마로 변해 언약과 목숨을 삼키는 장면을 목격하는 건 형벌과도 같았다.

수연은 그제야 외면하고 있던 현실을 마주했다. 그리고 의금부 도사를 찾아가 최초 밀고자 신생 뒤에 한상궁, 한상궁 뒤에 민아가 있음을 알아냈다. 나를 근원으로 하여 생겨난 상처, 희생, 죽음 따위 더는 없었으면 좋겠다고 수연은 생각했다.

단에게.
나는 살아서 심양으로 갑니다.

햇볕이 잘 말랐다. 붓을 놓은 수연이 별당의 문을 열었다. 동정과 깃과 고름, 그리고 치마에 고루 떨어진 햇빛은 하얀 소복을 더욱 눈부시게 했다. 죽는 게 아니라 감쪽같이 사라질 뿐이야. 정연과 단에게 그 순간을 보여주긴 싫었다. 그들이 나를 바르게 잊어갔으면. 수연을 배웅하는 길목에 초록빛이 뚝뚝 흘렀다. 항상 그러했던 것처럼 그녀의 소매에 풀물을 들이고 싶은 듯이.

*

당신이 울면 거울처럼 따라 울게 된다. 정연의 턱 밑으로 눈물이 떨어졌다. 이상하다. 우리는 지금 저들을 통쾌하게 속이는 큰일을 앞두었을 뿐인데. 이런 눈물은 속은 자들에게나 어울리는 것이다. 조금 격정을 하긴 했지만 지난 밤 잠도 들었고, 네가 나와보지 말라 해서 그러

215

마고 했다. 수연이 첫 번째 사발을 비우고 두 번째 사발을 들었다. 마치, 정말로 미련 없는 사람처럼. 사약을 대령한 박서가 침통한 얼굴로 고개를 숙였다. 집행에 참관한 대신들은 지하에서 올라온 사자처럼 표정이 없다.

발각될 염려가 있으니 독대는 피하세요. 제가 아이들을 시켜 은밀히 신의원과 군관께 전하의 말씀을 전해드릴게요. 어떤 약을 제조해야 하고, 절 어디로 데려가야 하는지.

"효성아. 약의 제조는 틀림없이 신가거란 의원이 맡았겠지?"

불안한 예감이 정연을 강하게 사로잡았다.

"신의원은 오늘 입궐하지 않았답니다."

오효성이 그늘 속에서 답했다. 정연의 눈빛이 흔들렸다.

"그럼 제조는 누가 했느냐?!"

"의관 유후성입니다. 신의원 편에 사람을 보냈는데도 감감무소식이니 어쩔 수 없이."

"그자도 정숙원이 주문한 약성을 틀림없이 알고 있으렷다?"

"전하, 무슨 말씀이온지."

효성이 의아한 눈으로 물었다. 정연은 지푸라기라도 잡는 심정으로 마지막 물음을 던졌다. 목이 메었다.

"너는 오늘 어디로 가느냐?"

"저는 전하의 곁에 있을 겁니다."

틀렸다. 효성의 말에 정연은 더 이상 몸을 숨기지 않고 금부도사와 도승지 앞으로 성큼성큼 걸어나갔다. 수연이 세 번째 사발을 입으로 가져갔다. 임금이 모습을 드러내자 대신들의 시선이 스윽 움직였다.

아무도 입술을 달싹이지 않았다. 익숙한 그림자가 드리워지자 수연이 정연을 올려다봤다. 살려주세요. 정연의 얼굴이 일그러졌다.

"지독하구나."

정연이 수연의 손에서 사발을 뺏어 땅에 내던졌다. 파열음이 모질게 흩어졌다. 지켜보고 있던 대신들은 냉큼 뒤로 물러섰다. 파편이 송시열의 얼굴에 튀어 상처를 냈다. 이경여가 그의 얼굴을 곁눈질했다. 시열은 눈 하나 깜짝하지 않았다. 이경여는 속으로 한숨을 뱉었다. 시열도 주상도 무서운 사람이라.

"너는 편히 갈 자격이 없다."

수연은 정연의 발밑에 엎드려 하얀 파편을 그러모으며 울었다.

*

"아궁이에 불을 피워라! 약 기운이 전신에 돌려면 아주 뜨겁게 달궈야 하느니. 어설프게 시늉했다간 너희들 모두 곤장을 맞을 것이다."

상궁으로 진급한 신생이 궁인들을 호령했다. 카랑카랑한 목소리가 귓전을 때렸다. 신생에게 강빈은 금을 바른 동아줄이었다. 맹수에게 살코기를 던지듯 강빈에 관한 일을 물어다 주기만 하면 돈과 지위가 박처럼 열렸다. 아무렴, 마땅한 상이지. 강빈은 대역 죄인인데. 양이궁 또한 미련하게 그 전철을 밟았을 뿐이다. 신생이 코웃음을 쳤다. 대신들은 양이궁이 내통한 사내와 그의 누이보다 채희 편으로 재물을 보내고 있다는 사실에 더 구미가 당겨 했다. 던져준 먹잇감을 어디부터 물어뜯는지는 신생이 알 바 아니다. 하지만 한상궁은 지금쯤 나를 저주하고 있겠지.

"솜이불과 밧줄도 가져오너라! 일은 확실히 해야 한다."

신생의 기분이 나빠졌다.

회색 굴뚝 위로 매캐한 연기가 피어올랐다. 한겨울에나 쓰는 자줏빛 목화솜 이불에 아기처럼 칭칭 둘러싸인 수연은 기력이 쇠해 자꾸만 졸았다. 방바닥이 따뜻했다. 목화는 사월에 씨를 뿌리고 칠월에 꽃이 피며 시월에 수확한다. 수연은 미끄러져 쓰러지며 무의식중에 되뇌었다. 이제 곧 꽃이 필거야. 꽃이 피면 절반만 따서 향수 원료로 쓰고, 절반은 두었다가 기름을 짜서 단장에 쓸까…… 아, 나중에 해야겠다.

쿨럭!

검붉은 피가 역류했다. 바닥이 너무 뜨겁다. 내장이 하나의 점으로 모이기 위해 죄어드는 것 같았다. 수연은 간신히 일어나 사방탁자에 몸을 기댔다. 살갗이 익어가는 것보다 숨이 답답한 게 더 괴로웠다. 시원한 공기를 맡고 싶어. 마지막으로 바람을 쐬게 해줬으면. 수연의 무게를 이기지 못한 사방탁자가 큰 소리를 내며 수연과 함께 쓰러졌다. 요란한 소리에 방을 지키고 서 있던 다모가 문을 열었다. 수연이 빙그레 웃었다. 새로운 공기다. 꽃향기도 나는 것 같아. 자유롭고 싶다.

과꽃,
내 사랑은 당신의 사랑보다 깊어요

그애는 참 반짝반짝했다. 내가 만약 당신이라면 나보다는 그애를 더 좋아하지 않을까 싶을 정도로. 그 생각이 드니 온몸의 기운이 쑥 빠졌다. 며칠 동안 무기력감과 홀로 싸워야 했다. 누구에게 말로 풀어낼 수도 없었다. 그 사람은 분명 내가 질투하고 있다고 생각할 테니. 질투는 아니었다. 나는 당신만큼 그애도 사랑하고 있었으니까. 그저 입 안에 감도는 아린 맛에 너무 속이 상하고 문드러져서 내가 잘못 살아왔나? 생각할 뿐이었다. 그러면 어떻게든 사랑받고자 아등바등거렸던 지난날이 떠올라서 다시 서글퍼졌다.

별채의 문을 빼꼼 연 민아가 문틈으로 한쪽 눈을 가져갔다. 수연이 궁으로 가지 못하도록 시위하느라 엊저녁부터 아무것도 먹지 않아 배도 계속 고팠다. 낭군께 괜히 큰소리를 치고 나니 혹여 심기 불편한 얼굴을 하시면 어쩌나 걱정도 됐다. 민아는 마당을 내다봤다. 그분이 수연을 보며 환히 웃었다. 그 순간 민아는 두려운 마음이 덜컥 들어서 문에서 멀찌감치 물러나 이불에 얼굴을 파묻고 귀도 꼭 막았다. 괜찮다. 나는 지금 매우 예민한 상태니 나쁜 생각이 찾아온 것이다. 마음이 가라앉고 나면 벌벌 떠는 지금의 나를 비웃어줄 만큼 편안해지겠지. 민아는 속으로 그녀가 좋아하는 수양버들을 그려보려 애썼다. 바람결에 하늘하늘 흔들리는 수양버들을 생각하면 잡념이 사라지곤 했다.

그래. 혼인한 지 보름이 되던 날이었을 것이다. 화창한 봄볕에 별채의 문과 창을 죄다 열고 손수 방 안의 먼지를 쓸고 닦으며 새색시 기분을 내던 민아는 나전농 깊숙한 곳에서 빳빳한 한지로 두루 싸인 물건을 발견했다. 그가 가져다 놓은 것인 듯했다. 왠지 설레는 기분으로 끈을 풀어내린 민아는 눈이 휘둥그레졌다. 자줏빛 비단에 모란과 나비가 수놓인 당혜 한 켤레였다. 민아는 기뻐서 어쩔 줄 몰라 당혜 앞코를 조심스레 쓸어보기도 하고, 뺨에 대어보기도 했다. 그리고는 당혜를 가지런히 내려놓고 자리에서 일어나 치마를 살짝 들어올린 다음 왼발을 내밀었다. 완벽한 순간이었다. 말 그대로, 곧 깨져버리고 말 순간이자 찰나.

당혹스러웠다. 당혜는 민아의 발보다 한참 작았다. 손가락 두 마디 정도는 모자란 듯했다. 나무처럼 몸이 굳은 민아는 선 채로 당혜를 물끄러미 내려다보았다. 갑자기 이 꽃신이 아주 낯설게 느껴졌다. 민아는 당혜를 집어 나전농 꼭대기에 올려놓았다. 분명히 눈짐작으로만 내 발 길이를 재보셨을 것이다. 혹은 예쁜 꽃신을 보셨는데 그냥 지나오기가 아쉬워 대충 맞겠거니 하고 사오신 건 아닐까. 사내는 여인의 발 치수를 모를 수도 있다. 돌아오시면 여쭤봐야지. 방 정리에 시들해진 민아는 수연을 졸라 다과 만드는 법이라도 배울까 해서 별채를 나왔다. 그리고 왜 그랬을까. 디딤돌 위에 놓인 수연의 낡은 운혜를 본 민아는 당혜를 도로 가져와 수연의 운혜와 맞대어 보았다. 길이가 꼭 맞았다.

*

민아의 모친은 안채 뒤뜰을 걷고 있었다. 저녁 하늘이 붉은 것을 보니 내일은 한바탕 여름비가 내릴 모양이었다. 그녀의 눈에 담장 아래 소복하게 피어난 과꽃이 들어왔다. 선홍색 꽃잎이 풍성하게 달린 둥근 얼굴이 퍽 귀여웠다. 그녀는 꽃을 더 자세히 들여다보기 위해 고개를 숙였다. 그리고 딸의 날선 목소리를 들었다.

"가져가세요! 이렇게 초라한 게 제게 어울릴 거라 생각하셨습니까?"

별채의 문을 연 성원은 민아가 던진 노리개에 어깨를 맞고 우뚝 멈춰 섰다. 어머니의 노리개가 땅에 떨어져 흙먼지 속에 뒹굴었다. 성원은 얼떨떨했다. 이게 무슨 일일까. 민아가 제 스스로 분노를 주체하지 못하고 괴로워하는 게 그의 눈에 보였다.

"부인, 왜 그러십니까."

성원의 눈시울이 붉어졌다.

"정말이지 참을 수가 없습니다."

민아는 안절부절못했다. 결국 눈물을 터뜨리고 말았다.

"제가 잘못했습니다. 저건 부인께 드리려던 것이 아닙니다. 부인께는 더 좋은 것으로……."

성원이 애원했다. 민아는 성원의 말에 질겁하더니 더욱 악을 썼다. 그리고는 방에서 그의 물건을 모조리 꺼내 팽개쳤다.

"보기 싫습니다. 말을 섞는 것도 소름 끼치니 본가로 돌아가세요."

"부인의 마음을 거스른 것이 무엇입니까. 알려주세요. 고치겠습니다. 저것이 하찮다는 이유로 이토록 화를 낼 부인이 아닙니다."

성원은 민아의 두 팔을 붙들었다. 민아는 그제야 정신을 찾았다. 그의 선한 눈이 울고 있었다. 민아가 더없이 사랑했던 눈이었다.

"혼자 있고 싶습니다. 나중에 시댁으로 찾아가겠습니다."

민아는 고개를 떨궜다.

먼 데서 개가 짖었다. 민아는 불도 켜지 않은 캄캄한 방에 홀로 앉아 어머니께 맞은 왼쪽 뺨을 어루만졌다. 버르장머리 없구나. 어디서 배워먹은 행동이냐. 성원이 떠나자마자 민아의 모친이 기다렸다는 듯이 별채의 문을 열고 들어와 흐느끼는 민아를 일으켜 세우고는 뺨을 쳤다.

……아무 곳에나 스며들어 인연을 맺으며 오래 살라는 의미로 지어주셨어요.

수연이 말했었다. 민아는 잊지 않고 있었다. 오래살 수, 인연 연. 그애의 이름. 성원의 향갑노리개는 팔각형의 은판에 서로 마주보고 있는 봉황 한 쌍과 오래살 수壽자를 새기고 푸른 술로 매듭을 지은 것이었다. 값비싼 보석이 들어간 것은 아니었지만 섬세했다. 마치 그애처럼. 나도 모르는 사이 이름까지 주고받은 사이가 되었구나. 어쩌자고 그런 것을 여태 가지고 계셨던 걸까. 그애가 궁으로 들어갔으니 차라리 잘

됐다. 민아는 풀벌레처럼 몸을 떨며 오래 울었다. 시댁을 찾아간 건 단풍잎이 떨어질 때가 되어서였다. 낙엽이 지는 걸 보니 아, 그를 보러 가야겠구나 싶었다. 성원은 고열로 인해 민아를 제대로 알아보지 못했다. 의원은 폐렴이라 했다. 부부 관계가 소원함을 눈치챈 의원이 민아를 따로 불러 상사병일지도 모른다고 일러주었다. 폐렴은 폐렴일 뿐인 것을 어째서 상사병이라 하시나요. 민아가 무심히 답했다.

*

바다로 가는 배의 안녕을 비는 사당과 상인들이 묵는 객주에는 밤 늦도록 불이 밝았다. 성원은 쉬어 가고픈 유혹을 뿌리치며 산을 올랐다. 그녀가 왔었는데 얼굴도 보지 못하고 목소리도 듣지 못했다니. 민아 생각에 허무하게 주저앉아 쓰라린 눈가만 쓱쓱 비비던 성원은 밤을 틈타 몰래 집을 나왔다. 사당에서 고사를 지내고 있는 것일까, 희미한 방울 소리가 들렸다. 그는 아이들도 단숨에 달려 오르는 작은 산을 몇 번이나 멈추어 서서 숨을 몰아쉬고서야 꼭대기에 다다랐다. 이마에 식은땀이 솟았다. 성원은 너른 바위에 앉아 남쪽을 바라봤다.

호박이 영근 밭 너머로 민가가 보이고 또 그 너머에 수많은 객주가 반짝이고, 노랗게 빛나는 불빛을 경계로 다시 그 위에 검은 강물이 지평선처럼 하늘을 가로질렀다. 성원은 어렵지 않게 그의 아내가 있는 곳을 찾았다. 아프기 전에는 매일같이 이 산을 올랐다. 호박 밭 너머 가장 밝게 빛나는 민가가 그녀의 집이었다.

뱃속부터 끓어오는 울음을 견디지 못한 성원은 목 놓아 울기 시작했다. 밤새가 푸드덕 날아갔다. 당당한 지아비가 되고 싶었다. 날 향해 수줍게 웃는 그녀가 더없이 소중해서 행복하게 해주고 싶었다. 어쩌다 이렇게 돼버린 것일까. 이런 모습으로는 그녀를 만나러 갈 수도 없다. 성원이 고통스럽게 움켜쥔 풀들이 모두 뜯겨 나갔다. 그 깊은 하소연을 버텨내지 못한 하늘이 그의 숨을 서서히 거두어들였다.

*

"있지. 그분이 사랑을 잃었을 때 심장이 아닌 폐로 병이 숨어든 이유가 뭘까. 사랑은 여기, 쿵쿵 뛰는 왼쪽 가슴에 있다고들 하잖아."

꽃상여가 먼 길을 떠났다. 각심이가 퉁퉁 부은 눈으로 물었다.

"야, 이건 비밀인데 사람이 호흡을 멈추더라도 심장은 저 혼자 잠시간 뛰는 거 알아?"

종심이가 말했다.

"응? 애는! 무섭게 왜 그런 얘길 하니."

"진짜야. 내가 의원님께 여쭤봤다."

애꿎은 낙엽만 바스러뜨리던 종심이는 부루퉁한 얼굴로 답했다. 가을볕이 선선했다.

"숨을 쉬지 않아도 심장은 뛴다고?"

"응."

"……"

"그러니까 심장이 멎는 것보다, 숨을 쉴 수 없는 게 더 슬픈 일이 아닐까."

경복궁 옛터에 초가집을 지어

정연은 붓을 들었다. 백색 편복이 단정하다. 홍룡포에 익선관을 정제했을 때보다 더욱 견고한 인상이다. 그는 숙명공주에게 보내는 글을 써내려갔다. 공주의 둥근 눈과 복스러운 뺨이 아른거렸다. 어린 나이에 시집을 보냈기 때문일까. 수년이 흘렀어도 행여나 부족한 점은 없을까 계속 마음이 쓰였다.

너는 시집에 가 정성을 바친다고는 하거니와 어이 고양이는 품고 있느냐? 행여 감모에 걸렸거든 약이나 하여 먹어라.

저녁 바람이 불었다. 정작 서간을 보내고 싶은 사람은 따로 있었다. 매일 밤 고요히 그가 마음을 가져다 바친 사람. 당신 없이 십 년의 세월을 버텼으니 이만하면 충분하다고 나를 불러주었으면. 정연은 눈을 감았다.

"전하."

시열이 정연을 찾았다. 정연이 사관의 반대도 물리치고 마련한 독대였다.

"부르셨사옵니까."

"승지와 사관이 없으니 통쾌하지 않은가."

정연이 입가에 부드러운 미소를 올렸다. 시열은 긴장했다. 이런 날이 올까봐 두려웠다.

"하문하시옵소서."

"오늘 경을 부른 이유는 지금의 대사를 논의하고자 함이다. 오랑캐는 분명 망할 정세에 처해 있다. 나는 정예 조총수 십만을 길러 기회를 보아 오랑캐가 위기에 봉착했을 때 산해관을 점령할 계획이니. 경들은 내가 무를 다스리지 않기를 바라지만 천시와 인시가 언제 맞을지 모른다."

"만일 일이 잘못되어 나라가 흔들리면 어찌하시렵니까? 때를 기다리다 보면 명이 쇠한 것처럼 청도 국력이 다할 때가 올 것입니다. 그날에 청을 치는 것이 정도라 생각되옵니다."

시열이 말했다.

"경은 내 능력을 의심하는가? 오늘의 역량으로 대사를 능히 감당할 수 있다고 말하는 것이 아니다. 다만 천심이나 인심이 원하는 바가 있는데 어찌 힘이 없다 하여 포기할 수 있겠는가. 나는 이 일을 이루기 위해 앞으로 십 년을 인내의 기한으로 삼고자 한다."

정연은 눈을 빛냈다. 시열은 오랫동안 말이 없었다. 그러나 피해가지는 못할 것이다.

"십 년이면 내 나이 오십이구나. 그때가 되도록 성사시키지 못한다면 내 뜻과 혈기가 시들어 가망이 없겠지."

"망극하옵니다. 전하께서 원대한 뜻을 품고 계시고 신을 크게 쓰려 하시니 소신 또한 죽을 각오로 일하겠습니다."

"좋다. 경이 생각하는 제일 방안을 말해보라."

죽을 각오라. 정연이 연적을 들어 벼루에 물을 부었다.

"잠시 옛일을 돌이켜 신과 함께 배우셨던 것에서 말씀드리겠습니다. 격물, 치지, 성의, 정심은 뭇사람들이 현실을 모르는 말이라 여기고는 소중히 하지 않습니다. 그러나 한갓 지혜와 혈기만 가지고 일을 끌어낸다면 우연히 얻는 성과가 없지는 않겠지만 뿌리 없는 나무와 같고 근원 없는 물과 같으니 반드시 하나는 놓치고 맙니다. 하물며 천하의 일을 계획하는데 어찌 근본을 살피지 않을 수 있겠습니까?"

정연은 지금의 관계를 대군과 스승으로서 만났던 과거로 돌리려는 시열의 속내를 눈치챘다.

"나는 병력을 기르는 일로써 시간을 앞으로 밀어내고자 한다. 경이 전에 말하기를 백성을 기르는 일과 병력을 기르는 일은 서로 방해가 된다 하였는데 어찌하면 그와 같은 충돌을 막겠는가?"

"그것은 주자가 한 말입니다. 재정 중에 헛되이 쓰이는 비용을 가려내어 군수로 사용하소서. 또한 대동법을 호남까지 확대하면 공납의 폐단을 뿌리 뽑을 수 있을 것입니다. 이러한 제도적 개혁은 필히 기강을 확립한 뒤에야 폐해 없이 시행할 수 있는데, 기강의 확립은 오직 전하께서 사심을 없애는 데 달려 있습니다."

"사심이라. 어떠한 사심 말인가? 내 세자 시절부터 주색을 끊은 것을 아는 경이 그와 같은 말을 하니 유감이다. 나는 경의 사심이 궁금하다. 호서 대동법을 반대했던 경이 어떤 이유로 변통했는지."

"나라의 세수 증대보다 안민이 우선입니다. 신은 대동법의 토대가 단단하지 못하다고 생각했기에 민생 안정은커녕 오용으로 얼룩질까 염려했을 뿐입니다. 그러나 이제 대동법의 실효성이 드러났고 유가의 근본을 널리 하는 데 제도의 실행이 함께 따라야 함을 압니다."

"안을 검토하겠다. 경은 이에 그치지 말고 대사를 위한 인재를 열거해 올리라."

"알겠사옵니다."

*

청사초롱을 들고 시열을 기다리던 노복은 지루함에 몸이 뒤틀릴 지경이었다. 두 시간 가까이 금호문 주위를 홀로 서성이고 있는 중이었다. 새로운 대감마님은 초헌도 물리고 궐까지 걸어왔다. 나이도 지긋한 양반이 어찌나 걸음이 빠른지 노복은 앞서서 등불을 들고 길을 밝히느라 숨이 찼다.

말동무라도 있으면 좋으련만. 바람도 찬데 곁에 아무도 없으니 으스스하다. 돈화문 이층 지붕 위로 붉은 달이 떠올랐다. 붉은 달이 뜨면 날이 가문다던데, 올봄은 비가 적으려나. 초롱을 더욱 단단히 쥔 노복은 노랗게 가물거리는 불빛을 애틋하게 바라봤다. 너만이 내 동무구나. 노복은 길게 하품을 했다. 그리고 어둠 속에서 나타난 시열과 눈을 마주쳤다. 노복의 턱이 절로 닫혔다. 시열이 씨익 웃었다. 기괴한 웃음이다.

"내가 하품도 나무라는 사람처럼 보이느냐?"

"아닙니다요! 마님!"

노복이 고개를 숙였다. 시열은 흡족한 기색을 보였다.

"나는 그리 박하지 않느니라. 가자."

시열의 말에 노복이 냉큼 앞장섰다. 가슴이 울렁거렸다. 민망하고 이상야릇하다. 양반의 웃음을 본 건 처음이었다. 부리부리한 눈빛을 하고는 이를 드러내며 웃는 모습이 마치 땅에서 불쑥 솟아난 장승 같았다. 시열은 입궐할 때와 같이 빠른 걸음으로 노복의 뒤를 쫓았다.

"양파를 만나야겠다. 가귀를 불러야 할지도 모르겠구나."

시열이 나직이 중얼거렸다. 노복의 등이 바싹 곧추섰다. 양파? 가귀? 오밤중에 양파는 왜 찾으시고 가귀는 또 무엇이란 말인가. 노복은 귀신에 홀린 듯한 기분에 울고만 싶었다. 그가 양파는 영의정 정태화의 호를 뜻하는 것임을 알게 된 건 며칠이 지난 뒤였다.

*

"가끔 우암 선생이 형님처럼 조금 더 유한 성품이었거나 하헌같이 의심이 많은 사람이었으면 어땠을까 생각해봅니다. 걸출한 분임을 모르는 바 아니나 도저히 가까이 할 수가 없으니 말이지요."

정지화가 찻잔을 내려놓았다. 좁다란 사랑에 난향이 그윽했다.

"지화야, 우암은 그래서 지금의 자리에 올랐고 또 그토록 많은 제자들이 따르는 것이다. 그와 같은 학문의 깊이는 나나 네가 할 수 있는 일이 아니고 오직 우암만이 이룰 수 있느니라. 유형의 실체가 없는 배움을 업으로 삼고서 만인에게서 깊이 있다는 칭송을 듣기까지 얼마나 오랜 인고의 시간이 필요한지 아느냐."

정태화의 마음이 착잡했다. 지화의 심정을 그도 이해했다.

"하지만 형님, 적을 둔 학설에도 끊임없이 의심을 품고 되묻는 게 인간적이지 않습니까. 고되더라도 어쩌면 그편이 혜안을 지닌 자에게 어울리는 길인 것 같습니다."

"내가 아니면 안 된다는 생각을 가지고 있는지도 모르겠구나."

"네?"

"우암 말이다. 그런 의식은 사람을 철저하고 견고하게 만들지."

베어낼 수도, 뿌리 뽑을 수도 없는 사명감은 때로 우암을 고독하게도 했을 것이다. 태화는 입술에 찻물을 축였다. 나이가 들어갈수록 침이 말랐다. 말을 섞고 살을 부비면 헤어나올 수 있는 고독에 오래 잠겨 있다 보면, 궁지에 몰렸다 착각하게 되는 법이다. 극단적인 선택은 그러한 순간에 만들어진다.

"마님!"

노복이 태화를 불렀다. 지화가 손을 뻗어 문을 열었다. 봄볕이 정면으로 쏟아졌다. 태화는 눈을 찌푸렸다.

"왜 그러느냐?"

지화가 물었다.

"송대감님이 오셨습니다요. 사랑으로 모실까요?"

노복의 말에 지화가 대답도 않고 문을 도로 닫아버렸다. 뒤가 마려운 강아지처럼 다급한 표정이다. 지화의 까닭 모를 행동에 태화는 얼떨떨했다.

"이크. 형님, 저는 우암 선생이 껄끄럽습니다. 뒷방에 가 있겠으니 얘기 나누시지요."

"지화야! 그건 예의가 아니다."

"몸이 곤해 눈 좀 붙여야겠습니다."

지화는 뒤도 돌아보지 않고 방을 나갔다. 태화의 얼굴에 곤란한 티가 역력하다. 노복은 시열과 함께 안마당으로 되돌아왔다. 태화는 마루로 나가 우암을 맞이했다. 그리고 뒤돌아 사랑채 문지방을 디디는 순간 아차 싶었다. 지화가 남겨놓고 간 찻잔이 그대로 있었다.

"손님이 있었나봅니다."

시열이 물었다.

"과천에서 마름이 와 올 경작에 대해 의논했습니다."

"바쁘신 와중에 제가 찾아뵌 건 아닌지요. 저 때문에 그자를 물렸다면 다시 부르시지요. 걸음하기 어려운 곳도 아니니 다음에 오겠습니다."

"아닙니다. 마름은 돌아갔습니다. 혼자 차를 더 즐기고 싶어 그대로 두었을 뿐입니다."

태화는 시열의 표정을 살폈다. 그가 혹시 눈치를 채고서는 부러 묻는 건 아닐까.

"그렇습니까."

노복이 식어버린 찻잔을 물린 지 얼마 되지 않아 여종이 뜨거운 찻물을 가지고 들어왔다. 다기를 한 번 데우고 찻잎을 우리는 동안 태화와 시열은 침묵을 지켰다. 태화가 얼핏 올려다본 시열의 얼굴엔 대열에서 이탈한 패잔병의 표정이 서려 있었다. 지쳤고, 어딘지 모르게 쓸쓸한 안색. 태화는 그런 사람은 모른다는 듯이 시치미를 뚝 뗐다. 곧 시열도 그럴 것이다. 찻잔에서 나긋한 김이 올랐다.

"전하께서 사흘 전에 은밀히 저를 찾으셨습니다. 북벌을 얘기하시더군요."

시열이 입을 열었다.

"강수를 두신 걸 보니 전하께서 단단히 작심하셨나봅니다. 정말이지 예측할 수 없는 분입니다. 미적지근한 조정에 정면 돌파하시니. 그래요, 그게 답이겠지요."

태화가 온화한 미소를 지었다.

"영의정의 의견을 여쭙고 싶습니다."

시열이 나직이 물었다. 태화는 시열의 눈을 오래 들여다보았다. 속내를 감춘 눈빛이다. 그런 자에게 넘어가줄 수는 없었다. 적어도 이 정태화의 도움을 얻으려면.

"북벌은 전하뿐 아니라 이판의 오랜 꿈 아니었습니까. 오직 대감만이 전하의 온전한 신임을 얻어 부탁을 받으시고 이제 함께 천하의 대사를 경영하게 되셨으니 거칠 것이 무어 있겠습니까. 이 노신이 할 수 있는 건 무엇이든 도와드리지요. 살아서 두 위인이 대의를 펴는 것을 보고 죽는 게 소원입니다."

태화는 아주 천천히, 고심해서 말을 골랐다. 아니, 시열이 그렇게 느끼도록 입을 열었다.

"그렇군요."

"상처가 아물기 전이 설욕하기에 가장 좋을 때지요."

"뜻이 그러하시니 든든합니다."

시열이 말했다.

태화는 자신을 시험에 들게 하려던 자가 허망하게 돌아서는 모습을 지켜봤다. 건강해 보이는 시열에 비해 그의 몸은 빠르게 늙어가는 것 같아 세월이 야속했다. 전하의 뜻을 어김없이 이어받으려면 오래 살아야 할 텐데. 그는 백자 다관을 들어 찻물을 따랐다. 두 번째로 우려낸 차는 처음보다 덜 떫고 향이 은은했다.

"형님! 우암 선생은 가셨습니까?"

멋쩍은 표정을 한 지화가 빼꼼히 얼굴을 내밀었다.

"지화야, 나는 네가 내 뒤를 이어 영의정이 될 감이라고 생각했다. 온유한 성품을 함부로 팔지 않고 사리를 분별할 줄 아는 네가 기특했느니라."

"형님……."

"그런데 오늘 행동을 보니 내 눈이 틀렸구나."

태화가 자못 엄한 얼굴로 찻잔을 내려놓았다. 손에 땀이 배어 있던 것일까. 찻잔이 미끄러져 데굴데굴 굴렀다. 벽에 닿아 부딪치는 소리가 요란했다.

*

외출을 마친 시열은 제일 먼저 안채에 들러서 아내와 마주 절했다. 아내의 얼굴에 그를 염려하는 빛이 선했다. 무언가 말을 걸어주길 바라는 것 같기도 했다. 아내와 몇 마디 사분사분한 말을 나누고 사랑으로 돌아온 시열은 흑립을 벗고 정자관을 썼다. 곧 신가귀가 찾아올 것이다.

저녁 어스름이 깔리기 시작했다. 시열은 방 앞을 지나가는 노복을 불러세워 술상을 가져오라 일렀다. 전하께서는 입에도 대지 않으시는 술, 내 좀 마셔보리다. 시열의 눈동자가 붉어졌다.

스승님께서는 말마다 옳은 이가 주자며 일마다 옳은 이가 주자십니까?

봉림대군이 새카만 눈을 들어 말했다. 주자는 후일의 공자며 율곡은 후일의 주자다, 라고 믿으며 살아온 시열에게 그와 같은 질문은 낯설고 당혹스러운 것이었다. 고작 열여섯의 생각이라기엔 너무나도 날카로웠다. 그런 왕자를 시열은 사랑했다. 그리고 한편으로 이분이 세자가 아니라 대군이라 다행이다, 라고 생각했다.

시열은 뱃속부터 올라오는 신음을 내뱉었다. 주상전하보다도 영의정이 원망스러웠다. 그는 철저히 능욕당한 것이다. 시열이 보낸 암묵적인 신호를 영의정이 모를 리 없었다. 천성이 순하고 처세에 뛰어난 사람이기에 지금의 곤란함을 이해해주지 않을까 기대했건만 허사가 되었다. 만일 영의정이 북벌에 반대를 표한다면 그의 힘을 방패 삼아 전하께 일을 진행할 수 없음을 아뢸 참이었다. 나는 영원히 전하와 화해할 수 없게 되었구나. 태화를 만난 이후로 시열은 달포 가까이 잠에 들지 못했다. 어떻게든 자보려고 자리에 누우면 울컥 치밀어오는 감정에 도로 일어나기 일쑤였다.

"마님, 신의원께서 오셨습니다."

노복이 조심스레 고했다.

"안으로 모시거라."

문이 열렸다. 단은 멈칫했다. 술 냄새가 독했다.

"건강하신지요. 안색이 어두워지셨습니다."

"나는 괜찮다. 요즘처럼 개운할 때가 없느니라."

"술은 간장에 독이 됩니다."

"전하께서 말씀하시길 술을 한정 없이 마시고서도 취하지 않을 자
는 공자뿐이라 하셨다. 그러니 이해해다오."

"하문하실 것이 있어 찾으셨습니까."

"준비는 잘 되고 있느냐."

"마련할 게 뭐가 있겠습니까. 다만 좋은 때가 오기를 기다릴 뿐입니
다."

"그래. 때는 만들면 되는 것이다."

시열은 단의 얼굴을 뜯어봤다. 단은 십 년 전 그가 찾은 보물이었
다. 양이궁이 자진하던 날 밤, 눈물범벅이 되어 있던 단의 얼굴을 아직
도 잊을 수 없다. 나약한 자의 눈물에 한번 녹아내린 마음은 신가귀가
양이궁과 내통한 그 사내라는 사실에도 관대해졌다. 어쩌면 오늘 같은
날이 오리라는 걸 예감하고서 고이 숨겨주었는지도 모른다. 시열은 단
의 이름을 알고서도 둘만 있을 때에는 가귀라 불렀다. 김단이란 이름
보다는 신가귀가 더 마음에 들었다.

"가귀야, 나는 네 눈빛이 좋다."

초록겹도포가 단의 호박색 눈동자와 잘 어울렸다.

"감사합니다."

"그 눈을 소중히 하거라. 나이가 드니 눈을 건강히 관리하지 못한 게 후회가 되는구나."

"명심하겠습니다."

"자, 가까이 와서 내 귀를 즐겁게 해다오."

시열이 몽롱한 목소리로 단을 재촉했다.

"의원이 곤란해하는 경우를 말씀드리겠습니다. 대개 의학에 무지한 환자들은 한번 병증에 효험을 본 약재나 침술을 맹신하게 됩니다. 새로운 증상이 발병했을 때에도 전과 같은 처방을 내려달라 떼를 쓰곤 하지요. 이는 매우 위험한 일로서 의원은 반드시 환자의 체질과 증상에 맞는 의술을 행해야 하기 때문입니다. 그런 이유로 의원이 거절하면, 환자는 원하는 처방을 써줄 다른 의원을 찾아가거나 스스로 환부를 잡아맵니다."

"이리 와 술 한 잔 들고 계속하거라."

시열이 말했다. 잔을 받든 단의 손이 미세하게 떨렸다.

"전하께서는 화기를 다스리지 못하여 몇 해 전부터 소갈증을 앓아오셨습니다. 많은 의원들이 체내의 열을 식혀주는 연뿌리와 연자육 처방을 올렸습니다. 지난여름에는 전하께서 다리를 다치셨는데 심한 통증을 호소하셨습니다. 그때 제 침술로 족부의 부기를 풀어드리니 그 이후로 전하께서 저를 가까이 하셨습니다."

단의 목소리가 서늘하다.

"그래, 그래. 이제 그만 계획을 말해보거라."

"소갈증으로 기력이 많이 쇠했을 때, 침을 놓아 혈맥을 범하게 되면 환자는 사경에 빠지고 맙니다. 이는 구암의 저서에 명시되어 있는 금

기입니다."

방에 오랜 침묵이 흘렀다. 단은 무심한 눈으로 술잔만 내려다보았다. 흘끗 올려다본 시열은 숨을 쉬고 있지 않는 듯이 보였다. 낯빛이 창백했다.

"네 손이 우리를 한 번 더 숨겨주겠구나."

시열은 간신히 입을 뗐다. 등잔불 그림자가 벽에 일렁였다.

"……뭇사람들은 제 수전증으로 인해 예기치 못한 사고가 났다고 생각할 것입니다."

"내가 명심해야 할 건 무엇이냐?"

"인력으로 천명을 거슬러 급작스럽게 사망할 경우, 시신이 붓거나 혹은 수축하여 재궁*에 맞지 않게 될 수도 있습니다. 재궁은 생전의 체격에 맞추어 소나무를 재단하고 옻칠을 거듭하여 귀히 준비해두는 것이니 옥체가 재궁에 들어맞지 않는다 하면 의혹을 품는 자들이 생길 것입니다.

"그럼 이런 말은 어떠한지 들어보거라."

시열은 술잔을 만지작거렸다.

"자식은 부모가 살아 돌아오길 바라는 마음에 염을 단단히 묶지 않는다. 이는 전자에 해당할 것이고…… 여의치 않을 경우 그저 망측하고 괴로울 뿐이다, 이 말이면 되겠느냐?"

"충분합니다."

"두렵구나, 가거야. 너는 어찌하여 나를 꾀어냈느냐."

---

* 재궁(梓宮), 황제 또는 왕의 관을 뜻한다.

"벌은 모두 제가 받겠습니다. 대감께서는 그저 좋은 때만 마련해주십시오."

단이 말했다. 그의 눈이 차갑게 빛났다. 이제 되돌려줄 때가 되었다. 모든 걸 제자리로 돌려놓고 나면 편안해질 수 있을 것이다. 마음이 차분했다.

*

"오월에 나라에 무서운 화가 있을 것이니 경복궁 옛터에 초가집을 짓고 화를 가라앉히는 굿을 하시옵소서!"

백발의 노인이 머리를 풀어헤치고 돈화문 앞에 엎드렸다. 곡은 사흘간 계속되었다. 백성들은 노인을 두고 미쳤다며 손가락질했다. 정연도 노인의 이야기를 전해들었다. 그는 노인을 물러가라 하지도, 불러서 얘기를 듣지도 않았다. 사관이 이를 기록했다.

*

건조한 바람이 부는 늦봄이었다. 정연은 기우제 제문에 나를 탓하는 말이 없으니 다시 적어 올리라 명했다. 그리고 남교로 친히 나가 기우제를 지냈다. 제단 주위의 공기가 볕에 달궈져 아른아른했다. 정연의 이마에 식은땀이 솟았다. 과로한 탓이다. 그즈음 그는 자신을 돌보는 것을 잊고 세자의 병구완과 가뭄 걱정에 신경을 쏟았다. 어쩐지 마지막이라는 생각이 자꾸만 들었다. 정말 그렇다면 세자를 위해 길을 닦아놓아야 했다.

창덕궁으로 돌아오는 행렬에 정연은 별안간 어지럼증을 느꼈다. 흔들리는 말 위에 앉아 있자니 온 세상이 다 흔들려 보였다. 뒤따르던 효성이 이상함을 눈치챘다. 효성은 정신을 잃고 말에서 미끄러지는 정연을 붙들었다. 대신과 상궁들의 외마디 비명에 말이 푸르르거리며 불만을 표시했다. 그날 큰비가 내렸다.

정연은 지난밤부터 편전에 들지 못했다. 몸에 지독한 열이 올랐다. 새벽에 겨우 일어나 자릿조반으로 미음을 몇 숟갈 들고는 아침 수라도 받지 못했다. 그는 겨우 눈을 떴다. 창을 통해 햇빛이 새어들었다. 전신을 자극하는 빛과 소리 하나하나가 고통스러웠지만 눈을 떠야만 했다. 내의원 도제조 원두표가 대조전 현관 밖에서 초조하게 대기하고 있었다.

"경솔히 침을 놓아서는 아니 되네."

어의 유후성이 신가귀를 말렸다.

"전하의 병세가 위중합니다. 침을 쓰지 않으면 고비를 넘길 수 없습니다."

"침을 놓아야 할 때를 아는 사람이 자네뿐인가!"

유후성이 소리를 낮추어 으름장을 놓았다. 어젯밤 전하께 산침을 놓아드렸지만 부기가 가라앉지 않고 열만 계속 오를 뿐이었다. 그 증후를 모두 지켜본 의원은 그였다. 집에만 있다가 새벽에야 궐문 앞에 도착한 의원이 뭘 알겠는가. 유후성은 답답했다.

"가귀야."

정연이 불렀다.

"예, 전하."

"네가 보았을 때 침을 맞으면 나아지겠느냐."

"부종의 독이 얼굴을 침범하여 농증을 이루려 하니, 반드시 침을 놓아 나쁜 피를 뽑아낸 후에야 차도를 기대할 수 있습니다. 다른 의원들도 이보다 분명한 처방은 말할 수 없을 것입니다."

단이 조목조목 대답했다. 긴장한 기색을 찾아볼 수 없는 서늘한 목소리였다.

"전하! 침을 쓰면 위험합니다. 부디 소신의 진맥을 가볍게 여기지 말아주소서."

유후성은 엎드려 울었다. 온몸의 털이 거꾸로 솟았다. 상께서 승하하시면 우리도 목이 베여 죽는다. 고작 유배형이나 교살과 같은 편한 죽음은 기대할 수 없었다. 가귀는 어째서 그걸 모른단 말인가.

"아바마마."

세자가 문 밖에서 물기 어린 목소리로 정연을 불렀다. 죽 그릇을 받쳐 든 두 손이 더 이상 평정심을 찾지 못하고 떨렸다. 의원들의 입씨름에 선뜻 들어갈 용기를 내지 못하고 한참 동안 서 있던 중이었다.

"아바마마, 소자가 죽을 가져왔습니다. 수라를 드시고 나서 침을 맞을 것을 의논하소서."

문을 지키고 서 있던 지밀상궁과 작은 식상을 들고 세자를 따라온 수라간 윤상궁이 참담한 얼굴로 소리 죽여 울었다.

"세자는 들라."

정연은 세자를 불렀다. 문이 열리고 세자와 수라간 윤상궁이 들어왔다.

"윤상궁은 식상을 내려놓고 세자도 죽을 거기 두어라. 내 곧 수라를 들 것이다."

식상을 정연의 앞에 가져다 둔 윤상궁이 고개를 숙인 채 울음만 삼키고 있는 세자의 손에서 죽 그릇을 빼 들었다. 뜨거운 그릇에 세자의 손이 빨갛게 데었다.

"나는 괜찮다. 별 탈 없을 테니 그만 물러가거라."

정연의 다정한 목소리에 세자는 간신히 울음을 참느라 아무 대답도 하지 못하고 내전을 나갔다. 세자가 서 있던 자리에 눈물 자국이 흥건했다.

"가귀는 침을 잡으라."

"전하! 아니 되옵니다."

유후성이 피를 토하는 심정으로 고했다. 정연은 지쳤다. 얼굴이 부어올라 눈을 계속 뜨고 있기가 힘들었다. 이미 결심한 일을 돌이킬 수는 없다. 식은땀이 흘러 베갯잇을 적셨다.

"도제조와 제조, 그리고 도승지를 들이고 유의관은 물러가 있으라. 다시 부르겠다."

정연이 말했다.

땡볕 아래 한참을 서성이던 도제조 원두표가 내전으로 들고 뒤이어 제조 홍명하, 도승지 조형이 잇따라 들어갔다. 그들은 침을 잡는 신가귀를 긴장한 눈으로 주시했다. 단은 왼손에 침을 들고 오른손으로 정연의 귀밑 경동맥을 지그시 눌러보았다. 규칙적인 맥박이 손끝으로 느껴졌다. 실수해서는 안 된다. 단은 정연의 부종에 연달아 침을 놓았다.

"가귀가 아니었으면 내가 위태로울 뻔했다."

정연은 단의 눈을 바라봤다. 십 년 전, 수연을 살려낼 계획이 어긋난 후로 신가귀를 볼 때마다 수연이 생각났다. 수연이 작심하고 목숨을 놓으려 했다는 걸 알았기에 신가귀를 벌할 수 없었다. 대신 그를 곁에 두고 희미해지는 울분과 죄책감을 다잡았다. 단은 정연의 눈을 마주하지도, 대구하지도 않고 침을 거뒀다. 침을 놓은 자리에서 피가 솟기 시작했다.

"신의관! 전하의 출혈이 계속되고 있지 않소!"

도제조 원두표가 다그쳤다. 정연의 목덜미에서 흘러나온 검붉은 피가 백색 편복을 적시고 침상 아래로 뚝뚝 떨어졌다.

"이 정도는 괜찮습니다. 소리를 낮추십시오."

원두표의 호통에 단의 목소리도 더욱 싸늘해졌다. 겁에 질린 제조와 도승지가 내의원에 청심원과 독심탕을 올리게 하고 백관들을 편전 앞에 모으기 위해 자리를 떴다. 그때, 정연이 피에 물든 단의 소매를 붙들었다.

"단……아…….''

정연이 붉어진 눈으로 단을 불렀다. 단의 동공이 크게 흔들렸다. 심장이 빠르게 뛰었다. 지금 내가 무엇을 들은 것인가. 단은 그제야 정연과 눈을 마주했다.

"네게도…… 미안했다."

*

시열은 그날 생전 처음으로 매우 이상한 것을 보았다. 왕세자가 대조전 뜰에서 가슴을 치며 짐승처럼 울부짖었다. 평소에는 팔자걸음으로 느긋하게 궁을 활보하던 승지, 사관, 제신이 사방팔방으로 뛰어다녔다. 머리 위로 솟은 태양은 지옥도의 불처럼 이글거렸다. 괜찮다. 다 괜찮다. 언젠가는 당면할 일이 조금 빨리 찾아왔을 뿐이다. 시열은 마음을 다잡았다. 그는 삼공을 따라 대조전으로 들어갔다. 용안이 온통 검붉은 피로 뒤덮여 있었다. 시열은 저도 모르게 몸을 움츠렸다. 무서웠다. 그보다 더 기이한 것은 전하의 곁에서 울고 있는 가귀였다. 가귀가 그를 돌아봤다. 눈물범벅인 얼굴이다. 십 년 전, 양이궁이 자진하던 날과 똑같은.

버드나무와 배롱나무

바람결에 꽃향기가 실려왔다. 앞이 보이지 않아도 수연은 향의 두께로 얼마만큼의 꽃이 피었는지 가늠할 수 있었다.

"배고파. 집에 가자."

은이가 중얼거렸다. 은이는 홍제천에 올망졸망하게 핀 우윳빛 은방울꽃을 보는 걸 좋아했다. 그러고 보면 은이를 발견한 날도 은방울꽃이 가득한 봄날이었다. 청국에서 돌아온 여인들은 사흘 밤낮 동안 홍제천에서 몸을 씻은 후에야 남편의 곁으로 돌아갈 수 있었다. 그 후로 사람들은 은방울꽃더러 화냥년 속고쟁이 가랑이라 불렀다. 은이는 그것을 알고 있을까. 여전히 은이는 아이 같았다. 그러다 때때로 아무렇지 않게 단과 수연과 함께 셋이 살았던 옛일을 이야기하곤 했다. 그 모습에 간담이 서늘해진 채희가 은이를 그들이 사는 곳으로 데려다 준 건 두 해 전의 일이었다.

서향은 비번인 날이면 은이와 수연을 양 손에 꼭 붙들고 홍제천에 데려가주었다. 수연도 셋이 함께하는 외출을 기대했다. 바람이 불면 귀후서*에서 안고 온 그늘진 향내를 씻어 보내고, 향장에 대한 미련을 버리길 잘했다 다독일 수 있었다. 운이 좋은 저녁이면 창덕궁에서 빨래하러 나온 나인들의 수다를 듣기도 했다. 그런 날이면 어쩐지 서향이 돌아갈 채비를 서둘렀지만 수연은 행여나 정연의 이야기를 들을 수 있을까 온 신경을 집중했다.

"……고파."

은이가 말했다. 수연이 귀후서에서 연고 없는 시신의 염을 돕고 돌아와 지친 몸을 누인 오후였다. 삯으로 받은 은가락지 한 쌍이 문갑에 떨어진 햇빛을 받아 반짝였다.

"응?"

"속 쓰리다."

"밥을 먹어 은이야. 아침에 향이가 솥에……."

"아니, 아니야. 보고파. 그 사람이 보고파 언니."

은이의 눈물이 방울져 흘러내렸다. 놀란 수연이 이불을 젖히고 몸을 일으켰다.

*

나주에서 돌아온 단은 항복하듯 은이의 소원을 들어주었다. 은이의

---

* 관을 제조하여 평민에게 팔며 장례에 관한 일을 맡아 보던 관서.

말을 믿을 수 없었던 단은 신호인의 거처를 주시하며 그의 평판을 알아봤다고 했다. 그를 설명하는 단어는 불효자 하나였다. 더는 지켜볼 수 없었던 단이 한양으로 올라오려고 했을 때 한 사람이 신호인을 두고 열부라 했다. 이십 년 전, 나주목 관아에서 신호인 대신 태형을 맞은 노비였다. 단은 그의 얼굴을 기억하고 있었다. 노비는 두 분이 호란 때 헤어지시게 된 연고는 모르지만 자신이 그때 기꺼이 매를 맞은 이유는 주인님의 정성에 감동했기 때문이다, 라고 고백했다.

단이 신호인을 비난하니 노비가 버럭 성을 냈다. 주인님은 작은마님을 무서운 큰마님으로부터 숨기기 위해 고초를 겪으셨다고 했다. 신호인은 은이 없이 홀로 세월의 두께를 견딘 모양이었다.

"서향아 잠시만 자리를 비켜줄래?"

수연이 말했다. 은이가 떠나기 전에 자신이 해줄 수 있는 것을 해주고 싶었다.

"옆방에 있을게요. 도움이 필요하면 불러요."

서향이 굳은 얼굴로 문을 닫았다. 웬만하면 궐에서의 일을 떠올리지 않았으면 했는데. 은이가 수연의 마음을 다시 흔들어놓는 건 아닐지 걱정되었다.

"가까이 와봐."

수연이 희미한 미소를 지었다. 은이가 무릎을 꿇고 수연에게 다가가 손을 건네주었다. 수연은 은이의 손목을 입가로 끌어왔다. 등잔불에 두 여자의 그림자가 일렁였다.

"향장의 의무는 향기로 사람들의 기분을 즐겁게 하고."

수연이 은이의 체취를 들이쉬었다.

"잊지 못할 감동을 주는 것까지."

수연은 이번엔 은이의 뺨에 자신의 뺨을 가져다 대었다. 또 우는가 보네. 은이의 뺨이 촉촉이 젖어 있다. 늘 씩씩하던 은이는 눈물 많은 어른이 되었다.

"나는 언제나 내 향이 누군가에게 영감을 주는 통로가 되길 바랐어. 그건 작품을 평가하는 척도가 될뿐더러, 무엇을 목표로 노력해야 하는지 길잡이가 되어주곤 해."

수연은 은이를 껴안았다. 향이 퍼지기에 알맞은 따뜻한 체온이 전해졌다. 은이는 아이처럼 수연의 품을 파고들었다. 다독임을 받는 기분은 오랜만이었다.

"업을 놓은 지 칠 년이 되었어. 어쩌면 이건 내 마지막 작품이 될 거야. 특별한 선물이라고 생각해줘. 그때, 옛날에, 네게 제대로 된 혼수도 못 해줬잖아. 바보같이. 가서 정말 행복해야 해. 오라버니가 어떤 마음으로 허락해줬는지 알지?"

"응, 알아. 알아."

은이의 목소리가 맑은 종처럼 떨렸다.

"내가 보기에 이제 네게는 원숙하고 따뜻한 향기도 잘 어울릴 것 같아. 달큰한 인동덩굴이나 봄 장미도 좋고, 작년 오월에 수확한 장미는 알싸한 느낌이 있어. 인상적인 첫인상을 주려면 초록빛 귤피나 살짝 매콤한 감이 있는 당근 씨앗도 좋겠어. 장미는 멸치나 무, 다시마처럼 향에 기본 맛을 주기 때문에 난 좋아하지만 싫다면 다른 훌륭한 꽃들도 많으니 괜찮아. 특별히 원하는 꽃이 있어?"

은이는 수연을 지긋이 들여다보았다. 수연의 얼굴에 생기가 피어올랐다.

"은방울꽃."

"음…… 향은 무르익은 정도가 있어. 예를 들어 복숭아는 자두보다 달달하고, 은방울꽃보다는 백합이 원숙해. 은방울꽃은 기교가 없달까. 아주 맑고 여려. 목련이나 석류, 작약처럼. 성숙한 향취가 아니어도 괜찮겠어?"

"언니를 믿어."

은이가 수연의 두 볼을 감싸쥐었다. 수연이 활짝 웃었다. 향수는 술에서 얻은 주정과, 꽃과, 마음으로 구성된다. 내가 빚은 향이 은이의 시름을 잊게 하고 꽃같은 설렘을 더해주기를.

*

우참찬 송준길이 보낸 노비가 수연을 찾아온 날이었다. 수연 몰래 이야기를 듣고 있던 서향은 노비가 떠나자 문을 걸어 잠갔다.

"향아, 가게 해줘. 응?"

수연이 서향의 팔을 붙들었다. 서향은 수연의 손을 뿌리치고 그녀가 자신을 잡을 수 없게 멀찌감치 떨어져 벽에 바짝 기대섰다. 작은 창으로 들어온 햇빛이 방 안에 두 여인의 그림자를 만들어냈다.

"안 돼요! 오라버니가 집에 꼼짝 말고 있으랬어요."

"이번 한 번만, 응? 제발. 앞으로 네 말도 잘 들을게."

수연은 방금 전까지 서향이 있던 자리를 향해 두 손을 모았다.

"오라버니한테 혼난단 말이에요."

서향은 난처했다.

"너 귀후서 염습사 중에 하필이면 눈멀고 손발 느린 날 찾는 이유가 뭔지 알아?"

"그야 언니는 몇십 년 동안 향재를 다뤘으니까!"

"아니, 살해당했거나 끔찍한 모습으로 죽은 시체라 그래."

서향이 숨을 훅 들이켰다. 불편한 정적이 흘렀다. 울렁거리는 가슴을 겨우 진정시킨 서향은 어쩌지도 못하고 가만히 울고만 있는 수연을 내려다봤다. 수연의 뺨이 온통 눈물로 젖어 있다. 바보 같아, 언니도 나도. 서향은 바느질함에 올려둔 늘삿갓을 집어 수연의 얼굴을 가려주고는 일으켜 세웠다.

"가요, 언니. 근데 이거는 알아둬요. 전하께서는 살해당하셨거나 고통스럽게 돌아가신 게 아니라 분명 평안한 얼굴로 잠드셨을 거예요."

*

서향과 함께 궁으로 들어가며 수연은 걱정했다. 혹시라도 빈전에 들어가기 전에 주저앉아 버리거나 남들의 눈에 눈물을 보이게 될까봐. 다행히 서향과 한바탕 치른 뒤라 눈물은 더 이상 나지 않았다. 오히려 정신은 또렷해지고 가슴이 설레었다. 협양문을 지날 때 대신들의 곡소리에 잠시 괴로웠지만 상궁과 나인들의 옷자락 스치는 소리와 전각의 오래된 나무 냄새가 마음을 달래주었다.

"우참찬 송대감님의 부름으로 모셔 왔습니다."

서향이 걸음을 멈췄다.

"수고했다. 내가 안내할 터이니 너는 돌아가거라."

신생이 말했다. 수연의 뒷목이 굳었다. 딱딱한 말투와 쇳소리가 나는 목소리는 여전했다.

"눈이 멀어 빛만 겨우 감지할 수 있는 분이십니다. 제가 곁에서 보필해드려야 합니다."

서향의 말에 신생이 의심적은 눈초리를 했으나 이내 아무 말 않고 빈전으로 들게 했다. 빈전에는 영의정 정태화와 대사헌 이응시, 그리고 내관 한 명이 염습할 준비로 분주했다. 신생은 수연을 태화에게 안내하고 물러갔다. 수연이 서향에게 향나무를 삶은 자향탕과 쑥을 넣고 끓인 물을 가져와달라 부탁했다. 서향이 내의원으로 달려가 옥체를 씻을 향물을 준비하는 사이 이응시와 내관이 피로 물든 용안을 닦아냈다. 향물이 마련되자 일은 순식간에 진척되었다. 수연이 빈전을 가로지른 병풍 앞에 앉아서 염습의 순서와 예에 맞는 방법을 알려주면 이응시와 내관이 병풍 뒤에서 그대로 따랐다. 이응시가 향물에 무명을 적셔 옥체를 닦으면 내관이 마른 수건으로 물기를 닦아냈다. 태화는 이를 잠시 지켜보다 백관들이 곡을 하는 자리를 지키러 갔다. 수의를 입히는 절차까지 끝나자 이응시만이 남아 초조한 얼굴로 반함을 준비했다.

"잠시 저 혼자 있게 해주실 수 있습니까? 염습사로서 반함하기 전에 가시는 길 편하시라 기원을 드리고 싶습니다."

수연이 말했다. 이응시가 의아한 눈으로 수연을 바라봤다. 그의 대답이 없자 수연은 머뭇거리며 늘삿갓을 벗었다. 관 앞에 나아가지 않더라도 예가 아니니 벗으라 할까봐 마음이 조였지만 별다른 주의가 없기에 그대로 쓰고 있던 것이었다.

"그럼 저는 협양문에 가보겠습니다. 곧 백관들이 다시 올 것입니다."

그제야 이응시의 얼굴이 풀렸다. 눈이 멀어 미약해 보이는 여자에게 의심을 품을 만한 이유는 없었다. 안 그래도 곡읍 자리를 비운 것이 눈에 띌까봐 불안했다.

"감사합니다."

수연은 이응시의 목소리가 나는 쪽을 향해 가볍게 고개를 끄덕였다. 빈전을 나가려던 이응시는 잠깐 주저하더니 조심스레 수연을 부축해서 병풍 뒤로 데려다 주었다.

문이 드르륵거리며 닫혔다. 적막이 흘렀다. 창을 통해 걸러진 햇살이 수연에게 쏟아졌다. 감은 눈에 붉은 빛이 느껴졌다. 수연은 가만히 손을 뻗어보았다. 부드러운 옷감이 손에 잡혔다. 아마 그가 자주 입던 백색 편복일 것이다. 수연은 고개를 숙여 그의 심장에 귀를 대었다. 아무 소리도 들리지 않았다.

"백 석이요."

수연이 솜털처럼 가벼이 중얼거렸다. 망자가 저승까지 갈 동안에 먹을 식량이었다. 수연은 버드나무 숟가락으로 따뜻한 쌀밥을 한 술 떠서 그의 입에 넣어주는 상상을 했다. 그가 맛있게 받아먹었다. 그리고는 수연을 향해 웃어주었다. 앞을 볼 수 없게 된 후로, 그녀의 상상이 곧 현실이었다.

"천 석이요."

낮달같이 하얀 사과 한 조각을 두고 실랑이를 벌이던 어느 날이 떠올랐다. 이거면 충분하다, 고 포근하게 입 맞추는 당신. 내가 이런 사람을 사랑하고, 사랑받았구나. 수연은 행복했다.

"만 석이요."

더는 살 수 없다는 절망이나 쓸모없어졌다는 자책이 사랑으로 가물던 나날이었다. 그래도 사라지지 않는 것은 어깨를 내리며 한숨을 쉬고 나면 어느 순간 공중으로 흩어져 있었다. 그러는 동안 머리카락도 하나둘 셌을 것이다. 당신도 혹시 내 손을 잡고 돌담길이나 후원 언덕을 걷고 싶어 했을까. 수연은 주문처럼 외웠다.

내게로 와요. 고단했던 시간 다 이기고.

*

바람도 잠잠한 습한 날이다. 가마솥에 눌어붙은 밥을 긁어내고 박박 문질러 씻은 민아는 목을 타고 흐르는 땀을 닦았다. 몸을 쓰는 일은 익숙하지 않지만 바느질에는 더 서투니 어쩔 수 없었다. 입에 풀칠이라도 하려면 일을 가리지 말아야 했다.

"자기, 방앗간에는 다녀왔어?"

구씨가 물었다. 통통한 뺨이 볕에 발갛게 익었다.

"아니요, 아직이요."

"손이 그렇게 느려서야 되나. 마님 화내시겠어. 다 했으면 이리 와서 요기라도 하고 가."

"감사해요."

구씨의 도움으로 나머지 그릇도 깨끗이 부신 민아는 그녀를 따라

툇마루에 앉아 숨을 돌렸다. 구씨가 삶은 옥수수 하나를 민아에게 쥐어주고 수를 놓던 호건虎巾을 집어들었다.

"저는 괜찮아요."

민아가 옥수수를 도로 내려놓았다.

"왜? 좀 들어봐. 올해 옥수수가 얼마나 잘 여물었는데. 내가 마님 몰래 사당도 좀 넣었어. 그래봤자 별로 달진 않지만. 이왕 넣을 거 감질나게 말고 팍팍 넣을 걸 그랬네."

주변을 쓱쓱 살피던 구씨는 몸을 기울이곤 장난스런 눈빛으로 속닥였다.

"옥수수는 신물나요."

민아가 희미하게 웃었다.

"뭐라도 먹으려고 해봐. 자기는 너무 말랐어. 얼굴도 허예가지고. 뭐 먹고 싶은 거 생각나면 얘기해. 내가 만들어줄게. 음식은 원래 남이 해주는 게 맛있는 법이니까."

구씨가 눈을 찡긋했다. 그녀의 애교에 민아도 배시시 웃고 말았다.

"덥지 않으세요? 왜 안에서 하시지 않고."

"다 늙어서 유모라니, 도련님과 한 방에 있기만 해도 허리가 쑤셔. 아무리 떡두꺼비 같은 도련님이라도 말이지 내 자식이 아니라 소용없네."

구씨의 말에 민아는 눈을 굴렸다. 구씨는 말과는 다르게 도련님의 호건에 화룡점정이 되어줄 호랑이 눈을 수놓는 데 정신을 집중하고 있었다.

"방앗간에 부탁할 돌떡은 알고 있지? 하나라도 빼먹으면 안 돼."

구씨가 물었다. 바늘이 현란하게 검은 비단의 앞뒤를 오갔다. 민아는 구씨의 바느질에 시선을 빼앗겼다. 앙증맞은 한 폭의 천을 고깔 형태로 만들고 이마 부분에 호랑이의 눈썹, 눈, 귀, 수염을 수놓은 모양이 깜찍했다. 아이가 씩씩하기를 바라는 마음이라고 했었나? 민아는 돌날에 흔히 쓰는 복건보다 호건이 더 귀엽다고 생각했다.

"그럼요. 백설기, 찹쌀떡, 수수경단, 송편……."

민아의 말이 끊겼다. 그녀의 손이 호건에 드리워진 두 개의 끈을 어루만졌다.

"이게 뭐예요?"

"뭐긴 뭐야. 모자 벗겨지지 말라고 아가 뒤통수 밑에서 잡아매는 끈이지."

"아니, 이 금박이요. 이걸 왜 여기에 새겨요?"

민아의 목소리가 떨렸다. 구씨는 혼불이라도 본 듯 무서워진 민아의 얼굴에 이상함을 느꼈다. 호건에 찍힌 화사한 금박이 햇빛을 받아 반짝였다.

"길상 문자. 아기 오래오래 살라고. 내가 한자는 모르지만 수복강녕은 알아."

"……."

"자기, 울어?"

"나, 난 몰랐어요."

민아가 말했다. 턱 밑으로 눈물이 후두둑 떨어졌다. 수壽자가 민아를 조롱이라도 하듯 그녀의 시야에서 금빛으로 뭉개졌다.

"거봐, 어쩐지 자기는 곱게 자란 사람 같더라니. 받는 사람은 주는 사람 마음을 조금도 모른다니까. 이런 거 죽어라고 장식해봐야 들여다보기나 하겠어?"

구씨가 토라진 얼굴로 한숨을 폭 내쉬었다.

"이 수자는 어린아이나, 연로하신 분께 드리는 의복에나 쓰이죠?"

민아가 한 가닥의 희망을 붙들고 말했다.

"꼭 그런 법이 있나. 부인네들 가구에도 새기고, 장신구에도 새기고. 만만한 게 장수하고 복 받으라는 기원이니 복 복福이랑 기쁠 희喜 다음으로 많이 쓰이는 게 오래살 수자지."

구 씨의 말에 민아는 가슴을 쥐어뜯었다.

"무슨 일인진 모르겠지만 너무 자책하지 마. 강녕康寧, 부귀富貴, 다남자多男子는 글자 그대로 새기지만 수자, 복자, 희자는 알아보기 힘들 정도로 다양하게 형태를 바꿔 새기는 게 보통이니까. 그 왜, 복자를 백가지로 쓴 백복도가 양반들 사이에서 병풍으로 유행이라며. 그것도 몰라?"

왜 모르겠는가. 어머니는 언젠가 주지 스님께 얻어온 백복도를 장안에 붙여두고 소중히 여겼다. 무어냐고 물으니 동생을 보내줄 부적이라 하셨다. 민아는 장님이 앞을 더듬는 심정으로 마포나루의 옛집을 떠올렸다.

민아의 모친은 민아를 무릎에 앉히고 천자문을 가르쳤던 최대감과는 달리 항상 사내아이를 원했다. 의복과 가구도 모조리 다산과 부부금슬을 상징하는 잉어, 나비, 원앙이 새겨진 것이나 다남多男 혹은 백자百子가 쓰인 것으로 들였다. 그 밖에 다른 복은 바라지 않았다. 어린 민아는 어머니의 보석함에 붙박인 나비를 손가락으로 따라 그리며 놀았다. 나비는 분홍빛으로 반짝이는 것 같기도 했고 푸른빛이나 흰빛인 것 같기도 했다.

"있지요. 만약에 말이에요. 신랑이 신부에게 수자문과 봉황문이 새겨진 노리개를 선물한다면, 그건 무슨 뜻일까요."

민아의 눈이 붉다. 성원의 해사한 얼굴이 아른거렸다.

"글쎄. 내 아내와 오래도록 함께 살고 싶다는 뜻 아닐까……."

*

나는 나를 잡아먹었다.

민아의 절규에 사찰의 배롱나무가 쏴아 흔들렸다. 신생이 귀를 막았다. 까까머리 동자승이 민아를 보고 두 손 모아 합장하더니 종종거리며 제 갈 길을 갔다. 신생이 베껴 온 수연의 자진을 명한 교서에는 수연의 죄상이 조목조목 적혀 있었다.

……宮女 水緣…….

민아는 교서를 더는 읽을 수 없었다. 어쩌면 그 긴 세월 동안 너를 오해하고 있었던 게 아니라 나를 오해하고 있었구나. 그제야 제멋대로 조각난 기억들이 자리를 찾았다. 수연이 민아의 손을 잡았다. 상큼한 유자 향기가 달무리처럼 방 안을 감돌던 밤이었다.

물처럼 아무 곳에나 스며들어 인연을 맺으며 오래 살라는 의미로 지어주셨어요.

수연의 이름이 적힌 교서가 동그랗게 젖었다. 맥없이 주저앉은 민아는 별안간 눈을 빛내더니 닥치는 대로 모래를 긁어모아 입 안에 밀어 넣고 아득아득 씹었다. 나도 흙이 될 테다. 내 사랑하는 사람들 모두 검은 흙이 되었으니 나도 그렇게 될 테다. 파헤쳐진 구멍으로 저승의 진광대왕, 초광대왕, 송제대왕, 염라대왕이 올라와 민아의 팔다리를 하나씩 잡았다. 저 까마득한 지하에 무쇠솥이 걸리고 불을 뿜는 도깨비가 춤을 췄다. 똬리를 튼 독사가 날름거린 혀는 천 리 길을 훑었다. 마지막으로 올라온 변성대왕이 쇠망치로 민아의 가슴을 땅땅 쳤다. 바람에 나풀거리던 자줏빛 꽃잎이 민아의 머리 위로 떨어졌다.

비가 내리다

글쎄, 만약 그때 향이가 수연이를 구하지 못했다면.

단은 장담할 수 없었다. 그랬다면 나는 정말 송시열의 손을 잡았을 지도 모른다. 십 년 전 여름, 의금부 다모로 위장한 서향이 숨이 끊어 지기 직전의 수연을 빼돌렸다. 독성이 이미 수연의 전신에 퍼진 뒤였 다. 단은 달구지에 실려온 수연을 보고선 절망에 찬 비명과 함께 무너 져 내렸다. 보다 못한 서향이 단의 멱살을 붙들고 추켜세웠다. 나는 쓸 데없는 짓은 안 해요. 살릴 수 있으니 살려내요. 정신을 차린 단은 눈 물이 계속해서 탕약에 떨어지는 줄도 모르고 분주히 움직였다. 그 밤 에 시열이 찾아왔다.

"가귀야, 보아라. 저들이 친절하게도 내 마지막 날을 알려주고 있구 나."

정연이 속삭였다. 백발노인은 제 일에 충실했다. 야윈 몸에서 터져 나온 고함이 돈화문을 울렸다. 해질 무렵이 다 되었어도 돈화문 앞의 인파는 왕성했다. 정연과 단도 그 사이에 있었다.

"채비를 서두르셔야겠습니다. 시간이 얼마 남지 않았습니다."

단이 말했다.

"오월이라. 좋은 날이다."

정연의 입가에 쓸쓸한 미소가 걸렸다.

돈화문 앞을 빠져나온 정연과 단은 한성부 정선방에 있는 포도청으로 말을 달렸다. 여인들의 시선이 점점 그들에게 쏠려서 노인을 지켜보기 민망했다. 포도청에 다다른 두 사람은 유부녀를 범하고 살인한 죄인을 대면했다. 단이 좌포도청과 우포도청을 샅샅이 뒤져 찾아낸 사내로 정연과 나이대가 같고 신장과 체격이 흡사했다. 정연은 따로 포도대장을 만나 그 죄인을 지목하며 형살이나 교살로 처분하지 말고 궐에서 보낸 사령이 오는 날 사사하라 명했다.

"세자저하께 송시열의 처분을 부탁하셔야 하지 않겠습니까?"

단이 물었다. 그들은 다시 창덕궁으로 말을 돌렸다. 말에 올라타니 새하얀 벚꽃이 시선에 가득 들어왔다. 벚나무 가지들이 바람을 따라 유연하게 흔들렸다.

"시열은 나처럼 마음대로 뜻을 펴지 못해 스스로 고독해질 것이다. 그가 얼마나 더 살지 모르겠지만 살아 있는 매 순간, 초원을 달리지 못해 폭주하는 종마처럼 기운을 모두 써버리고 말겠지. 그게 그에게 주어진 벌이다."

"저는 전하께서 정말 원하셨던 게 북벌이었는지, 왕권이었는지, 아니면 정숙원이었는지 모르겠습니다."

단의 말끝이 점점 흐려졌다. 정연의 의도를 짐작할 수 없었다. 그의 행동은 모순투성이였다. 정연은 북으로 치고 올라가겠다면서 남한산성을 정비하고 강화에 초지진을 설비했다. 민첩하지 못하다는 이유로 마치 청국의 복식처럼 철릭의 소매를 줄이라 강요했을 때는 신료들이 얼마나 속닥거렸는가. 전하께서 오랑캐 문물을 숭상한다며. 그는 또 정숙원을 그리워했으면서 송시열과 독대를 해 앞날을 논했다.

단은 허무했다. 정연은 죽어도 모를 테지만 사랑하는 여인을 제 손으로 다른 사내에게 보내기 위해 십 년 동안 밤잠을 설친 고통이 외면당한 기분이었다.

"네 생각에 내가 무엇을 원했을 것 같으냐."

정연이 의미심장하게 웃었다.

"전하께서는 욕심이 많은 분이시지 않습니까. 그간 제가 전하의 과로를 풀어드리느라 뜨거운 탕약기 앞에서 얼마나 진땀을 뺐는지 아십니까."

단이 정연의 말을 받아쳤다. 그의 얼굴에도 시원한 미소가 피어났다. 가벼운 바람이 정면으로 불어왔다.

"잘 알고 있구나."

"설마하니 그 선택을 송시열에게 맡기신 겁니까? 독대란 강수를 두어 그를 궁지에 몰아넣으신 걸 보면⋯⋯."

"가귀, 너도 십 년 동안 우암을 봤으니 알겠지. 그는 백성을 위한 양법을 몸 바쳐 연구한 학자임은 분명하나 뜻이 맞지 않는 자와는 대립하는 성향을 지녔다."

"압니다. 또한 한번 믿은 것은 무한히 신뢰하지요. 위험한 지점이 분명한 자입니다."

"사람은 누가 얼마큼 알아주느냐에 따라 다르게 쓰이는 법이다. 그의 관념이 무엇으로 이루어졌는지 아느냐. 주자, 왕도, 농가, 양민이다. 학문에 적을 둔 자들이 보편적인 관념을 통해 세상을 배우고 또 판단하는 건 그들도 지각하기 어려운 뿌리 깊은 방식이다. 그런 지점이 때로는 그들의 시야를 좁게 만들지.

호서 대동법도 시열은 토대가 분명하지 않다는 이유로 반대했으나, 그것의 실효성이 드러나자 흔쾌히 양법이라 인정했다. 비로소 그를 알고 나니 어떻게 써야 하는지도 눈에 보였지. 시열을 내 뜻대로 움직이려면 경쟁적 개념을 주입시키는 일이 먼저라."

"그것이 북벌과 양병이었습니까?"

단이 물었다. 정연이 슬며시 미소 지었다.

"그렇다. 나는 조선을 청국에 비견할 만한 나라로 키우고 싶었다. 청국을 경쟁국가로 보았으면 했어. 오랑캐가 중원 대륙을 지배하고 있는 이때가 그를 위한 적기라 생각했다. 그래야 임진년과 병자년의 일을 되풀이하지 않을 테니."

그녀가 없는 시간은 더디게 갔다. 정연은 수연이 없는 하루하루를 백 년처럼 살았다. 아침과 낮에 백여 가지의 일을 해내도 밤은 오지 않았다.

이 시간을 무엇으로 채울 것인가. 절망에 젖었던 마음을 겨우 들어 올리고 나니 심양에서 눈으로 보고 손으로 만졌던 휘황한 만물이 생각났다. 십 년을 갈고닦은 후에 북벌의 기회를 얻지 못하더라도 힘은 온전히 우리의 것으로 남는다. 시간의 가능성을 정연은 믿었다.

"그로서는 받아들이기 힘들었을 겁니다."

단이 말했다. 그를 따뜻하게 대해주던 시열을 생각하니 쓸쓸한 기분이 들었다.

"학자들은 나를 흐뭇하게 했다. 이상과 현실의 간극을 줄이기 위해 치열히 고민하는 그들이 어찌 미쁘지 않겠느냐. 나는 시열이 기존의 관념을 버리길 원한 게 아니다. 그렇기에 그에게 양병과 양민의 상충을 막을 방안을 생각해보라 물었는데 원하는 답을 들려주지 않더구나. 결국 그가 내게 정숙원을 돌려준 셈이 되었다."

"현자의 정공법이 모두 통하지는 않는 법입니다."

"그렇게 말해주니 고맙구나."

벚꽃 향기가 둥실 떠밀려 왔다. 정연은 숨을 크게 들이쉬고 내쉬었다. 어쩌면 나는 이와 같은 결말을 짐작하고선 시열에게 선택을 강요했는지도 모른다. 뜻대로 하지 못할 바에야 길을 돌려버리는 성미가 그와 나는 꼭 닮았으니까.

두 남자는 궁에 닿을 때까지 각자의 상념에 잠겨 말을 몰았다. 하늘이 새파랗다. 단은 정연을 흘끗 바라봤다. 그가 모르는 게 하나 있었다. 시열이 독대 후 은신한 채로 별다른 움직임을 보이지 않자 초조해진 단은 정연 몰래 시열의 눈앞에 미끼를 던졌다. 예상대로 시열은 미끼를 덥석 물었다. 나라의 안위를 걱정하지 않았던 건 아니다. 단은 자신의 행동에 나름의 정치적 계산 또한 깔려 있다 생각했다. 송시열이 전하와 손을 잡으면 그가 영수로 있는 산당의 힘이 거대해진다. 그리하면 그에 대한 적절한 견제와 제동이 불가능할 것이다.

연적에게서 연인을 되찾은 대가라 생각해주십시오.

단은 쓴웃음을 지었다. 이러니저러니 해도 결국 변명을 필요로 하는 나약한 인간들이란 생각이 들었다. 사랑 앞에서는 더욱.

*

대마도에 역관을 보내는 일로 의논하는 자리였다. 정연은 말이 없는 시열을 슬쩍 보고는 대신들에게 일렀다. 그는 마땅히 시열에게 속아주는 역할을 해내고 있는 중이었다.

"어제 관상감이 아뢴 걸 보니 누런 가루가 비처럼 내렸다고 하였다. 지금은 필시 송홧가루가 날릴 때이므로 틀림없이 그것이 비에 섞여 내린 것일 텐데, 누런 가루라 함은 내가 그것을 괴이한 일로 여겨 두려움에 떨기를 바란 것이 아닌가."

"그것은 송홧가루가 분명합니다. 관상감에 망령되이 말한 죄를 물으려 했습니다만, 혹여 바깥에서 재이災異를 숨기려 것이라 할까 염려되어 하지 못하였습니다."

태화가 말했다. 그의 말에 곰곰이 생각에 잠겨 있던 시열이 날카로운 눈을 들었다.

*

약속된 오월을 목전에 둔 어느 날, 정연이 『심경』 강을 마치자 때를 기다리고 있던 검토관 김만균이 아뢰었다.

"민가에 도는 이야기를 다 믿을 수는 없지만 들은 바에 의하면 대전에서 밖에 나아가 진기한 향재를 구하여 오고 강가에서 소나무를 베어 온다고 하는데 과연 이런 일이 있습니까? 있으면 고치소서."

"나는 명한 일이 없다. 그대는 내 가까이 있으면서 그와 같은 말을 하니 매우 가상하다."

정연이 빙긋이 웃었다. 시치미를 뚝 뗀 얼굴이다. 향재는 정연과 바꿔치기할 포도청 죄인의 시신이 상하지 않도록 하기 위한 것이고 소나무는 정연이 궐 밖으로 나갈 때 쓸 새 관을 짜기 위한 것이었다. 남몰래 지시한 일이 어느새 말이 되어 제 주인을 찾아왔구나. 정연은 흥미롭다고 생각했다.

*

진실을 모르는 자는 급작스러운 죽음이라 여길 것이다. 대신들은 왕의 고명도 듣지 못한 채 부음을 받아야 했다. 내관이 사다리를 타고 지붕 위에 올라가 정연의 옷을 흔들며 북쪽을 향해 상위복上位復을 외쳤다. 시열은 송준길과 함께 『의례』에 곡을 하는 일이 염습 절차 다음으로 기록되어 있음을 들어 염습을 앞당기고자 했다. 살해 정황이 드러나기 전에 얼른 시신을 입관하는 것이 좋았다. 대조전에 들었을 때 용안이 피로 뒤덮여 있어 황망한 마음에 시신의 상태를 제대로 확인하지 못한 점도 마음에 걸렸다.

시열은 대신들을 거느리고 빈전에 들려 했다. 그때, 승지 유계가 시열을 막아섰다. 곡을 하지 않고 돌아가신 전하를 마주하는 건 예가 아니니 불가하다 했다. 이맛살을 찌푸린 시열이 발걸음을 돌렸다. 준길이 고른 염습사가 빈전에 들었다니 그를 믿을 수밖에 없었다.

얼굴이 사색이 된 단이 빈전을 향해 바삐 걸음을 옮겼다. 수연과 함께 집에 있어야 할 향이가 왜 내의원에 있는 걸까. 설마, 수연이가······ 무서운 생각이 덜컥 들었다. 전하의 시신이 아니란 걸 수연이 알아채기라도 하면 큰일 난다.

"신의원, 왜 여기에 있는가? 의금부에서 곧 자네를 잡으러 올 걸세. 자네도 이제 채비해야 하지 않겠는가."

이응시가 다급히 속삭였다.

"다른 분들은 협양문으로 가셨습니까? 빈전 안에 누가 있는지요?"

단의 눈이 두려움으로 일렁였다.

"귀후서에서 온 염습사 한 분이 계시네. 우참찬이 보냈는데 눈이 먼 분이니 별 탈 없을 걸세. 돌려보낼까 하다가 저들의 의심을 살까 싶어 영의정께서 안으로 들였네. 그게 염려되는 거라면 걱정 말게나."

"알겠습니다. 제가 마지막으로 확인하고 오겠습니다."

"전하께서는 무탈하신가?"

이응시는 단을 붙들고 간절하게 물었다. 어쩐지 신의원이 불안해 보였다. 그는 진정할 필요가 있다. 전하의 안위를 물었지만 응시는 속으로 신의원의 무사 또한 빌었다.

"네, 잘 피하셨습니다. 생각지 못하게 기력이 쇠하셨지만 괜찮아지실 겁니다."

단은 응시와 눈을 마주했다. 세월의 깊이가 묻어나는 그의 눈은 단의 맘을 편하게 했다.

빈전은 고요했다. 단의 가슴이 다시 세차게 뛰었다. 수연에게 뭐라고 하면 좋을까. 그 자리에서 자초지종을 설명해야 할까 아니면 아무 말 하지 못하도록 입단속을 시킨 다음에 집으로 데려가는 것이 먼저일까? 공기 중에 뿌연 먼지가 부유했다. 그 입자를 눈으로 쫓으며 고민을 거듭하던 단은 현기증을 느꼈다. 이윽고 그는 살며시 빈전의 문을 열었다. 수연을 바로 향이에게 보내야겠다고 생각한 참이었다.

수연은 우는 것 같기도 하고 웃는 것 같기도 했다.

분명한 건 그 어느 때보다 행복해 보였다. 단은 빈전 안으로 한 발자국도 들어갈 수 없었다. 그곳은 온전히 정연과 수연만의 공간이었다. 수연은 정연의 심장에 귀를 대고 사랑의 말을 속삭이고 있었다. 그것이 진짜 그의 시신이든 아니든 그녀에게는 중요하지 않을 것이다. 단은 수연에게서 눈을 떼지 못했다. 저토록 화사한 얼굴은 이제껏 단도 보지 못한 것이었다.

햇살이 수연의 등에 떨어졌다. 그녀는 무슨 말을 하고 있는 것일까. 단은 정연에게 질투를 느꼈다. 천 석이요…… 만 석이요…… 수연이 종알거렸다. 그 말을 알아들은 단은 눈이 동그래졌다. 정말, 어디서든 밥부터 챙기는 건 알아줘야 한다니까. 수연의 미소에 모든 긴장이 풀린 단은 그녀를 따라 미소 지었다. 그리고 차오르는 울음을 견디지 못하고 등을 돌리고 말았다.

*

곡을 마치고 송준길과 함께 빈전으로 들어선 시열은 당혹감에 몸이 굳었다. 먼저 도착한 이들이 있었다. 이미 반함까지 마쳤는지 전하의 용안에 방건이 덮여 있었다. 시열의 무리를 보는 세자저하의 얼굴은 표정 없이 둥둥 떠다니는 것 같았다. 태화의 얼굴도, 이응시의 얼굴도 둥둥 떠다녔다. 시열의 뒷목이 서늘해졌다.

*

보슬비가 내려서일까. 서향의 기분이 좋아 보인다. 아니면 밥이 잘되었다고 단에게 칭찬을 들어서일지도. 창을 활짝 열더니 수연을 일으키고는 손을 뻗어 비를 맞게 해주었다. 빗방울이 손바닥에서 톡톡 튀었다. 흙냄새가 나요, 언니. 서향이 속삭였다. 말하지 않아도 알아. 수연이 싱긋 웃었다.

수연이 양이궁 마마로 불릴 때였을 것이다. 다시 만난 수연에게 전의감 교수는 향의 유혹이 제일 참기 쉬운 것이라 말했다. 없어도 애달프지 않고 있어도 싫지 않은, 단지 그뿐이라며. 몽상과 사치에 빠져 있던 수연을 위한 말이었다. 그의 앞에서 수연은 그건 나를 부정하는 말이라 성을 냈지만 속으로는 맞는 말일지도 모른다고 생각했다. 그렇게 생각하니 그 후로도 계속 그의 말이 수연의 꽁무니를 따라다니며 성가실 정도로만 콕콕 괴롭혔다.

"너는 앞을 보지 못하는 것과 향을 맡지 못하는 것 중에 뭐가 더 슬플 것 같아?"

언젠가 수연이 서향에게 물었다. 향이가 대답을 망설이자 단이 말했다.

"둘 중에 무얼 잃어도 시간이 흘러서 익숙해질 수 있다면 괜찮아.

부족한 면이 있다 해서 상대방과 교감할 수 없는 것도 아니고, 사랑스런 구석이 없는 것도 아니고."

"하지만 교수님께서 향기를 참는 게 더 쉽다 하셨어."

수연이 뾰로통하게 말했다. 그러자 서향이 발끈 화를 냈다.

"왜 참아요? 그게 자연스런 일이에요? 언니는 내가 오라버니를 좋아하는 것도 참으라 할 거예요?"

단이 물을 마시다 말고 쿨럭였다. 그가 제대로 사래가 걸리는 바람에 서향도 눈물을 쏙 빼야 했다.

선선한 바람이 불었다. 햇살이 엷은 계절이다. 수연은 아침에 내린 비에 치맛단이 젖어도 아랑곳하지 않고 들판을 헤맸다. 이번에는 어떤 향을 만들어볼까. 누군가 들꽃을 꺾는 수연의 손을 제지하고 그녀를 와락 끌어안았다.

"……아!"

알싸한 측백나무 향이다. 오랜 세월이 흘렀어도 어제처럼 선명했다.

작가의 말

향료를 공부하던 중 토마토 향을 맡아볼 기회가 있었습니다. 향을 맡기 전, '토마토' 향에 대한 제 선입견은 시큼한 케첩 냄새였어요. 그런데 이게 웬걸요. 뚜껑을 여는 순간 신선한 토마토 이파리 향이 다가 왔습니다. 쌉쌀함이 물씬 풍기는 초록빛 풋내요. 재치 있는 꼬마 요정 같기도 하고, 날렵한 숲의 파수꾼 같기도 한. 제가 새로 익힌 후각의 세계는 이와 같은 인상이었어요. 매 순간이 흥미로웠습니다.

1600년대 우리나라에 들어온 토마토의 옛 이름은 일년감 또는 남만시南蠻柿였다고 합니다. 글쎄요. 기특하게도 감처럼 붉고 반질반질한 열매가 나란히 열리는데 한 해만 살다 가니 일년감이라 이름 붙인 걸까요? 처음에는 관상용으로 재배했다고 합니다.

혹시 모르죠. 실험 정신 높은 수연이 토마토 열매를 맛보다가 꼭지까지 베어 물고는 이번엔 이 향기로 해볼까, 생각했을지.

　고려와 조선은 향 문화가 발달한 나라였습니다. 다만 기록으로 남겨진 것이 많지 않고, 상업적인 향 문화가 퍼진 서양과 달리 동양은 정신적 측면을 중시했기 때문에 서양과는 다른 궤도를 갈 수밖에 없었지요.

　수연의 족적은 전통적인 향장보다는 현대의 조향사에 가깝습니다. 16, 17세기는 동서양 간 향신료 무역이 융성했던 시기였어요. 1499년에 인도가 발견되었고 1602년엔 동인도회사가 설립되었습니다. 수연을 17세기 조선으로 살려 보낸 이유는 그 때문입니다. 설탕과 침향을 싣고 나가사키로 가려던 하멜이 제주에서 표류해 효종 앞으로 불려간 때도 이즈음이지요. 수연의 성은 조선왕조실록에는 기록된 바 없으나 전주이씨대관에 효종의 두 번째 후궁으로 기재된 숙원 정씨에게서 빌려왔습니다.

　최초의 알코올 향수는 1370년에 개발된 '헝가리워터'입니다. 이 이야기는 '조선에 술을 증류하여 얻은 주정으로 알코올 향수를 만든 여성 장인이 있었다면?'이란 아이디어에서 출발했습니다. 거기에 사랑이 더해져 지금과 같은 형태가 완성되었습니다.

　사랑은 허기진 감정 중에 가장 아름다운 것이라 생각합니다. 색채가 가득한 미술관이나 영화관, 혹은 심장이 쿵쿵 울리는 공연장을 나왔을 때 머리가 어질한 것처럼 온 신경을 집중해 후각의 세계에 빠져

보셨으면 좋겠어요. 향기에 듬뿍 취하면 배가 고프답니다. 마치 사랑처럼요.

2014년 늦가을에
박소정 드림

모란꽃이 모랑모랑 피어서

초판 1쇄 발행 2014년 12월 1일
초판 2쇄 발행 2014년 12월 29일

지은이 박소정
펴낸이 김선식

경영총괄 김은영
마케팅총괄 최창규
책임편집 서유미 **디자인** 문성미 **마케팅** 이상혁
콘텐츠개발2팀장 김현정 **콘텐츠개발2팀** 백상웅, 문성미, 이은
마케팅본부 이주화, 이상혁, 최혜령, 박현미, 반여진, 이소연
경영관리팀 송현주, 권송이, 윤이경, 김민아, 임해랑

펴낸곳 다산북스 **출판등록** 2005년 12월 23일 제313-2005-00277호
주소 경기도 파주시 회동길 37-14 3, 4층
전화 02-702-1724(기획편집) 02-6217-1726(마케팅) 02-704-1724(경영관리)
팩스 02-703-2219 **이메일** dasanbooks@dasanbooks.com
홈페이지 www.dasanbooks.com **블로그** blog.naver.com/dasan_books
종이 월드페이퍼(주) **출력·인쇄** (주)현문 **후가공** 이지앤비 특허 제10-1081185호

ISBN 979-11-306-0427-5 (03810)

다산북스(DASANBOOKS)는 독자 여러분의 책에 관한 아이디어와 원고 투고를 기쁜 마음으로 기다리고 있습니다.
책 출간을 원하는 아이디어가 있으신 분은 이메일 dasanbooks@dasanbooks.com 또는 다산북스 홈페이지 '투고원고'란으로
간단한 개요와 취지, 연락처 등을 보내주세요. 머뭇거리지 말고 문을 두드리세요.